中国青年出版社

恋
恋
北
京

石一枫———

著

目录

因为一直藏匿于城市巨大的胸怀之中，
我从来没有看清过它的真正面貌。
现在，是时候睁眼、抬头、直直地凝视了。

中关村

我和姚睫认识，是在某一年的春节假期刚刚结束的时候。

那个年我是一个人过的，但却感觉非常疲惫。我父母在海南买了一套酒店式公寓，为了不浪费那套房子，最近几年都是在那边过的。据说这种"候鸟"的状态，在退休老干部里是非常时髦的。海南的房价涨起来之后，更有不少人很是羡慕他们，说他们"想得开"，有先见之明。但在我看来，父母几乎是被我气到天涯海角去的。对于我这个逆子，他们正在学着报以一种"眼不见心不烦"的态度。不知道这样的家庭关系，在退休老干部里是不是也很时髦。

春节晚会进入高潮的时候，我忽然感到内疚起来，便在沙发上靠着，给远在千里之外的母亲打了个电话。电视上，几个东北小品演员正在向全国人民拜年。大哥，缘分呐；大兄弟，缘分呐；海上生明月，天涯赵本山，缘分呐。眼下这个时刻所说的任何废话都是真理，而且是全体中国人必须遵从的真理。我听到母亲的声音后，几乎想说："你们把我生出来，也是缘分呐。"

而我母亲则公事公办地问我："晚上和谁吃的饭？吃的什么？有没有吃饺子？"

我说："吃饺子了，三鲜馅儿的。"

她陈述："我们也吃了，是鲜虾馅儿的。我还给你爸爸买了一顶巴拿马草帽，这样在海滩上散步的时候就不会把脸晒成蒸螃蟹了。"

我仿佛闻到了海洋的腥味儿。而更让我凄凉的是，我父亲仍然拒绝和我说话。他通过母亲指示我："不要喝太多酒，不要吃过于油腻的食品；到了你这个年纪，即使开车出门，也必须要穿秋裤了；老寒腿是很可怕的，一旦得上，你的后半辈子就只能在海南度过啦。"我一一遵旨，谢阿玛挂心。

对于父母如此强烈的养生意识，我也表示欣慰。再说了点儿别的套话，母亲又告诉我："前两天在清水湾看了一套更大的海景房，特别适合养老。我们就琢磨，索性把小的这套卖了，再添点儿钱……"正说着，窗外的鞭炮声便大作起来。快要12点了，新的农历年就要来临了。我打断母亲："您听听，解放军马上就要攻上来了。"母亲像叮嘱孩子一样说："你要是放炮，可留神别崩了手，点不响的炮就让它搁着，千万不要过去看……"

我鼻子一酸，挂了电话，用手指捏了两个速冻饺子，嚼得满眼是泪。发了几分钟的愣，我穿上呢子外套出门，仰头看着一个个奋力向上腾跃的火球。每个火球都如约炸响，在夜空里开出一朵花。和平日相比，北京已经接近于一座空城，现在只好由火焰来填满它。我在大街上遛了好久，只看到几个窜来窜去放炮的孩子，益发感到自己身处于无比宏大、空洞的世界里，而且还这么冷。

回到家里，我看到手机躺在桌上，亡命挣扎一般亮着。收信箱里装满了例行公事的拜年短信，一律是鸡年咏鸡、狗年咏狗的行文风格，和晚会相声一个思路——今年歌颂到"猪"这种动物了。除了短信，还有一个不知是谁打来的电话，号码是一长串的"2"。显示出这样的数字，可以判断它是从国外用 IP 卡打过来的；看着它，我想到了旅居海外的几个朋友，也想到了自己的前老婆。最后，我开了一瓶人家送的"强尼走路"威士忌，在虚空中和那号码的主人碰了碰杯，一饮而尽。

一个与我隔了一昼夜的时差、不知是谁的"故人"，陪我度过了新年。

此后的几天，家在北京的朋友纷纷从浩大的走亲戚运动中脱身，开始聚众酗酒、打牌，席间还总会冒出许多"同学的妹妹"或"妹妹的同学"。我可算有了事干，频繁赴局，常常开着车过去与人痛饮，喝高了就把车留在饭馆或谁家附近，自己打车回家，次日再打车过去，开上那辆四门乱响的"雪佛兰"奔赴下一个聚会。一定要开车，是为了找个不喝酒的借口，但这也给朋友们留下了笑柄："装什么逼呀，每次都是你自己灌自己。"

如此几天之后，我终于忘了车究竟被扔在哪儿了，只记得自己在丢车那天的聚会上，曾经抱着一个人哇哇大吐，被人强行送回家时，犹在慷慨激昂地抒情："让列宁同志先走！"

我只好给常聚的几个人一一打电话："鄙人粪口喷人那天，具体地址是在哪儿啊？"一个在报社当记者的发小坏笑着说："你是不是连喷了谁都忘了？""肯定挑了个尖果儿吧？"那人往下流的方向引申："那肯定，这是你的本能——过去就特喜欢在高峰期坐公共汽车，伺机往年轻女性身上刷糨糊。""别拿你们报纸法制版上的案例往我身上套。"我笑骂，"当年在澡堂子里，一泡尿扫射了一排小姑娘的人不是你么？幼儿园阿姨都管你叫流氓犯。要不是年龄不够，严打运动中第一拨发配新疆的就有你。"

按照记者"马流氓"的指引，我赶到中关村的"俏江南"餐厅附近，在立交桥底下的停车场找到了车。因为外来务工人员大部分还没有回京，也没人管我收停车费。看看蓝色铁牌上的收费标准，我在心里做了个乘法，然后窃喜着到单位点卯。

我混饭吃的那家"文化、传媒、时事网站"，其背景就像它的定位一样含混不清——本是一家以代售话剧票为盈利模式的网站，创始人是我上大学时的河南同学ｂ哥，后来被某国有报业集团裹挟着一笔莫名其妙的境外游资收购了。ｂ哥也有幸成为互联网烧钱运动所造就的第一拨富人，在东四五条买了一个四合院，门口煞有介事地立了俩石狮子。那个时候，我正失业在家，亏得ｂ哥仁义，声称我是创业时期的"元老"，收购条件之一就是给我保留一个职位。我到这儿"上班"之后，下家才发现话剧票务并不像ｂ哥所吹嘘的那样赚钱，只好急吼吼地转型，想干赚钱的领域；但几个出资方一家一个主意，调和到后来，就成了眼下这种什么都干、却又等于什么都没干的局面——广告倒是没少打，只是回报甚微。而我干了一段时间，互联网行业的钱也烧得差不多了，员工中的志向远大者纷纷跳槽去搞物流、搞房地产，我这个"拖油瓶"反倒成了最有操守的人。除了"迟到早退和即兴旷工的权利"以外，我没向单位提出过任何非分要求。

因为很久没这么早在办公室露过面，我进门之后倒把管事务的大姐吓了一跳。她问我："刚过完年，抽什么疯啊你？""过年实在太无聊了，我现在特别想工作。"我坐到"卡座"上打开电脑，开始浏览"当日趣闻"。"共产主义社会的人为什么以劳动为第一需要？就是因为他们天天都在过年。"大姐慈祥地瞅了我两眼，然后通知我两件事：第一，中午到大堂去领正月十五的元宵；第二，单位正在招聘，她决定让我作为"主管业务的部门领导"去参与一下。元宵节发元宵，很好理解，这是国企的好传统。但让我去参加招新，就有点蹊跷了。这可能说明的问题有：一、单位从什么地方骗着钱了，要启动什么骗人的新项目；二、单位开始把我当个人物看了。后一条比前一条更加难以理解。

　　当我像一个真正的"媒体从业人员"一样端着咖啡杯、哈欠连天地走进小会议室的时候，长条桌子的另一侧已经端坐了几个20多岁的年轻人。一男两女，两个漂亮一个丑。很幸运，漂亮的两个都是女的，其中一个乍看上去很像一个桃儿。我点了个头坐下，一声不吭地听着"人力资源部"的同事问东问西。他们问了应聘者几个浮皮潦草的问题：你们是哪个学校毕业的？学的是什么专业？当没当过学生干部？然后又让每个人进行了一小段英语会话。走完这些过场之后，人力资源部的人很没兴致地互看了一眼，然后合起文件夹准备离开。

　　"这就完了？"我咽下一口咖啡问他们。一个家伙若有省悟地哈哈一笑，宣布："下面是业务方面的面试，由评论部的赵小提负责。赵小提先生是知名的媒体人，我们网站每周都有他的时事评论……"

我作惭愧状，看着他们离开后，扭过头来兴致勃勃地和应聘者闲扯。那个男生极力强调自己当过学生会副主席，还是团委副书记，"参与筹备过很多重大活动"，其中居然包括举世瞩目的"上海合作组织开幕式"。他一定亲手派发过很多盒饭，并和100多个大腕儿合过影。

"那您来我们这儿真是屈才了。"我把他晾在一边，去看那两个姑娘，"你们呢，都有什么特长？"

"我会跳弗拉明戈，国家舞蹈协会认定的三级。"一个尖下巴姑娘大言不惭地说，"并且我也是学生会的，当过文艺部长……"

"你说的弗拉明戈，是那种会把人的屁股变得很大的舞蹈吧？"

"并没有……"

"我的意思是，屁股大对当一个网站编辑或许是有好处的——我们需要长期保持坐姿。"

看出我的揶揄之意，那对男女都仇恨地看着我，但脸上仍然笑着。我沉默片刻，他们便讪讪地告辞离开，只剩下长得很像桃儿的那个女孩，孤零零地坐在我的对面。

"您好像对当过学生干部的人有成见。"看到我不说话，她轻轻说。

"那怎么会，都是栋梁之材。"

"你是不是觉得他们都是……比较有心机的那种人？"

"绝没有。我也是钻营之徒，我还托关系买过公家用剩下的便宜车呢。"

"那就行，谁也别看不起谁。"桃儿姑娘笑了笑说，"我也放心了，我也当过学生干部。"

"不奇怪，咱们这个国家干部是有点过剩——甭谈这个话题了。"我百无聊赖地摆摆手，"说点儿有用的，今儿有一韩国演员自杀了，就这个事儿，你发表发表评论吧。看你适不适合干新闻这口儿——南方报业也有类似的考题。"

"是崔英爱吗？"

"名儿我忘了，好像演过李承晚部队的女军医。"

桃儿姑娘看着我眨了眨眼，我也同样对她眨了眨眼，等她说话。但过了几秒钟，她说："我能用笔写么？"

"你太过认真了……"

"我有个障碍，想集中力气说出一个意思的时候，总是说不清楚……"

"那你写吧，"我感到很滑稽，"反正我们招的也不是新闻发言人。"

征得同意后，我点上一颗烟，看着桃儿姑娘从米老鼠书包里掏出牛皮本奋笔疾书。她的握笔方式很正确，字一定写得又快又秀气，写着写着，脸旁的一缕短发就耷拉下来遮住了眼睛。她一面继续写，一面把那缕头发撩上去，固定在耳朵后面，如此两次三番。

过了十来分钟，我正看着写字楼窗外的烟囱出神，她用笔敲敲桌子："好了。"

"那收卷了。"我忍着笑走过去，拿起她的本子看。很有意思，她一口咬定崔英爱是因为做了过多的整容手术、身体承受了巨大的痛苦才自杀的。按照她的理论，硅胶埋在人的身体里，就像癌细胞一样令人疼痛难忍；而疼得不想活了的例子在古代也不是没有，初唐大诗人卢照邻就是因为不堪忍受风湿性关节炎，索性跳河了。我摸摸腿，庆幸自己听了父母的劝，今天穿上了秋裤。

"怎么样？"她问我。

"卢照邻那个事儿确凿么？"

"我选过中文系的课。"

"你本来是什么系的？"

"城市环境系。"

"现在还有这么个系……"我想了想自己的权限，然后告诉她："你可以参加复试——假如有复试的话。"

两天后，我又在单位亲切会见了桃儿姑娘。这时我才知道她是我的母校毕业的，本来打算到南方找工作，但是临了又变了卦，于是错过了去年夏天的就业行情，只能等着我们这种半死不活的单位来"捡漏儿"。她也向我抱怨，北京的物价太高了，如果再找不着工作，就只能顿顿吃方便面了，因为她不好意思再管家里要钱了。总的来说，这次会谈的气氛可谓相洽甚欢，我讲了好几个如今已是著名学者的老师的笑话；她离开办公室的时候，还对我说"师兄再见"。但是她后来又去了一趟人力资源部，打听究竟要不要她，出来时脸色就是煞白的了。我向她点头，她也没理我，满脸稚气的倔强，噔噔噔地朝电梯走过去。

我愣了会儿，拐进人力部门，问他们招聘的事定了没有。

"你还不知道那是怎么回事儿啊？"那个主管诧异地看着我。

"怎么回事？"

"已经被咱们的国企股东内定了，是他们一个负责人的什么亲戚。"

"可我已经让人家复试了……"

"谁让你跟人家充大个儿的。"那厮鄙夷地笑道。

自然而然，我有了一种让人当蠢货玩儿了的感觉。再想想桃儿姑娘，她的这种感觉一定更加强烈。不知道为什么，我感到自己十分愧对于她。按说这些年，信口开河的事儿我也没少干，空手套白狼的歹心更是起过不止一次，在不同嘴脸的人面前捶胸顿足、指天发誓之际，我从来没有感到对不起他们；而这一次，却让我有了无地自容之感。这不失为一件奇妙的事情。也许是面对那位桃儿姑娘的时候，我有了这样一种幻觉：自己并非一个30多岁的"老泡儿"，而是一个大学刚毕业的愣头青。

我端着咖啡杯，在座位上响亮地咂巴了几声，感到自己无法在这儿坐下去了，便拎上包摔门而出。中关村大街上阳光灿烂，"第三极"大厦的玻璃外墙更是将阳光整齐地切割成片，以标准化的形态投射到人们头顶，照得人眼晕。春天的确快要来了，路上的风也并不凛冽，敞开衣服快步行走时还很舒畅。整条街的人看起来都心情不错，除了一个人。

我拐了个弯，朝着母校所在的方向前进，果不其然，没一会儿就看见了桃儿姑娘。她正在一个报亭前驻足，翻看着一本《书城》杂志。我插着兜，在她斜后方站了几秒钟，而后还是决定躲到公共汽车站的广告牌后面。这时，摊主大声问她买不买杂志，她说这期不是她想找的，上个月的还有没有？摊主弯腰，从柜台底下拿出一本，"啪啪"拍打着尘土，大度地说："两块钱给你了。"

她把杂志揣到米老鼠书包里，扭身继续走向学校的方向。有

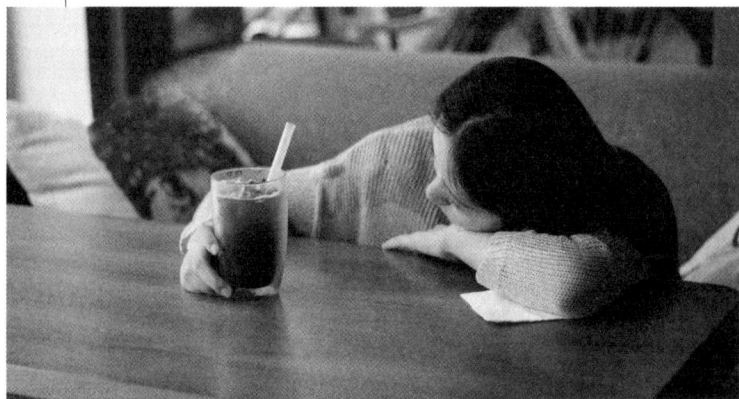

一些这个年岁的姑娘，走路时脚步总是故意拖沓，运动鞋的鞋跟仿佛都不怎么离地，这么走道不免很费鞋；但因为她们有着年轻的脚踝、膝盖和腰肢，整个姿态仍然显得很轻盈。桃儿姑娘走路的样子，就属于这种既懒惰、又轻巧的类型，让人想起一颠一颠的小鸟。她还有一双格外大、格外厚的毛线手套，图案是黑白相间的斑马条，由一根绳子相连挂在脖子上。因为手没揣进去，这两只手套就在她的胯部两侧跳起舞来，好像无所事事地对路上的自行车招手。她那件亮黄羽绒外套明显大了一号，像个厚壳子把人罩在里面。一定要穿大一号的衣服，也是如今很多年轻女孩的审美趣味。而从这个背影看上去，她并没有显现出难过的迹象。也许她是个没心没肺的人。

我刚刚有点欣慰，随后就意识到自己猜错了。走到"中关村图书大厦"对面的那个麦当劳门口，她拐了进去，到柜台上买了一只巨无霸汉堡和一杯热饮，然后坐到靠窗的位子上吃起来。她的每一口都咬得很大，执意要把嘴巴全塞满，脸鼓起来的形态就更像一只桃儿了，而且还是一只水果摊上无人问津的桃儿——两眼木木地看着窗外。吃着吃着，她用手背抹了一下眼睛，动作既短促、又用力。然后再吃，然后再抹眼睛。她是不是哭了呢？我站在麦当劳门口，无法从侧面透过玻璃看得太仔细。但是她那奋力大嚼汉堡的样子让人心疼。

当她把包装纸揉成一团、站起身来的时候，我意识到自己的行为有点下作：简直是一个尾随少女的无聊老男人。这个念头让我哑然失笑，慌不迭地转身走开。走到"海淀图书城"的入口处，我回头望了一眼，看见桃儿姑娘的背影消失在大拨儿轰过马路的人流中，如同一只梅花鹿藏身在骆驼群里。

此后的几天，我再没心情上班，一直窝在家里看电影，顺便给马流氓的报纸写了几篇口水文章，他们让骂谁我就骂谁、让捧谁我就捧谁，连"张艺谋翻开了人类视觉艺术的新篇章"这种话都说出来了。闲在家里做寓公的b哥跟他的第三任"蜜"闹起了矛盾，大半夜的跑过来滋扰我，我们便挨个儿给人打电话，召集人打牌。被有家有业的朋友们臭骂一轮之后，b哥笑眯眯地往桌上铺麻将布："玩儿四川麻将好了，两个人也可以打。"

他又问我："按电子游戏的规矩来吗？谁输了谁脱衣服？"

我说："玩儿肉体太刺激，我受不了，还是玩儿钱吧。"

我们面对面地打了17个小时，脸都打肿了，结果被这个资本家剥削了一千多块。我掏钱的时候，他执意不收，我差点急了：

"福贵少爷他爸是怎么教育儿子的？赌债也是债。"

然后我们占据了沙发的一头一尾，四仰八叉地睡了20个钟头。十多年前，我和b哥在北大南门的小饭馆里酗了20瓶啤酒之后，也是这么一个睡觉的格局。当时我的前老婆正在和我闹别扭，他则被一个校女子篮球队的得分后卫粗暴地夺走了初夜，大家心情都很沮丧。饭馆老板也不敢叫醒我们，来来往往的顾客只好一边吃着肉丝肉片，一边听我们俩在梦里骂街。

而如今，作为一个商品经济的受益者，b哥的心态就没有那么穷凶极恶了。他霸占了我的卫生间，仔细地刷牙洗脸，往背头上抹了半瓶摩丝，然后坐在马桶上耐心地打起电话来。拎着裤子出来时，他向我宣布：第一，他刚刚收到一条"内线"，在股市里斩获了一百多万；第二，他决定拿出一部分利润，开办毕业十几年后最盛大的一次同学聚会。

因为时间定在周末，地址又是城北一家以奢侈著称的度假村，在北京的大部分同学欣然前往，就连过去跟 b 哥有仇的几个人都来了。"狠狠地吃丫的、喝丫的、叫小姐日丫的"，我这么劝那些家伙。应该说，那次聚会的一切环节都很完美，鲍鱼烧烤吃得我鼻血都快流出来了，不完美的反而是我们这些同学。让人诧异的是，原来很有意思的一帮混蛋，现在怎么变得这样面目可憎、索然无味——不光是别人，就连我也如此，常常干坐着一句话都说不出来，只好举杯："都在酒里。"而我分明看到，酒里融化着这些词语：无聊、衰老、认命。这就是生活酿给我们的毒酒，而我们必须一饮而尽——或者说同归于尽。

更让人失望的，莫过于出席的女宾。有人说女同学是世界上老得最快的人，这的确是真理。就连过去几个全校著名的"破鞋"，如今也无可避免地凋零了。破鞋旧到一定地步，反倒生出了古董般的傲慢，她们自己凑成了小圈子，喋喋不休地聊老公、聊孩子，和男同学的交往仅限于与一个重点小学的"校长助理"讨论择校费打折的问题。

到了集体泡温泉的时候，又变成我和 b 哥这对难兄难弟缩在小池子里躲开众人。"我是不忍心看她们，都能想象出奔拉成什么样儿了。"b 哥恶毒地骂着曾经觊觎过的几个女生。

"我们都得承认自然规律。我怀疑，牛顿发现地心引力并不是因为苹果树，而是见了一个分别多年的老相好。"

"老了，都老了。"b 哥居然露出了老年痴呆的神态，连嘴都歪了。

"我不同情你，我还没老。"我突然于心不甘，披上衣服从他身边蹦出去，脚一滑，差点摔到地上。

经过仍在扎堆聊天的女同学时，我听到她们正在说我前老婆的事儿。一个娘们儿信誓旦旦地说她"现在保养得特别好，还那么瘦"，而且"快和一个德国裔美国籍的投资公司副总裁结婚了——是个老头儿"。据说我前老婆又换了一个法文名字，叫"索菲"。看到我走过来，她们也没停嘴。我怀疑她们简直是故意说给我听的。

当天晚上，我没和别人打招呼，就独自开车回了市区。驶过四环路旁边的一家商场时，看见几百个青年男女正排着大队，等着兑换网上买的便宜电影票，许多男孩把女朋友裹在大衣里，坚韧地仰望着街上的霓虹。这场面是多么让人心碎啊。

我掉了个头，把车开到单位楼下，像做贼一样钻了上去。在漆黑一片的办公室里摸索了十来分钟，我终于撬开了人力资源部一个同事的抽屉，在两盒"六味地黄丸"底下找到了前两天收到的应聘者简历。借着手机的微光，我费力地从两寸照片上分辨出了那张"桃儿脸"，然后照着她留下的号码发了一条短信：你还好吗？在干嘛呢？信息发出去后，我才想起看那姑娘的名字。原来她叫姚睫，是睫毛的睫，不是清洁的洁。在自我介绍的时候，她一定经常对别人这样说。

圆明园

那天夜里 12 点多，我已经窝在床上快睡着了，姚睫才给我回了短信。我绝没什么可抱怨的，对于一个陌生的骚扰信息，她能回过来，就已经够仁至义尽的了。或者说，她也真够穷极无聊的。

自然，她的回话是：你是谁？

我想了想，回给她：我是谁不重要，但是我知道你的心情不太好。

她说：你管我心情好不好呢。

我说：因为我的心情好极了，所以特别希望关心别人。

她说：你有病吧。

我认为她说得有道理，就不好意思再"逗"下去了。我记得有一部欧洲电影，那里面有一个讲文化史的老教授，爱上了他的女学生，却又自卑于自己苍老的面孔，于是便用匿名短信骚扰她，进而与她交谈。像西方电影里的大多数知识分子一样，这个老教授也是一个精神有点分裂的家伙，他隐瞒身份向女学生倾诉的时候，对自己的学术思想，乃至他这个人都破口大骂。没想到这样一来，女学生反而喜欢上了这个"陌生人"，两个人就在电波信号里谈起哲学来了。老教授的风趣、学识深深地吸引了女孩，但显而易见，他本人却陷入了感情的悖论之中：女孩是如此厌恶"他"，而"他"却又必须以自我谩骂来博取对方的好感。最后，他看见女孩和一个年貌相配的小伙子走在了一起，只好悄然身退。他骗女孩说，自己决定自杀，已经服了药，马上就要死了。他祝她与恋人甜蜜、幸福，又道歉说，自己只想静静地离开，不想让世界上多一个"认识自己"的人——那会增加本已沉重的世界的"重量"。而这个时候，电影情节走上了极端戏剧化的路子：女孩为了"未曾谋面的知心人"而拒绝了男友的求婚，飞奔上了街头。面对一辆偶尔经过的救护车，她情难自禁、泪流满面；而此时此刻，老教授也在咖啡馆的靠窗座位上看到了这一幕。他从没想到，女孩爱的正是"他"，巨大的幸福感席卷而来，不光冲晕了他的大脑，也给了他本已脆弱的心血管系统最后一击——恰恰在站起身来与女孩对视的那一瞬间，老教授一头栽倒在地上……

那部电影的画面像油画一样浓墨重彩，布局考究，女演员长得颇有老牌影星索菲亚·罗兰的神韵。记得看完电影之后，我还欣慰地给一本电影杂志写过影评：欧洲导演也学着煽情了，这种为人民服务的精神是多么难能可贵。而比起这部"全球通时代"的、忘年版的"罗密欧与朱丽叶"，我们中国的编剧就像一群毫无心机的直肠子。在一部大陆投资、港星云集的片子里，讲过这样一个故事：一个香港的司机和一个深圳的按摩女用手机聊了起来，男的骗女的说，他是一个赛车手；女的骗男的说，她是一个钢琴家。后来，两个劳动人民终于意识到说谎话是不对的，便抛开面具、坦诚相见，过上了"咱老百姓的好日子"。

此时此刻，我打定主意不再和姚睫"说话"，并不是害怕我们一旦建立了"关系"，情节的发展就会像国产片一样傻。我的想法是：任何试图将电影里的情节搬进现实的企图，都是幼稚、愚蠢的。哪怕模仿的是一部马丁·斯科塞斯执导的大师之作。这样的冲动只属于喝一大瓶可乐、吃一大桶炸鸡也没有心理负担的毛头小子，而我已经腹部鼓得买条时髦点的裤子都不容易了。说到底，我莫名其妙地给一个长得像桃儿的姑娘发短信，这个行为已经有点像是"人到中年内分泌紊乱"的前兆了。

于是，我驼着背到卫生间刷牙、洗澡，从抽屉里翻出一瓶过期香水往被窝里喷了喷，准备睡个好觉。"咱们这个岁数的人，也就图个吃得香睡得着了"，这是很多朋友的感慨，透着一股丰衣足食的颓丧劲儿。但刚把一本"催眠专用"的老作家的小说扔到床头柜，顺手关了台灯，我的手机却像鬼火一样亮了起来。蓝屏的。

我看了一眼那条信息，是姚睫发过来的：你挨了骂，就生气啦？

我只好回过去：没生气。谢谢你提醒我有病，我就是有病。

她说：我看你是生气了。

真没生气，我说，应该生气的是你；而且咱们别说车轱辘话了好么，晚了，歇吧。

几分钟之内，她没有音信。我将信将疑地钻到被子里，刚一闭眼，短信又来了。

这次她问我：你怎么这么早就睡觉了？

早么？我说，如果你身在美国的白天，那我告诉你，现在是中国的夜里，全国人民基本上都睡了。

她说：那我们当一把美国人好不好——在中国的夜晚不睡觉？

我耐下性子发了长信：咱们学校有个老师，在"911"之后的那天写了篇文章，叫《今夜我们都是美国人》，透着一股酸溜溜的贱气。他他妈想当美国人，美国人也得看得上丫的呀。无论是空间、时间还是政治身份上，我都不想当美国人。

她说：你引申那么多干嘛？我只是找不到人说话。

我说：你想说话吗？那你现在敢出来说吗？

她说：我已经在外面了，你过来吧。

我愣了一会儿：我劝你有点儿警惕性——我要是流氓呢？

是流氓也能抓着你，她回道，师兄，你以为我不知道你是谁？

看来姚睫真是一个聪明的姑娘，或者说她有点儿小小的特异功能。许多女孩的"聪明"和直觉都是交织在一起的，没来由的一个念头，却总能猜到事物的本质。我想起自己的前老婆，她过去也有这种神奇的小本领，我信口编的瞎话，她总能一闪念就揭露。但这个能力却让她困扰，因为她从小坚信，了不起的人都是头脑清楚、逻辑严密的；人在生活中最宝贵的两个精神，一是勤奋，二是理性。而依赖直觉的女人都是弱者。她刻意不相信自己的直觉，并且极力把直觉从脑袋里面剔除了出去；再后来，她又理性地把我也剔除了出去。

而现在，我仿佛看见一只桃儿正坐在灯火阑珊处，咧嘴得意地笑着。我叹了口气，起身穿上衣服出门。我居住的公主坟一带，到中关村距离十多公里，晚上开车也就是一眨眼的事。我在"哨兵庄严，不容侵犯"的告示牌下左转，从海军某部机关大院的西门拐上了三环路。夜间的干道灯光璀璨，空旷得让驾车者不好意思；中央电视塔在八一湖的上方一闪一灭，熬着夜向全国失眠的人输送精神食粮；两个富家子开着改装过的斯巴鲁轿车声势浩大地从后面超上来，转眼之间绝尘而去。

因为一路上没怎么踩过刹车，我20分钟后就开到了圆明园东门附近。在路边随便停了车，我走进一扇漆黑、纵深、看起来极其荒凉的铁栅栏门。此时，我仍然感慨着此行的荒唐，同时还有奇妙——如果睡觉之前关了手机，我就不会和姚睫聊起来，也不会轻而易举地被她叫出来了。而眼下，我的任务应该是劝这个姑娘回到住处去，并讲上几句"早睡早起身体好"的道理。干燥的土路被我踩得吱吱作响，距离今年冬天的唯一一场雪，已经过去两个多月了。河北某些县市正在承受旱灾，但报纸上说，当地人民"有信心保证冬小麦的丰收"。光秃秃的树枝在头顶纵横八方地伸展着，像是什么生物的手臂，又构成了一张网，看着让人心悸。这景色完全可以搬进一部恐怖片里，但是我的心情却极不相称地爽朗，时不常地想笑。

沿着小径拐几个弯，就是一处被称为"单向街"的所在了。这里其实是一家兼营咖啡馆的书店，借了圆明园的景，搞得很有氛围。我有好几个"干文化行业"的朋友都很热衷在这儿办活动，有一次还邀请我主讲；那天我的身份是"口述历史学家"，向一些懵懂的小姑娘、小伙子解释什么叫"板儿带""军刺"和"圈子"，借此帮助他们看懂《阳光灿烂的日子》这部电影。讲完之后，他们把我归入了在70年代度过青春期的那茬儿人。我抗议说，生不逢时，我连83年严打也没赶上——当时我还在上小学，来不及施展身手。但一个小孩儿尖刻地说："那你就有资格认为自己还年轻吗？在我眼里，你和那些'60后'一样，都可以被归入叔叔辈儿了。"

那句话弄得我非常沮丧。也就是从那时开始，我被迫承认自己已经老了，也承认自己曾经浪费了过于漫长的岁月。

咖啡馆的灯昏黄地亮着，把小小的一片夜色映得很温暖。毫无意外，房间里的音响放着小野丽莎的音乐。我在靠墙的书架旁看见了那张桃儿一样的脸，她正趴在桌上，下巴压着手背，直愣愣地盯着一杯柠檬茶。

"你是不是失眠了？"我用熟人的抱怨口吻和她打招呼，"持续性的还是周期性的？"

"我不失眠。"她说，"我睡得香着呢，即使在火车上也想睡就能睡。我只是睡得晚。"

"刚毕业的人都这样，我上学那会儿也是。那时候宿舍里还没有电脑，但也有的玩儿，几个男生打牌能打一宿。"我拉出椅子落座，旋即换上过来人的口吻："不过我还是劝你调整一下生物钟，晚睡对身体不好，尤其是女孩儿，特别损害皮肤——你不希望25岁之前就开始化妆吧？"

她隔着桌子，用手指虚晃着"点"我："那你还出来，你那么会养生。"

"夜黑狼多，我不忍心把一'果儿'独自扔在开春的夜里。"我说，"纯粹是出于责任感。"

姚睫"哈哈"笑了一声，然后我们冷了几秒钟的场。她的眼睛并不大，但是很黑，睫毛又长又亮，随便一瞥也有注视的效果。

吮了一口冰茶之后，她忽然饶有兴味地问我："你说，你要万一没来，现在又没车了，我只能徒步走回去——如果真碰上流氓怎么办？"

"我有个好办法。"

"什么？"

"《静静的顿河》你看过么？那里面的女主人公阿克西妮娅也碰上过流氓，结果一句话就让对方收了歹心。你知道她是怎么说的么？她说——"

"我有淋病。"我们两个一起说出了那句台词，语调斩钉截铁。随后，姚睫开始大笑，笑得两手直攥拳头、浑身颤颤巍巍的。隔桌的一个长发汉子警觉地扭过脸来，看了她好几眼。

"现在的年轻人也这么爱好文化经典，我很欣慰。"我笑着点上一颗烟，又示意服务员随便拿杯饮料过来，"好好学，有前途，我就是因为有文化才混成现在这操蛋样子……"

"我觉得你过得挺好的呀，瞧你那肚子，鼓得跟妊娠似的。"

"现如今，这种肚子已经是劳动人民的特征了。中产阶级的形象，得是呲着一嘴白牙在海滩上跑步——我们那拨儿同学，从政的有好几个都是处级干部了；经商的同学更了不起，已经阔得随时能把当官的同学举报进监狱了；就我没出息，三十多的人了还住着父母的房子，老婆也跑了，吃了上顿没下顿，汽油一涨价就在网上骂'fuck gay 委'……"

"停啊，"她白了我一眼，"我最不爱跟你们这么大岁数的人聊天，原因就是男的也一律像怨妇。"

"好好，那咱们继续聊淋病的事儿吧。"

"呸。"她又咯咯笑了起来。

我看着她的脸，心想，现在的年轻女孩真是开朗，已经开朗到了浑不吝的地步。你越是故意跟她们说下流话，她们反而兴致越高。当然，这个姿态也许包含着莫大的智慧：她们明白"一切口淫犯都不是实干家"的真理。随后，我又瞥瞥她面前杯子里飘浮着的冰块，进而起了这样一个念头：她不在经期，所以情绪才会好转得这么快。在麦当劳，我明明看见她正在抹眼泪呢。假如是在"量多的日子里"，她眼中的世界就会灰暗得多了吧。这个岁数的人就是好，非常容易不高兴，也非常容易没头脑，世界观基本上取决于内分泌。

而杯子里的冰块还让我回忆起另一则趣事。我的前老婆刚跟我离婚那阵，b哥也刚刚晋身于我们国家被仇视的那个阶层。为了让我明白"路边的野花随便采"的道理，他开着新买的"捷豹"汽车，拉着我到工体附近的夜店去鬼混。但我很快看出来，他号称替我散心，实际上却是自己猎艳。

有一天晚上，他到舞池里遛了一圈儿，往包间招来了两位据说是"学舞蹈"的女孩，其中一个倒是条儿很顺，而另外一个却圆滚滚的——她自己解释说是"跳民族舞的"。出乎意料，b哥那天却把身材好的让给了我，自己却猛攻那个胖妞儿，还恭维她"是个冬暖夏凉的小宝贝"。我很诧异这厮为什么如此谦让，到了后半夜才明白其中的道理。很走运，两个女孩都不是"放不开的人"，b哥提出"太吵"之后，她们爽快地答应跟我们到宾馆"慢慢增进了解"。我自然拉着个儿高腿长的那位进了屋，但刚一关门，她就抱歉地说："不好意思，我大姨妈来了。"无可奈何，我只好把床让给她，自己坐在沙发上给她讲故事。快天亮的时候，她忽然疼得受不了了，我又跑出去给她买了盒止疼药。

b哥则肥瘦不挑地奋战了一晚上。次日中午，我们两个黑着眼圈总结工作，我破口大骂，而他却无耻地对我笑道："你这人就是不会观察生活，连人家来没来事儿都看不出来。"

我问他："你是怎么发现的？难不成鼻子比警犬还灵？"

"那倒不用。"他说，"你没发现在包间里点饮料的时候，我那个妞儿一杯一杯地喝威士忌兑可乐；而你那位呢，始终捧着一杯热奶茶？"

"这个你都留意，你太适合当妇科大夫了。"

"我只是爱学习，初中的时候就看过林巧稚大夫的很多著作。"

记得那位痛经的姑娘对我说的最后一句话是："你可真是个好人。"后来这事儿就成了b哥的笑柄，有事没事就揶揄我"真是个好人"。

"哎哎——"姚睫在对面叫我，"你怎么一人跟那儿乐啊？又憋什么坏呢？"

"没有，我面部神经紊乱了。"我看看手表，已经快两点了，便把话拽上正题："前两天那事儿真是抱歉啊，我是挺想把你招进来的，可是现在你也看出来了吧，我是个无能之辈。"

她的脸阴了一下，随即转晴："无所谓，这种事儿太多了。"

"都是裙带关系……"

"反正你们那破单位也没什么意思。"她短促地说。

"你能这么豁达，我就坦然了。"我犹豫了一下，又说："不过不管怎么说，我也有愧于你——你眼下要是手头紧，我可以……"

"咱俩还没熟到那个份儿上吧？"她尖刻地翻了个白眼。我登时更羞愧了，点上一颗烟，让烟雾遮住自己。

看见我不说话，姚婕忽然烦躁起来，挥挥手说："走吧走吧。"看那样子，好像是我破坏了她的心情。结账的时候，我坚定地把钱塞给服务员，她也没再多说，挎上米老鼠背包径自出了门。

"你住附近么？我送你好了。"我立起领子追出去，哆哆嗦嗦地说。早春的夜真是冷啊，冷得像一盆清水。

"不用，我走回去就可以。"

"那怎么行，你这不是抽我脸么？"

"我想自己走走。"

"那我开着车在后面跟着你。"

"随便。"

她大踏步地走出铁栅栏门，穿过马路往东走。在我印象里，那个方向是"前八家"，中关村地区所剩无几的城中村之一。此处的特色是破烂儿多，方圆十几里的垃圾都先回收到那里，然后再分门别类地烧、扔、埋。记得我上大学的时候，就常看见一辆又一辆驮满废品的三轮车缓缓地蠕动。而在"前八家"租房子的学生和考研者则必须接受这样一个心理暗示：你们和垃圾是一类货色。但是当垃圾也有当垃圾的好处，"前八家"的房租比别处要便宜很多。

姚婕穿过宽阔的柏油马路，走向不知深浅的夜色，我则迅速开上车，掉了个头，慢慢地在她后面跟着。看到她踉跄了一下，我才意识到自己没开车灯，便赶紧打开来为她照亮。她的背影像电影里的人物一样亮了，书包上的米老鼠更是栩栩如生。这时，她反而停下来，绕到我的车门旁说："算了，我不回去了。"

"为什么？"

"我住的地方是个平房小院，回去得敲大门，把房东叫起来。这还不算什么，关键是我隔壁的那个女孩，她已经考了三年研究生了，还没考上，脾气特别不好，而且容易失眠，万一吵醒了她罪过可就大了。"

"那好吧，我们……"

"但我也不去你家。"她斩钉截铁地说。

"我也没邀请你呀。"现在轮到我嗤笑着"白"她一眼了，"你说去哪儿就去哪儿吧。要我说，你就痛痛快快接受我的捐助，找个便宜点的宾馆好了。"

她的眼睛亮闪闪的："不是跟你较劲……是我不想睡觉。"

"还不想睡呢？"

"我也没辙。"她仰起脖子，看了看圆明园又高又黑的石墙，突然兴奋起来，"或者我们去圆明园好了。"

"这也太……"

"去吧去吧，我想受爱国主义教育。"

我几乎是被她生拉硬拽着下了车，又跑回"单向街"的那个院子。绕过已经关门的咖啡馆，再往黑暗的纵深处三拐两拐，就可以到达与圆明园相隔的那道矮墙了。我上大学的时候，学生们就常常趁夜从这里翻进去，到园子里去喝夜酒，看来这个好传统保持至今了。

"慢点走慢点走。"我气喘吁吁地跟着她。

"没事儿，这路我走过好几回，没坑。"

"我是怕踩着屎。"

但我们摸到矮墙底下，却发现它已经长高了。为了防止夜游的人，公园管理方又把它往上砌了半米多。凭我现在的身手，是无论如何也翻不上去了，更何况还带着一个女孩。不过姚睫并不气馁，坚定地说："前两天还听说有人从这儿溜进去呢。"于是，她东找找西找找，终于在矮墙底下发现了一个排水洞。先行者已经把洞里封的铁丝网卸掉了，大人可能费点劲，但十岁上下的小孩儿完全可以轻而易举地钻过去。

"钻狗洞，钻狗洞。"她兴高采烈地说，"你屈尊一下。"

"没问题，还有人骂过鲁迅先生钻狗洞呢。"我接过她的米老鼠书包，看着她跪到地上，轻巧地往洞里爬，上半身迅速消失了。但没过几秒钟，墙那边传来叫苦声：

"坏啦。"

"怎么了？"

"兜儿里的东西太多，卡住了。"

我忍住笑，看见她棉外套的口袋鼓鼓囊囊的，恰好顶在了洞口的外沿。

"你别光看热闹，帮把手呀。"她隔墙喊着，墙这边的两只脚踢了踢地面，这景象真是奇妙极了。

"那我帮你把东西掏出来？"我说。

"不用了，你推我一下就好了。"

我弯下腰，看了看她的下半身，觉得在这种环境下去推一个姑娘的屁股，实在有点不合适。更何况这个屁股很圆，在牛仔裤里紧绷绷的。于是，我一只手搭在她的胯上，另一只手按住她的腿：

"我喊'一、二、三'，咱们一块儿使劲好不好？"

"快点快点。"

"一、二、三——"我喊着，却没有推她；因为在这种姿势下，不推屁股是全然使不上劲的。但她受了我的鼓舞，憋足了劲儿一挣巴，却也成功地破洞而出了。然后，她从那边爬起来，拍打着身上的土，透过洞对我说："该你了。"

这对我来说无疑是个重大的考验，我的体形比她宽很多，按照青年的标准已然是个胖子了，想爬进去实在有点不切实际。但我想到一个好办法：豁出这身衣服不要了，仰面躺在地上，脑袋对准洞口的同时两腿乱蹬，用特种兵过铁丝网的姿势钻了进去。

初极狭，能通人，但随即豁然开朗，我望见了园子里的天空、树影、桃儿一样的月亮，以及月亮般明媚的桃儿脸。姚婕还用妇产科大夫的术语鼓励我："吸气，吸气……使劲儿……"

而当我双手卡在洞里动弹不得时，她还以掌做刀，在我的脖子上挥了个"斩首"的动作，法国大革命里的"雅各宾派"就是这么覆灭的。但经过我的不懈努力，终于成功地钻了过来；代价也可谓惨重：裤子被划了一个大口子。

"图什么呀，图什么呀。"我抖落着土抱怨道。"图这个。"她转过身去，挥斥方遒地甩了一下胳膊。啊，真是太神奇了，她的动作就像展开了一幅画卷，园子里的景色原先仿佛都是不存在的，一挥之下，就被从虚空中带了出来：湖水、残垣、远处依稀可见的小山……

此情此景让我沉默不语。我只好跟着她，在月光下往园子的深处走去。饶是黑夜，小径上的鹅卵石也闪闪发亮的。春天真是要来了，尽管树上还没有一片叶子，风的故乡还是北方再北方的西伯利亚，但我已经从干燥的土里闻到了开春的味道。只一丝，但足矣，我在这夜里并不感到冷。池塘里的冰正在融化，破冰之声惊起了树林里的飞鸟。

那天在公园里，我和姚睫长时间地没有说话；我们只是顺着小径，在古迹里疾走着。我能看到她嘴里和头顶蒸腾而出的热气，还能听到她清晰的喘气声，而她一定也可以看到、听到我。我们就像熟识已久的老夫老妻，虽默默无声，但却什么都不用说。

直到累得腿都快抽筋了，姚睫才说："坐一下好了。"而这个时候，东方既白，月亮已经像兑了水一样越来越淡了。我挨着她坐在长凳上，抽上一颗烟，平心静气地放松了一会儿，这才鼓起说话的欲望："过去的皇上真爽，一个人在这么大的园子里可着劲儿地浪。咱们也算当了把皇上吧。"

姚睫笑着说："皇上都是白天来，你这样的，顶多是巡夜的太监。"

"那你呢？思春的格格还是苦命的宫女？"

"无论格格宫女，我都是清白的——你是太监嘛。"

这话几乎像是勾引了。我想，我完全可以搂着她的肩膀，把她的脸扯过来亲一口，然后说："手术没做干净，奴才尚存一卵。"但我看了看她釉质般光滑的脸，又看了看晨光中她脖子上逐渐显现的绒毛，还是作罢了。究竟为什么呢？我不是那样的人啊。但事后再回忆起那时的场景，我竟然忘了自己究竟是怎么想的了。也许我想的是：太监就太监吧，奴才认了。奴才本是个纯良之人。

也许我什么都没想，是外部环境打断了我的歹意。记得天空的一角逐渐透明的时候，忽然有一个声音从远方传过来了。竟然是有人在拉小提琴，技术还不错呢，拉的是《柴可夫斯基D大调小提琴协奏曲》的独奏片段——倒退几十年，能把这支曲子从头到尾拉下来的人，都可以被直接招进专业团体。在空旷的黎明，琴声很有韧劲儿，同时又无比婉转；从方向上分辨，是从"大水法"那边传过来的。

怎么会有人在黎明时分到这里来拉琴呢？看来睡不着的人可真多啊。或者，那琴声实际上来自于我的幻听？我又想起自己小时候学琴的事儿来。我母亲乐团的同事都说，我的手指先天就比一般孩子长，听觉也灵敏，最适合拉小提琴了。但是苦练了十年，挨了无数顿暴揍，好歹磨出来的一点童子功还是被废掉了。作为一个常年在合奏声部被"大拨儿轰"的琴手，我母亲本来就很失落，而我的半途而废则让她的懊丧达到了顶点。记得那天，她和我父亲彻底放弃了把我培养成"一个艺术家"的希望，她把我的琴装进盒子里，踩着凳子放到大衣柜的顶端。放好之后，她忽然扭过头来，居高临下地对我说了一句："你这辈子都干不成什么事儿。"

还真是被她言中了。在我看来，她那句话并不是一句抱怨，而是一句预言、一句诅咒。此后，那把琴就一直被放在那里，仅仅拿出来过少数几次，而每次再拉，心情都会特别灰暗。我前老婆和我谈恋爱的时候，听说我学过琴，好多次要求我为她奏上一曲，但都被我坚定地拒绝了。"我现在能拉的，只是一泡屎了。"我这么说。

圆明园里的琴声转入了慢板部分，哀伤、沉静、底蕴十足。即使隔得这么远，每一个细微处都丝丝入耳。那孙子一定有一把

颇为名贵的好琴。而细听了一会儿，我更怀疑这是自己的幻听了，因为他拉得太好了，无论是情绪还是技术都无懈可击，几乎比我在 CD 里听过的海费兹的版本还好。学过琴的人都知道，完美的演奏只存在于乐手的脑袋里。

我想用手指捅捅身边的姚睫，问她是否听到了琴声。但看到她屏息凝神的样子，心想：还是算了，也许她和我一样也在幻听呢？那样的话，要是我"点醒"了她，远方的琴声会不会就此消失了呢？我们就这么傻乎乎地坐到了天色大亮。像被太阳照化了的雪人，姚睫先打了个哈欠，露出如愿以偿的表情，说："困了。"

琴声戛然而止。我看看表，公园已经快要开门了。半个小时后，晨练的老人纷纷入园，开始舞剑、跳舞、合唱《歌唱祖国》，我们大摇大摆地从正门走了出去。

"买票了么你们？"一个管理员狐疑地看着我们。

"刚扔了，犯法么？"我反问他。

连接上地和中关村两处的干道上，由北向南的车辆正在排队。又是一个声势浩大的工作日。我们绕了一公里路，在路边找到了车，我把姚睫送到了"前八家"的一个巷子口。一条黄狗蹲在"驴肉火烧"铺子的门口，等着早上的第一轮剩饭。

"那我回去了。"

"走吧走吧。"我揉着眼睛，向她挥手。

她走了两步，我又摇下窗户叫她："东西掉了。"

坐车的时候，她那鼓鼓囊囊的棉衣口袋裂开了嘴，露出一只手套和一本书。手套被线牵着，在她脚踝的上方晃来晃去；书则敞着肚皮，躺在副驾驶的座位上。一夜没睡，谁都不免丢盔卸甲的。

我扫了一眼那书的封面，好像叫《诗歌，自由的边缘》——或者《自由，诗歌的边缘》？总之是几个玄而又玄的词儿的排列组合。北大东门外的"万圣书园"总摆满了这类书，乍一看似曾相识、看完后又根本记不住。

"够学术的你，想考中文系的研究生呀？"我笑着问她。

她撇了撇嘴，迅速从我手里把书抽走、揣进口袋里，然后弯着眼睛对我说："你是好人。"

自从第一次见面，她一直用标准的、中央人民广播电台里的普通话与我交谈，因此这句四川话的感叹，我一时没反应过来是什么意思。直到她一颠一颠地消失在巷子里，我才反应过来，她说的是"你是好人"。这是《围城》里苏州小寡妇挑逗李梅亭教授的台词，又让我回忆起自己在 b 哥那儿留下的笑柄。总之我一晚上没睡觉，换来了这样一句好评语。

我把车开到清华南门外的一家兼卖早点的饭馆，伙同一群上班族吃了碗馄饨，又啃了一张鸡蛋饼，然后趴在桌儿上眯了会儿。早高峰过去之后，我才回家去，一觉睡到了中午 12 点，什么也没梦到。

哈尔滨

我对自己说，和姚睫出来厮混的那一夜，只意味着这样一件事情：我又认识了一个姑娘——而已。此外什么也不说明。而我一来游手好闲，二来自以为并不招人讨厌，认识的异性自然不少。尤其是我前老婆刚把我踹了的时候，混蛋事也不是没干过，薄幸人也不是没当过。对于那些随机出现又随机消失的姑娘，我基本也学会了报以一种"随机"的态度：既不死乞白赖地把她们往床上扯，给自己的裤腰带上"增加一枚勋章"；也不刻意疏远，让人家觉得我先"心虚了"。

有段时间，我还交往过一个相对固定的"女朋友"。她原本是马流氓他们报社的记者，后来跳槽去了一家美容化妆方面的杂志。万幸的是，那是一个比我更为开通的姑娘。第一次见面，她就开诚布公地对我说："我不会和你结婚的。"

"为什么啊？"我假装很好奇地说。

"不能怪你，"那个长腿"大蜜"豁达地说，"都是咱们这个社会的旧观念在起作用——我父母不能接受二婚的女婿。而且虽然你有房子住，但是又那么小，还是你父母单位的公房……"

"既然如此，你出来见我干什么呀？大伙儿都挺忙的。"

"老马说你特好玩儿，我想看看究竟是怎么个好玩儿法。"

本着"好玩儿"的精神，我请那姑娘到新开张的"欢乐谷"坐了趟嗷嗷乱叫的过山车，又到什刹海边上的饭馆吃过几次饭。她则发挥专业特长，教我借鉴一个香港胖潮人"Wyman"是如何穿衣打扮的。据我观察，她和我在一起的时候确实很开心，神采飞扬的；而我带着一个走在路上有人回头的妞儿，心里也很惬意。难能可贵的是，她虽然当过平面模特，但是从来不嫌我的雪佛兰车档次低，还弄了两个洋娃娃放在我的后座上。

约过几次会之后的某天晚上，她忽然给我发了个短信，再一次开诚布公地说："我想使用一下你了。"我便在自己家洗漱干净，开车穿越半个北京，到东三环的一个小公寓里去供她使用。整个儿过程，我都有一种被临幸了的感觉，但也没有特别的反感，还乐得被她摆布来摆布去的。打那以后，我们就结成了这样一种关系：定期吃饭，轮流请客；她闲来无事的时候，就把我召唤过去"使用"一下；她加班的时候，则烦躁地让我滚蛋。

直到有一天，她对我说："咱们以后就做普通朋友好啦。"

"你说的是那种不能性交的朋友吗？"我说，"使腻歪了？"

她说："那倒没有——只不过我要结婚了。我爸妈到中山公园替我相亲，挑上了一个电子工程师，刚从宾夕法尼亚回来，还在美国大学的篮球队打过替补呢。"

"那多好啊，中国人在篮球方面取得这个成就，已经很不容易了。"我也赞道，"他身体一定很好，你以后一定很幸福。另外说一句，你将来可不能撺掇他揍我。"

然后她就快乐地结婚去了，再没找过我。这种干净利落脆的生活态度，真让我欣赏。后来有一次，我参加马流氓他们报社的招待会，她也带着丈夫来了——端的是条好汉子，现场给我们表演了"原地起跳摸高三米二"的绝技。她还专门把她丈夫引荐给我，说我"在工作上和生活上都很帮助她"。

马流氓对我偷偷坏笑："她像不像在给老公介绍——你看，这就是我用过的充气娃娃？"

我却一点失落都没有，反而听出了马流氓嘴里的醋意。我怀疑，那姑娘当初是他上手不成，才赌气介绍给我的。

但是和姚睫见过面之后，我却有点隐隐地不安起来。她不动声色地对我施加了和其他姑娘不同的影响。从表面上来说，就是让我的心情明显好了，精神也莫名其妙地亢奋了起来。进入30岁之后，我的精力开始不济，熬夜的本领大不如前；每次被迫晚睡，都要缓个两三天才能恢复。但从圆明园回来的那天，我只睡了三四个小时，就坐卧不安地爬起来，去找b哥胡扯淡了。"你是不是磕什么药了？"b哥说，"今天表达欲这么强，语无伦次得像个低年级文科学生。"

下午去单位点卯的时候，办公室的大姐也说我"红光满面"。我特地到卫生间的镜子前打量了一会儿自己，仍然看到一个脸部松弛、眼袋浮肿的人，不过眼角里藏着的那丝笑意却是触目惊心的。我故意咧嘴，观察因为吸烟而被熏黄的牙缝，又从侧面审视着自己腹部的曲线，劝自己：省省吧你，别一开春就闹了。

两天之后，我去了趟哈尔滨。那边的冰雕节已经接近尾声，因此本轮邀请的都是些毫无分量的媒体；而各单位作为回应，也指派了一些最不重要的人过去，有些报社居然连仓库保管员都上阵了。在那些老弱残兵之中，我倒成了看起来最体面的一个，又仗着自己是"北京来的"，心安理得地霸占了当地旅游局的女接待员，和她"大哥大妹子"的搭得火热。那是一个两眼微微发蓝的少妇，据她说，这是因为她姥姥是白俄罗斯人。她中午招待了大家一顿杀猪菜，晚上又专门请我到著名的"梅华"西餐厅吃了罐焖牛肉。这种饮食搭配充分体现了她的血统特征，结果把我的胃吃坏了，搂着马桶吐了几个钟头。

次日，到了冰雕节现场，游客寥寥无几。由于厄尔尼诺现象的影响，许多雕像已经开始融化了。一个"希腊少女"的样子最凄惨：满脸是泪，胸围活脱脱小了一圈，裙子底下流了好大一摊水。大家围着她怜香惜玉了一番，就算结束了本次采访。因为返程票定的是三天以后，"记者"们这段时间没有事做，旅游局便找了辆大轿子车，把大家拉到郊区的景点去玩。我谎称自己要去看个同学，一个人在这座中国最北的大城市里闲逛起来。

三月快到了，就连这里的空气都有了暖意。而北方姑娘又以奔放著称，纷纷迫不及待地穿上了裙子，腿上只裹上一条连裤袜。这里还特别流行皮草，很多女孩都穿着真假难辨的"水貂"挤公共汽车，大长腿在衣角底下若隐若现。因为见识过一个混血儿，我开始怀疑那些格外明艳的姑娘都有异国血统，但经过"娱乐场所"门口时，她们的口音又让我如此踏实："大哥，找个妹儿唠唠嗑儿不？"

参观过"文革"时武斗之风最甚的"哈工大"和"哈军工"校园以后，我彻底无所事事，便找了家新开的电影院，连轴转地看了起来。这里的电影档期比北京落后一段时间，票价也便宜，我正好把去年没来得及看的几部引进片补上了课。放映厅里没什么人，几对情侣各自占了一个把角，也不看片子，自顾自地在黑暗里吭吭叽叽；我则一个人坐在五六排中间的位置，感觉像一个负责"艺术审查"工作的领导同志。记得曾经有人说过：什么时候电影院里孤身一人的观众占了大多数，才说明中国电影市场正式繁荣了起来。看来还差得远呐。

　　那天在看吕克·贝松指导的动画片《雅克和他的迷你王国》时，我的腰上酥了一下，像有什么小动物不安分地动弹着。我把手机拿出来，看见是姚睫的号码，几个数字在黑暗里幽幽地闪烁着。电影正演到关键的情节，男主人公领着一帮虫子发动了革命，眼看就要推翻另一帮虫子的反动统治；我却低下头，像脑供血不足一样发着痴，将她的号码看成了一排无意义的数字组合。过了一会儿，我感到面部肌肉有点儿酸痛，这才发现自己方才一直保持着笑容。

　　我迅速按了两下键，看了短信的内容。姚睫问我：你还好吗？你在干嘛呢？

　　我发短信回答她：看电影呢。

　　在哪儿看？看什么片子？她问。

　　我告诉了她片名，又评论道，这片子意思有点，但是不大，肯定赶不上导演的成名作《这个杀手不太冷》。随后，我告诉她，我到哈尔滨来了。我想问她喜欢吃这里的什么东西，比如红肠和鱼子酱罐头什么的，俄国产的伏特加我也可以给她带点，但又觉得这话太轻佻了。两秒钟之后，我转念想：自己长期以来，不正是这么轻佻么？越是不熟的异性，越要做贴心贴肺状。这是我的风格，我得对她一视同仁。

对于我的示好，她很不见外地回答说：红肠，我喜欢吃红肠；鱼子酱太咸；伏特加来一小瓶就可以，听说那边流行"苏联红牌"。我回答说好，她转而又跟我聊起电影来：《这个杀手不太冷》我也看过，那里面的小女孩就是纳塔莉·波曼演的吧？后来她还演过不少别的片子呢。

对，我说，纳塔莉·波曼长大以后，还演过《戈雅之灵》和著名大片《星球大战前传》；我觉得她是朱迪·福斯特之后最成功的童星了。

朱迪·福斯特是童星吗？姚睫问我，我就知道她演过《沉默的羔羊》。

我说：当然是童星喽，20 年前，罗伯特·德尼罗在《出租车司机》里就跟她合作过，那时她才十岁出头，演一雏妓——别看小，但已经很有风情了。

对对，纳塔莉·波曼也是这个路子。风情万种的小幼齿，这种形象特别招老男人喜欢吧？姚睫说。

我心绪黯淡了一下，随即又释然地回答：那肯定，我们都喜欢。

姚睫说：哈哈哈，吓死我啦。

你有什么好害怕的，我忍不住"刺儿"了她一句：大学都毕业了，用你们学校里的话说，这么大岁数的姑娘，只能算西红柿了吧——冒充水果儿。

她简短地回过来两个字：讨厌。因为是短信，我无法确定她是真的生气了，还是故作嗔怒地翻了个小白眼儿。说到底，我跟她还是不熟，没能力推断她的喜怒。

这时四周忽然亮了，电影散场。犄角旮旯儿的情侣们尚在瘫软，而清洁工已经进来扫地了。我想给姚睫再发条短信，却又觉得没什么说的了，便插着兜走到外面，一边在大街上溜达，一边不时掏出手机来看一眼。半个小时过去了，她也没再发过来新的信息。

就在我开始怀疑她是个"不禁逗"的姑娘时，电话却响了，她打了过来。姚睫的呼吸有点急促，好像刚走了一段路："你看完电影了？"

我哑然失笑："算是看完了吧。"

"我也上完课了。刚才是在车上。"

"你不是毕业了么？还上什么课？"

"算旁听吧。我们学校刚成立了一个电影研究中心，开了好多课，我正好闲着没事干，就过去听听。"

"哦，母校又找着骗钱的新门路了。"

对于我的揶揄，姚睫在那边"切"了一声，听起来有自卫的意思。许多刚离开院校的学生都容不得别人说母校不好，这我也能理解。电话里的杂音响了两声，她大概是找了个什么地方坐舒服了，然后说："骗钱怎么了，反正也没骗我的。而且我喜欢电影。"我想说：上次见面，你不还喜欢文学呢么，怎么这么快就改电影了。但一想，她肯定会说：所有文化艺术不都是相通的吗？于是，我说："多个爱好是好事，不空虚。"

"我才不是因为空虚呢——我充实得很。"

"真让人羡慕。"

"那聊聊电影吧，"她忽然换上一种认真的口吻，"说说你的感想。"

那副课堂讨论的架势让我又不禁想笑。也许她的课听得真是很投入，到现在还意犹未尽呢。我问她："聊什么呀？"

她说了一个以晦涩著称的台湾导演："我最近正在看他的片子，你看过么？"

"看过，"我说，"不过从来没看完过。"

她失望地"哦"了一声："那你喜欢看什么呀？说说你印象里最深的一部片子也行。"

我从脑子里找了找，然后说："《勇敢的心》，梅尔·吉普森演的。"

"不会吧？"她仿佛发现了什么珍稀动物一般，"怎么会有人喜欢看好莱坞的片子？"

"你的话应该是——怎么会有人承认自己喜欢看好莱坞的片子吧？"我说，"好莱坞每年拍那么多电影，要是没人喜欢看，早他妈的倒闭了。"

"那你说说，《勇敢的心》好在哪儿啊？"

"你等会儿。"

我走进路边一家门脸很小的俄式餐厅，一手夹着电话、一手翻开菜单，对服务员指了指红菜汤和肉饼配土豆条，然后又从书包里拿出耳机来插在电话上。解放了双手之后，我得以一边比画着、一边和姚睫"探讨"。因为被她认真的态度感染了，我的语调也激动了起来，声音越来越大，惹得其他顾客纷纷好奇地看我。在他们眼里，我的对面也许坐了一个隐身人，而只有我能够看见她、听见她。那副样子真是见了鬼了。

面对姚睫说我"被美国主流价值观蒙骗"的批评，我回应说："我还没那么幼稚，看得出来他们丫的想宣传什么。当梅尔·吉普森扮演的威廉·华莱士像一个美国大兵一样吼叫出'自由'这两个字的时候，我也有短暂的错乱感，但是这不妨碍我对整部电影的喜欢。"

她说："那你到底喜欢它什么呀？"

我犹豫了一下："英雄主义吧……就是弱小者执意对抗强大敌人的那种坚决……"

我说的很不好意思，但正像我担心的那样，她果然"噗"的一声笑了："这么说，你也喜欢看咱们国家的革命战争影片了？"

"那又怎么了？"我有点不快，但仍坚持着说完，"小时候看《董存瑞》和《英雄儿女》的时候，我也热泪盈眶。后来不爱看那些片子了，完全是因为拍摄手法的落后……我们这代人，多少有点英雄主义，甭管是个人英雄主义还是革命英雄主义，就爱看螳臂当车，就爱看蚍蜉撼树——但像《凯旋在子夜》我就不爱看了，因为那时候中国比越南强大，再怎么悲壮也是以强胜弱，没什么英雄的……"

这样的论调给了姚睫机会。她开始居高临下地说我不仅"幼稚"而且"意淫"，还说我这样的人"太好骗了"。除此之外，她又接着讲了许多云山雾罩的话，一听就是从课堂和学术著作上硬扒下来的。举个例子，她非要把"看电影"说成"观影"，把"字面"说成"文本"，此外还有"后现代、后殖民、后消费"等等"主义"

的名头，这些都让我心生反感。

然后，我们就吵了起来。她攻击我"幼稚"，我也用同样的词反击她。她说我"没头脑"，我说："那也比'假装不高兴'强。"最后我急了，仗着自己能说脏话，索性开骂。那一瞬间，我感觉电话的另一头并不是一个桃儿似的姑娘，而是自己素来讨厌的人的集合："装什么逼呀——你们？装什么大丫挺呀？"

听到我这个口风，姚睫就停止了滔滔不绝。电话那边的她一定有点吃惊。过了几秒钟，她才重新开口，嗓子都走音了："去你妈的！你他妈的就是一个流氓，而且还是一个土流氓！"

我本来想说"听到你能说人话我很欣慰"，但这时她已经挂了电话，把我留在"嘟、嘟"的声音里。我挤眉弄眼的表情立刻僵住了，挥舞不停的双手也悬在了空中。旁边的顾客纷纷以一种幸灾乐祸的眼神看着我，他们一定认为我的特异功能突然消失了，看不见隐身人了。

随后，我就懊悔了起来。姚睫只是一个学了点子新词儿，想要找个人显摆显摆的小姑娘。归根结底，她不过是渴望变得深刻点，渴望显得和同龄人不太一样，我又何必跟她较真呢？而且还骂人，这太不好了。我都这么大岁数的人了，还跟一个孩子置气，说来真有点丢人。她评价我"幼稚"，还真是说对了。伴随着自我批评，我低头打量饭桌上的食物。端上来许久，红菜汤都凉了，碟子的边缘结着油渣。我叹了口气，拿起刀叉，努力填饱自己，整顿饭吃得索然无味。

此后的两天，我连再去看一部电影的心思都没有了，整日就在街上晃悠。好容易熬到回去的日子，大轿子车把我们送往火车站，经过一家"哈尔滨特产商店"的时候，我连蹦带跳地让司机停车，下去买了一口袋红肠，又到旁边的超市拎了瓶伏特加。

"你要是单身汉的话，没必要买那么多。"蓝眼睛少妇劝我，"红肠两天吃不完就干了。"

"没事儿，我朋友多。"我凄凉地说。

那些红肠，我足足吃了一个星期也没吃完。头两天，我把它们放在冰箱里；但是后来一检查，许多根已经抽巴了，皱纹越来越深。本着不糟践东西的原则，我只好自己吃它们，每天中午一根、晚上一根，配上自己拌的蔬菜沙拉或者黄瓜蘸酱，吃得胃里直冒酸水。这期间，有几个文化诈骗犯找到 b 哥，怂恿他投资一部小剧场话剧，b 哥过来找我商量这事儿，没说几句马流氓就来了，于是局面又变成了打牌。到了晚上，b 哥拉开冰箱找吃的，看见那些红肠，自然要啃，我立刻蹦起来拦住："别吃，我舍不得。"

他奇怪地问我："你脑子里进什么了？"

"那是我给别人带的，就那么两根了，你都吃了我怎么送人啊？"

"瞧你那抠门样儿，我回头请你吃'唐宫'海鲜好不好？"

我义正词严地回答他："别以为就你有俩钱——咱们直接去'唐宫'吧，我请。你要敢抢账单，我就跟你绝交。"

我固执地把他们拉到百石桥附近的那家饭店，点了石斑鱼、象拔蚌和高汤辽参。

喝了几瓶啤酒之后，b 哥的痛风果然发作了；他龇牙咧嘴地脱鞋、脱袜子，把光着的脚盘到椅子上。服务员过来刚要说什么，他就让人家看自己的脚："都肿成这样了。"我和马流氓都笑话他真是合格的河南农民，"挣多少钱没用，天生烩面的命"。

但到了结账的时候，我又丢了一回人：因为在某个菜的价签后面少看了个"0"，身上的现钱还差了好几百。更惨的是，前一阵我那辆破车大修，刚刚把卡里的一点积蓄也花完了。b哥露出如愿以偿的表情，眼看就要打开他那只农民企业家风格的手包了；我则坚决不给他这种机会，一把揪住马流氓的脖领子，让他把拖欠我的两期稿费交出来。

b哥说："你是不是在家待的时间太长了，憋出强迫症来了？"

"强迫症就强迫症，总比你这种穷人乍富的心理健康点。"我恶狠狠地说。

而这一切的起因，竟然是两根皱巴巴的红肠。现在它们还躺在冰箱里，好像两橛风干了的大便。不愧是b哥，他转了转眼珠子，问我："你是不是谈恋爱了？"

"放你娘的屁。"

"这么粗俗的口风，更说明你谈恋爱了。"他坏笑着，好像连脚都不疼了，"还记得圣女果的故事吗？"

那还是我上本科时，刚跟我前老婆好上时的事情呢。当时刚流行起一个坏风气，就是男生要给心仪的女孩买奇形怪状的水果吃。我揣着月底仅存的二十多块钱生活费，在人大东门对面当代商场的地下超市转啊转，什么火龙果、蛇果、奇异果，一律都只够买半个的；后来在蔬菜专柜发现有一种叫"圣女果"的东西便宜一些，我大喜，买了两盒带回宿舍。那个时候，b哥是一个比我还要土鳖的土鳖，他看到这种东西，惊奇地大叫："好像一些乳头呀。"

还捏起一个，放到灯下照："莫言是有个小说《透明的红乳头》吧？"当天晚上，饶是我把圣女果藏在了枕头底下，还是被他偷偷拿出来，一口一个，通通干掉了。次日我自然要跟他拼命，而他也在抱怨上当受骗了："不就是他娘的小一点的西红柿嘛。"

那件事情的结局，是我和 b 哥到"学一"食堂买了五个真正的西红柿，红光满面地跑到我前老婆的宿舍下面，把她叫下来，送给她吃。我还说："报纸上都说了，吃这个东西对前列腺好。"

那个时候，我的前老婆是一个多好的姑娘啊，她高兴地接受了我们的西红柿，还和我们并排坐在楼下的花坛上，一人一个啃得不亦乐乎。b 哥在看过往的姑娘，我在看我的前老婆，我的前老婆则仍然在认真地阅读一本《英语专业八级词汇大全》。

"西红柿怎么说？"她突然问我。

"potato。"我说。

"那是土豆。"我的前老婆咯咯地笑起来，"你故意的吧？"

而我很惭愧，我确实以为那个词就是西红柿。自从考上大学，我就没再看过英语了，高中背的那点儿早忘得一干二净。记得我在大学时期唯一一次对英语的活学活用，就是她穿了件"ck"牌的衣服，我便用水笔在 T 恤衫上写了大大的"fu"两个字母，和她并排走着、招摇过市。但惭愧随即转为骄傲：作为一个公认不学无术的家伙，能够追上这样一个眼睛闪闪发亮、腰细腿长的外院女生，这不还是说明我很有价值嘛。

而现在，b 哥以嘲笑清纯少男的口吻说我"谈恋爱了"，我心里居然又冒出一分得意。而且像小时候在作文里写"少先队员遂成好事"时的心情一样，"心里甜丝丝的"。一贫如洗地回到家里，我又看了看那两根大便似的红肠，然后窝到沙发上，很有耐心地给姚睫打电话。

连拨了两次，都是响过十几声之后，一个李瑞英似的女声跳出来告诉我：您拨打的电话无人接听。拨到第三回，直接被挂掉了。这自然让我很失落，懊丧地把手机扔到一边，伸着脖子，兀自发了很久的愣。难道她已经不想搭理我了？不应该呀，她不像是那么容易生气和记仇的人呀。

四
合
院

后来我问过姚睫，但她一口否认生过我的气。"跟你这种人，犯得上那么较真吗？绝犯不着。"她说。但是我一问她："那为什么不接我的电话呢？"她就支支吾吾的了，有时说："当时忙呗，正在面试找工作呢。"我指出，哪有半夜去面试工作的，除非她沦落风尘了，到夜总会去找工作。她就改口："那就是我跟隔壁的女孩聊天去了。"然而据我所知，她隔壁的女孩精神不太正常，姚睫唯恐避之不及。

问过两次，她干脆说："你有劲没劲啊？一个老男人，一天到晚纠缠于这点儿小事儿，跟女的似的。"

"对了，"我耿耿于怀地说，"我就是纠缠。我更年期快到了，内分泌紊乱了。"

的确，在那些日子里，我给姚睫打过不少电话。刚开始是置气，心情一不好，就掏出电话，找到她的名字，狠狠地按键。如果那些时候她接了，我想我一定会劈头盖脸地骂起来的。不过后来就平和了许多，变成了一种类似于买彩票的心态——饭前便后拨一个，猜猜她有没有心情和我说话；也猜猜自己如今的生活里，是否还装得下一次惊喜。

这种近乎变态的行为，是在一天夜里戛然而止的。那天特立尼达和多巴哥大使馆举办了一个所谓的文化交流活动，试图把他们的一个纪录片导演推介到中国。但是很遗憾，不仅那位导演，就连知道那个国家的人都少得可怜。看到会场稀稀落落的景象，承办此次活动的公司急了眼，现场给各路闲杂人等打电话，保证"有上好的南美牛排吃"。我正好已经吃了半个月方便面，听到消息便欣然前往。进使馆的时候，工作人员面无表情地管我要请柬，我和蔼地对他说："你这种精神很值得称道，就是列宁同志也要出示证件。"

"你们无聊不无聊？"那小伙子说，"怎么进去的人都是这句话。"

"这个故事叫《列宁与卫兵》，你们小学课本上没有这一课了么？"我望望会场里那些无所事事的老男人，扭脸问他。

"早没了。"小伙子爱答不理地说，"我们学的是李素丽给乘客擦痰。"

我说："那《马克思是如何学外语》呢，还有么？"

这时候，文化公司的朋友来接我了，小伙子烦躁地挥手："该干嘛干嘛去。"

当那小国的文化参赞致欢迎辞的时候，我们一群蹭会的人已经围到自助餐台旁边吃上了。"这国家不够意思，上次我去阿联酋使馆，人家还发了一个镀金胸针呢。"一个半熟不熟的家伙一边大口嚼着牛肉，一边抱怨。几分钟以后，一个活宝一样的摄影师加入了我们，气氛登时热烈了起来。大家喝了几瓶加勒比地区特产的朗姆酒，险些把人家的桌子给掀了，参赞先生只好把我们轰了出去。

那几个家伙相见恨晚地勾肩搭背，在华灯初上的使馆街上唱着歌，又有人提出到日坛路上的"七星岛"酒吧继续喝两杯，并去诱俩"俄罗斯大蜜"。"振我国威，800块钱一次并不贵！"那个摄影记者像老手一样介绍行情。我恰到好处地说自己胃疼、想吐，让他们"别忘了告诉我胜利的消息"，然后坐在马路牙子上抽起烟来。

歇到"使"字打头的公务用车各回各窝，街上陡然清静下来，我才跟跄着站起来，沿着林荫道缓缓而行。路灯把我的影子拉长再缩短、拉长再缩短，让我恍惚感到自己是橡皮做成的人。这些年来，使馆区的景色没有什么变化：宁静中藏着奢靡。"三人成列"的巡逻武警永远年轻、挺拔，路边璀璨的灯光下，则是中国人开办的世界各地的风味菜馆：俄国的、印度的、伊朗的……醉醺醺的外交人员只穿一件单衣，红光满面地抱着杨树跳舞。我很怀疑他们一会儿能不能找到自己的住处——近些年来世界局势风云变幻，很多原先的国家在一夜之间消失了，更多新的国家则像雨后春笋般冒了出来。这个变化反映在使馆区，就是房子有点不够用，而且喝多了的人容易走错门。

走过业已一分为二的"捷克"和"斯洛伐克"，一分为N的"俄罗斯""格鲁吉亚"和"吉尔吉斯斯坦"……我不知往哪儿拐了个弯，不多久便来到发达国家扎堆的那条街上。这里明显热闹得多，尽管洋人都下班了，但还有不少东北口音的"留学中介"在给过往行人发传单。就算你是个弱智，他们也会信誓旦旦地保证把你"办"到英联邦和日本去；在他们的嘴里，女王和天皇简直就是一对儿专门收容智障青年的慈善家。

在美国大使馆门口，我停下来，鬼鬼祟祟地往里探了探头。毫无向往、亦无敌意，只是想起了我的前老婆。记得那时候，她拿着满分的 GRE 成绩，到这个院儿里去办签证，并坚决不让我去送她。她说："那样我会非常内疚的。"而我则安慰她说："我一直都在对你内疚。"那天虽然答应了让她一个人去，但后来，我还是偷偷跑到了使馆门口，靠在一棵杨树后面，和树上的眼睛们一起注视着队伍里的她。当时正值反恐战争如火如荼，美国大规模增加军费，削减了教育预算，因此那拨儿留学生很难签过。从院儿里出来的人大多哭丧着脸；我前老婆进去之后，没一会儿就走了出来，也哭丧着脸。看到她的表情，我心里自然猥琐地窃喜着。

随即，签证的队伍发生了小小的骚乱，我的前老婆失魂落魄的，把一个中年人的包儿碰到了地上。那人大概是个预备公款出国考察的国企干部，嗓门很大，不依不饶地骂她，我立刻从树后面冲了出去。那厮一定是被酒色掏空了，200 斤的一条汉子，居然被我一下儿就推了个屁墩儿。他那国字脸涨红了起来，问我知不知道他是谁。看到我不搭理他，他又扯着嗓子叫人，一辆外地牌号的奥迪车就从路边缓缓地倒了过来，司机不情愿地打算下车。虽然武警已经注意到了我们，但我还是走到路边，细心地从地上抠起半块水泥砖，准备表演一出当街开瓢。后来还是我前老婆扯着我，才把我拉走了；而那厮却也不敢再骂了，只是义正词严地指责我"给国家丢了人"。

快步走出两条街，我前老婆嗔怪道："你都多大人了？"

我问她："签过了没有？"

她一下就哭了。这种情况，我只好给她鼓劲："没关系，反正考试成绩也不作废，下次再签……刘欢是怎么说的？time and time again 嘛……"

她却说："没下次了。我签过了。"

是啊，她的成绩那么好，还拿着美国最有名的商学院的录取通知书，怎么可能签不过呢？我就说："那是好事，你哭什么？"

她狠狠地对着我的膝盖踢了一脚："你说我哭什么？"

这么说，她是因为要和我分开而哭喽。看着她梨花带雨的模样，我想，我是不是也应该煽一把情，陪着她哭一鼻子呢？但是那天也不知怎么搞的，我一点自我煽情的能力也没有了，只能木讷地看着她，手里还拎着半块水泥砖。时至今日，我还在想：我欠着她一腔泪水呢。

而此刻这个醉酒的夜晚，我迎风在美国大使馆门口站着，酝酿了很久，也没把那腔泪水还上。酒倒是醒了不少，我只好尴尬地跺了跺脚，步行往长安街方向走去，去坐地铁了。

那晚一回到家，我就神经质地给姚睫打电话。拨通一个被挂掉，拨通一个被挂掉，最后我居然拿着手机睡着了。这一觉睡得很短，醒来的时候口干舌燥。我到厨房灌了几口自来水，然后又机械地拿起手机，想要继续拨号。屏幕上显示，已经夜里两点半了，怪不得窗外还是那么黑。窗户缝中渗进来的寒气让我打了个激灵，也让我突然醒了似地停止了打电话。一个声音在我脑子里响起：这可是不折不扣的骚扰——你还要不要脸呀你？我仿佛看见一张桃儿脸在眼前晃动，既刻薄又鄙夷地对我说。

随后，我也认同了她的意见，并且这样想：我和她有什么关系呢？北京太大了，萍水相逢等于不认识。我的生活是我的，她的是她的。这些日子，我真是有点失态了。究其原因，并不是她有多么迷人、我有多么神魂颠倒；长势喜人的"果儿"多了去了，我未见得多么渴望一只桃儿；况且她还这么幼稚，也说不上多有风情。我之所以失态，只是由于"闲"了太久了吧。人要是太闲了，就是容易精神错乱。

经过自我批评，我决定从明天开始，去找点儿"事儿"干。

好容易熬到下个月开工资的日子，我立刻向单位请了个"不定期的长假"，理由是自己想"搞一份市场调查"。前面说过，我混饭吃的那家网站血统极其混乱，国资、外资、个人股份都有一些；名义上的领导呢，则是从一个国有报业集团里"分流"出来的处级干部。那老头儿人倒是很好，只不过办事儿不太着调，刚来的时候口口声声要把网站办成"思想文化的阵地"。后来听说，他在原单位是负责老干办工作的，比较擅长的业务仅限于到外地批发苹果，再按个头儿大小及红润程度分成三六九等送出去。

我去请假的时候，他早已被底下的几个人架空了，一天到晚无所事事地坐在办公室里，"呸呸"地往杯子里啐茶叶末儿。听到我的申请，他皱着眉头，递过来一支烟："这个事情，还得组织上斟酌一下……"

"对于我来说，您就是组织。业务上的事儿，我也只想跟您一个人谈。"我说,"那些人鼠目寸光,根本不鼓励年轻人创新。"

这个政治失意者的激情很快被我挑逗了起来,兴致勃勃地和我探讨起"市场调查"的细节来。我则把那几个文化诈骗犯怂恿 b 哥投资话剧的说辞背诵了一遍。"很好嘛,后生可畏、后生可畏。"老头儿心满意足地戴上套袖,认真地伏案,在我的请假申请上写下了"同意"两个字。

然后,我拿着他的批示,气势汹汹地去找另外一个业务主管。办公室有没有我这么一块料,那家伙本来也无所谓,唯一感到遗憾的,大概就是不能借机刁难我了。对于我请假的"真实动机",他以一眼看透的口吻说:"骑着驴找驴,你还真不傻。以后有什么好机会,也别忘了哥哥我……""那肯定。"我以同样的江湖气回答,"狗富贵,猪相忘。"

随后我就煞有介事地"忙"了起来。至于忙了些什么,说来也很惭愧,就是每天泡十几个小时咖啡馆。在年轻人里稍微有点名气的、非连锁经营的店面,我基本都去过了:观察人家的装修、菜单,逐一品尝那些甜腻腻的"特色菜品",借机和店长、服务员聊天,打听人家的房租、利润和员工工资。在对方允许的前提下,我还拍了不少照片存在电脑里,打算有朝一日自己开店时做参考用。

开一家兼卖图书和黑胶唱片的小咖啡馆,是我大学毕业以后,唯一称得上跟"理想"沾边儿的事情。而所谓"理想",我的理解也很简单,不外乎两个条件:一、踮踮脚尖够得着;二、闲来无事的时候会想一想,想得你怅然若失。当然,要是这么说来,不少漂亮异性也称得上"我的理想"了。

当初我从一个部委下属的事业单位辞职时,对家里人亮出的借口也是为了这个"理想"。而为了把我塞进那个衙门，我父亲拉下脸来求过不少人呢；就连在部队时一个与他关系特别不好的同僚，他也堆着笑脸，给人家送了两瓶茅台酒。他的脸面如此金贵，牺牲得如此艰难，却被我弃之如草芥，这自然把他气得够呛。过去他总骂我是个"混蛋"，经过这事儿，就升了一级，变成了"逆子"。这个称号无疑更严肃、更庄严，也是经过了深思熟虑的，并非脱口而出的气话。而我母亲则把账算到了我前老婆头上：她觉得我是因为媳妇儿挣钱比自己多，在家里常年得不到尊严，因此被逼得扔掉了铁饭碗，到商海里去"弄潮"。殊不知，我在尊严方面很无所谓，结婚的第一天就宣布："我要吃软饭了。"这种无耻的态度反而把我前老婆逼得精神错乱了一段时间，还专门找心理医生去看过。

那个时候我还很幼稚，认为人只要不要脸，就肯定能挣到钱。可是在几家大大小小的公司混过之后，我才发现了两条规律：第一，不要脸是没有底线的，当你觉得自己已经很不要脸的时候，永远有人比你更不要脸；第二，当大家比着不要脸的时候，脸这个东西就已经严重贬值，很不值钱了。怀揣着小小咖啡馆的理想，我足足折腾了五六年，到头来一算账，却发现户头上的数字基本等同于一个狗屁。

而现在预备开店的钱，还是拜我那在"500强"企业干到了部门经理的前老婆所赐。离婚的时候，她拿出一张存折交给我。我数了数上面的一小串儿"0"，勃然大怒："你怎么有这么大的一个小金库？"

她说："当时你号称要吃软饭，把我吓着了，所以就没告诉你，公司还有年终奖……"

"现在坦白也不晚。"我赞许地点点头，然后把存折推还给她，"我不要。"

"为什么不要？"

"你挣的再多，也是血汗钱。出国用钱的地方多着呢，我在这边怎么都好凑合……"

"这是我们的婚后共同财产，你有权力留着。"

"你就那么急着跟我撇清？"

"现在再说这个就没意思了……"我前老婆说着，又要哭了，"你拿着吧，再怎么说也是我对不起你，我心里不安——就当你牺牲尊严安慰我了行不行？"

最后我们说好，如果我用这笔钱开了店，店名就用她的名字，聊作纪念。这才结束了我们这对到头夫妻之间的孔融让梨。此刻想一想，我除了欠着她一腔泪水，还欠着她一家咖啡馆呢。并且，如果她坚持认为除此之外，我还欠了她整整十年的青春，我也只好一并承认了。在外人的眼里，她从认识我到和我结婚，完完全全就是昏了头、浪费生命；而最后终于和我离了，很多关心她的人都长舒了一口气。啊，我不知不觉就欠了她那么多。

经过一段时间的考察工作，我的毛衣都被熏出了一股咖啡渣子味儿，情绪却越来越悲观。以三四年前的物价水平来计算，我前老婆留下的那张存折，够开一个相当"劲儿劲儿"的店面了；而每当我在外面混得不顺，也都把这个理想当成了退路——大不了爷做小买卖去。打开咖啡机，招待十六方。但随着房地产业抽起了疯，稍微好一点地段的房租都翻了几倍，我手里的钱就飞快地缩水了。

我所能负担的店面面积，从一百多平米降到了80平米、50平米，最后只有二十多平米了。到了这个地步，房产中介都犯了难："哥你搞笑呢吧，20平米就别咖啡馆了，务实一点儿干个麻辣烫得了。"因为房租太高，那些已经开起来的小咖啡馆也步履维艰。在南锣鼓巷、学院路和什刹海，很多年轻的店主都对我诉苦："还不如上班儿挣得多呢。"

我只见过一个无忧无虑的"老板"，那是个下巴尖尖的姑娘，连咖啡机也不会用，每天坐在柜台后面只干一件事，就是把指甲涂成不同的颜色：一个红、一个蓝、一个绿……

"冷落成这样了，你也不着急？"我问她。

"不着急。不过你要再跟我搭茬儿，就有人该急了。"那姑娘有气无力地挥挥手，在我眼前划出一道彩虹，"这店是我老公给我开的，他怕我闲着没事儿勾搭野汉子。"

"真是法律意义上的那种——老公？"

"我去你妈的。"

而且刨除掉房租的因素，我究竟是不是做买卖的那块料呢？这点也很可疑。看着那些岁数比我还小的年轻人一刻不得闲地记账、迎客和供货商讨价还价，我就心生惭愧。说到底，咖啡馆之于我，只是一个可以用来发呆、神侃、理直气壮地耗过一整天时间的地方。

就在开店的计划又一次止步不前之时，b哥恰到好处地打来了电话。他已经原则上同意拿出一些钱来，在小剧场话剧这方面"试试水"，并邀请我加入。我不认为自己能在话剧艺术上有什么作为，

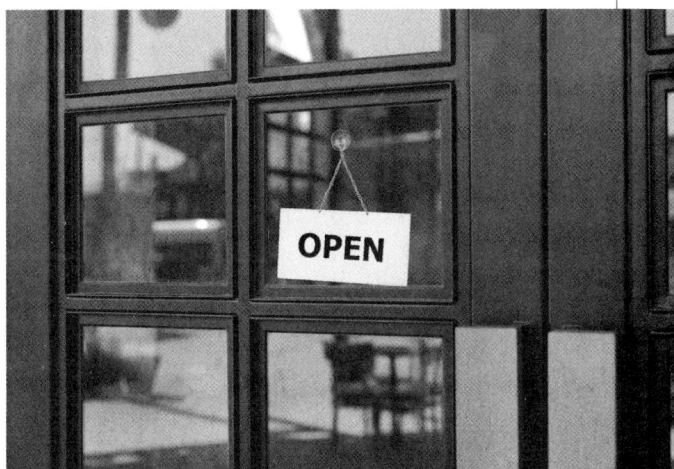

也明白 b 哥找我，只不过是想在"团队"里安插一个自己人，免得吃亏上当。他又恢复了一副精明的商人嘴脸，推心置腹地对我说："我也不是图钱，咱们这么大岁数的人了，无非就是想干点事儿、干点儿事儿……每当看到现在上演的那些话剧，我就很忧虑……"

"那些个'知本家'，你知道我最烦他们丫什么吗？"我尖刻地辱骂 b 哥，"就是明明干的都是卖身求荣的事儿，还非得从裤裆里掏出二两文化责任感来。" b 哥则保持了这么多年一贯的从谏如流："我就欣赏你的直率。"

必须得承认，他是个比我聪明得多的流氓，三言两语就把我拉了过去——而且连报酬都没谈，只许诺给我报销几顿饭局。这样一来，我又有了另一个可以名正言顺地发呆、神侃、浪费时间的去处，便如释重负地把咖啡馆的事情扔到了一边。

b 哥把"策划会"的地址定在了他那雕梁画栋的四合院。"那个地方，特别适合干点儿和文化沾边的事儿。"这厮恬不知耻地说。当天下午，我如约而至，先被门口的两只石狮子吓了一跳。上次来，还没见有这俩镇宅之宝呢。我抬起厚重的铜环，轻轻叩响了 b 哥的朱门。

片刻，b 哥趿拉着鞋，夹着一只玉石烟嘴出来开门。我问："姨太太没在？"

"甭提那娘们儿，我把她遣散了。" b 哥烦躁地挥手，转而向我显摆他的石狮子，"这俩神兽怎么样？从河北省定县屯乡屁股村拿大卡车拉过来的。"

"整幢宅子也就它俩是干净的。"

"骂人？"

"夸你富比王侯呢。"

逗了两句嘴，我们穿堂过室，来到高耸、敞亮的正房落座。b哥像一个真正的遗少，径直骗腿上了炕，斜卧在他的"鸡翅木"美人塌之上，从茶几上抄出一只烟枪摆弄了起来。

这个架势简直让我目瞪口呆："b哥啊b哥，你现在太能装了——也不怕我到胡同口儿的派出所举报你？"

"这东西你只在电影里见过吧？"b哥洋洋得意地说，"其实我也不抽，就是这屋子全弄好了之后，总觉得少了点儿什么，想来想去——哎，就是它。"

没过一会儿，那三个文化二道贩子也登门了，自称是某文化公司的"总裁、副总裁和总裁助理"。我怀疑他们那公司一共就这三个人。而对于b哥这副德性，他们固然极尽阿谀之能事："民国范儿，这就是陈丹青先生所说的民国范儿。"

我注意到，这几个混混儿的身后，还站着一个看起来很面熟的人。这是个高大的中年人，足有一米八儿，留着一头相当狂野的乱发，皮肤很干，脸上的棱角像刀砍斧凿出来的。尽管长了这么个样子，他的神情却出乎意外地拘束——像个站在陌生人家门外的孩子，暗自打量着屋里的人，沉默着。我凝神想了一会儿，把记忆中的人名和形象对上了号，然后扒拉开那几个宵小，探过身去与中年人握手："董东风——董老师您好。"

董东风颇显为难地对我笑了笑，给人一种岩石开裂的感觉。看到我的反应，文化公司的"总裁"赶紧在一边煽风点火："董老师是我们请来的……啊，文化顾问。他早年是特别有名的诗人，'第三代'里的代表人物，这些年的研究方向主要是电影……我前几天还在报纸上看见过一张照片，董老师和罗曼·波兰斯基勾肩搭背，说着法语探讨艺术——你们信么？"

"是在狱中合的影么？"为了掩饰方才的热忱，我故意"刺儿"了一句。

"波兰斯基犯事儿了么？犯的什么事儿？"

"奸幼。"

那几个人尴尬地大笑了起来，我又瞥瞥董东风，他却丝毫没有不悦的表情。我倒有点不好意思了。

b哥附和了两句"大材小用"，也不知说的是"学者搞话剧"还是"奸幼"之中的哪件事。然后他叫保姆进来沏茶拆烟，一干人云山雾罩地聊了起来。整个儿过程中，我都在观察那个叫董东风的男人，而他却像知道被人窥视一般浑身紧绷：沉稳如钟地坐在红木"圈儿椅"上，脊背挺得直直的，仿佛正在饱受"婷美"内衣的煎熬；他的手分别拢在两个膝盖上，松一刻紧一刻，不停捏着自己的腿。配上b哥家里庙一样的装饰风格，场面乍看上去，好像他是一位沉默寡言的金刚，正在审讯我们这群聒噪不停的小鬼。

在大多数情况下，他都闭着嘴，不接任何人的茬儿。作为一名圈儿里有点名气的学者，这个样子难免给人以倨傲之感，很容易被人民群众归入装逼犯的行列。但是董东风却不是这样，他的眼神疲惫、安详，反而让我们这伙儿人顿生惭愧。有时说着说着停下来，冷了场，某个人就会欠欠身，问他："董老师，您怎么看？"或者："董老师，给指条明路吧。"

董老师就小心地把茶杯放在桌上，谨言慎行地说两句。面对我们这个毫不靠谱的"策划会"，他自然也说不出什么靠谱的话，只能泛泛地聊几个大词儿，譬如"间离效果""互动"或者"群众路线"之类的。一干人等则集体"哦"一声，叹服："思路更清晰了。"

结伴撒尿的时候，b哥骑着他的"黄花梨"马桶问我："这厮到底是谁呀？"

"你说董东风？你不记得他了？"我提着裤子反问他。

"见过么？"

"好多年前了……"我使劲想了想，"咱俩上本科的时候，在'五四'篮球场打球，一员猛将隔着你扣了一个篮——就是他。他比咱们大几届，那时候就在诗歌圈儿里有点名气了，每年'未名诗歌节'都会上台朗诵……后来留校任教了，听说这两年又开始研究电影……"

"哦，对对，那时候还老看见他推着一个轮椅在学校里溜达——轮椅上是他的导师吗？"

"不，好像是导师的女儿。"

不知道为什么，我忽然想起了姚睫。我想象着那个桃儿一样的姑娘坐在学校的湖畔看一本书，书名叫《诗歌，自由的边缘》或《自由，诗歌的边缘》。词语的排列组合仍然混乱，但我的直觉告诉我，那书的作者正是董东风。

等我和b哥泄空了回屋，恰好听到董东风在说话。他似乎终于不能忍受我们这种开会风格了，声音低沉、一字一顿地建议说："不管怎么说，剧本剧本，一剧之本……你们就算还没有剧本，好歹也得确定一个主题吧——题目也得想一想。"

众人又叹服："明灯儿明灯儿，明灯儿指路。"然后又迅速分成两派，一派认为，应该先确立主题，后定题目；另一派坚持说，有了好题目，主题也就在其中了。

恰好这时候，b哥家的保姆操着一嘴河南话进来通知："饭馆打电话了，老鸭子已经煨酥了。"某个家伙灵机一动地叫道："普罗——董老师不是说过普罗么？普罗好。我们就搞个普罗的保姆题材吧。"

众人已经饿得咕咕叫，齐声赞同，然后你一句我一句地聊题目。这就更不靠谱了——有人说，叫《保姆成群》吧；另一个人说，那还是《大红保姆高高挂》比较好。最后还是我把操蛋的风格发挥到了极致："我们的思路可以青春一点嘛。你们觉得《保的姆》怎么样，有没有倭国风情？或者《1988——我想和这个保姆谈谈》？"

最后b哥拍板，将话剧题目暂定为《保姆逆流成河》，随即邀请大家去胡同深处的一家"官府菜馆"吃"袁世凯最钟情的糯米炖老鸭"。众人的大脑空转了无数圈，都已累了，没人再提话剧的事儿，转而称兄道弟地狂饮起来。喝了七八瓶窖存十年的"会稽山"牌黄酒之后，每个人都眼泪汪汪、额头发亮，就连董东风的话也多了起来，还朗诵了一首香艳的诗：

要加上几多佐料

用上什么火候

才能

把一个美女烹饪得鲜嫩可口？

大家齐赞一声"董老师，好一个闷骚的男人"。董东风赶紧解释，这诗不是他写的，作者是一个川菜馆老板，他只是"看到好，就记下了。"至于哪里好？董东风解释，因为诗里既有"脂粉气"、又有"烟火气"。而下面的话题，自然从这首诗转向了"人体盛"。作为唯一能到日本进行高消费的人，b哥有了发言权，他声称自己在京都吃过那"东西"，当时"很担心吃到毛"；而当天晚上回旅馆，却恰好看见自己刚"吃"过的那姑娘在路上走，正在给家里打电话，"一嘴京腔，听得我特别有幻灭感"。

　　在那个异国的夜里，b哥建议那位勤工俭学的北京女留学生："在你身上摆寿司，是很不搭调的。不如来碗卤煮火烧。"

　　而女留学生则这么回答："日本法律肯定不允许——会给顾客带来极其血腥的联想。"

　　这个段子我已经听过无数次了，但是这一次不知为何，突然感到非常恶心。我仿佛看见一个女人躺在餐桌上，开膛破腹，煮熟了的肠子和肺流了一腿。究其原因，也许是黄酒的后劲比较大吧，而且入口非常腻。

　　我撑着站起来，跟跄到古香古色的卫生间，扒着洗脸池干呕了两声。正在想吐又吐不出来的节骨眼上，忽然有人从背后拍了拍我："洗把脸就好了。"我抬头，看见面无表情的董东风。他为我开了龙头，我大张旗鼓地狠抹几把，的确清爽了不少；这时愣了愣，觉得尿意又上来了。对于一个深知醉酒有多难受的人来说，这是一个好兆头——撒出去就没事儿了。

　　我脱了裤子"哗哗"作响，董东风则躲到狭长的厕所的另一头，耸着肩上厕所。作为一个七尺大汉，这人的举止显得过于文静了，乍看有一种突兀的反差，但接触长了反而给人一种踏实的、值得信赖的感觉。这也许就是所谓的"古人之风"。再去洗手的时候，我故意洗得很慢、很仔细，等他走出来。

董东风从兜里拿出半包皱巴巴的"红塔山"，抽出两根来，都是断的。我赶紧掏出自己的让给他。他看看牌子，颇为欣喜地长吸了一口："我上学的时候也爱抽外国烟。"

"我和 b 哥是您的师弟……咱们几年前一起打过球呢。我还在诗歌节听过您朗诵。"

"哦？你的名字叫——"

"赵小提。"

"你是赵小提？"董东风像孩子一样在裤子上抹手，再一次与我相握，"我知道你。你现在还在写一些文化评论吧？影评剧评什么的？以前在文学社的诗歌刊物，我似乎看到过你写的……"

听他说起我曾经写过诗的事情，我登时满脸通红、手足无措，恨不得找个地缝钻进去。倒不是自认为写得不好，而是因为"写诗"这个往事本身就让我无地自容。这到底是为什么呢？是诗歌出了毛病，还是我们出了毛病？晕晕乎乎中，我像往常一样，说了很多对诗歌不屑的套话，诸如"那就是为了拍婆子""扯得我蛋疼"云云。而董东风则耐心地听我说完。

"写评论也不错。"他认真地说，"我在网上看过你的评论，有些观点我很赞同，不过有一些就有那么点儿……"

"迎合对吧？"我也认真地说，"媒体拿了发行商的钱，我则拿了媒体的钱；我们都得把出钱的人伺候好，这是职业操守。"

"弄这个话剧也是如此？"

"这事儿呀，"我嗑嗑牙花子，"还不如在报纸上写软广告呢——您没看出来，这帮人一点准儿也没有么？我纯粹是陪人扯淡，骗吃骗喝。"

董东风突然爽朗地笑了："那我更扯淡。那几个人到我家找我，说请我参加一个话剧方面的研讨会，没想到来了却是这幅光景。"

"他们那是扯着您的旗号招摇撞骗呢。"

"何苦来，我又不是多大的腕儿。"

"不不，您的赫赫名声已然可以蒙骗不少——"

我想到姚睫，硬生生地将"女青年"这三个字憋了回去，心里也莫名其妙地一紧。董东风则温厚地拍了拍我的肩膀，劝我"去吃点水果"。回到包间里，却见 b 哥和那三个文化诈骗犯酒到浓时，又掀起了新的一轮高潮。一个家伙捶胸顿足，几乎号啕着说："真是个圣人——我跟你说，他真是个圣人……"

我一边落座一边问："你在说谁？文怀沙先生吗？"

"文老固然也是……不过我说的是我们身边的圣人……"那厮突然目光炯炯地指着董东风，"董老师，就是一个活生生的——圣人！"

他语无伦次地嘟囔了很久，我也没听太清楚，只是依稀记得两个词，一个是"伉俪情深"一个是"感动中国"。大概说的是董东风和他爱人的关系吧。这和"圣人"搭边儿吗？而那几个家伙越说越煽情，已经完全陷入了酒后的神经质，到最后居然集体起立，前仰后合地对董东风"膜拜"了起来。

此刻，作为唯一一个清醒的"局外人"，我看到董东风的脸色已经很不自然了。他抿着嘴，眼睛看着别的地方，一副想躲又躲不开的表情。突然之间，我觉得自己应该为他做点什么了，便突然拔地而起，装作撒酒疯，揪住为首那人的脖领子吼道："你丫烦不烦？你丫烦不烦？"

那厮挣巴着和我扭打起来，b哥等人赶紧上来劝架："高了高了，都高了。"我顺便扬起一脚，踹到桌子上，两个盘子应声而落，吓得门外的服务员小妹"啊"地大叫。这顿饭就此吃不成了，b哥拉扯着我往外走，对老板说："通通记我账上。"

"谢谢您没把房子给点了。"老板苦笑着帮忙搀我。

刚出门口，我马上长身而立，整理着衣服冷静地说："我自己能走。"

在路灯下，我看到董东风沉默着对我点点头。我们互相笑了笑，就各自走了。

凤
凰
岭

　　此后的一段时间，我又和 b 哥、董东风等人聚了几次，名为策划话剧，实际上却总是闲扯淡。后来还是那个"文化公司"的人坐不住了，又到青年话剧院骗来了一个正经八百的编剧、两个演员，号称要"赶紧走上正轨"。我名义上挂着个策划，却已经了无兴趣，每每敷衍几句就走；而 b 哥却乐在其中，和一个演过"翠花上酸菜"的女演员搭得火热。

　　因为聚会的人越来越多，我和董东风也就丧失了混得熟一些的机会。他应该还有很多正事要干，比如为杂志写文章，给学生上课什么的，而且家里似乎也有一大堆事。我一直有个感觉：他之所以再忙也要到这边露一下脸，只是因为不懂得如何拒绝别人。有些人天生就是没有这个能力。后来，他磕磕巴巴地对 b 哥说，校方把他派到新疆的"石河子大学"支教半年，我反而替他长舒了一口气。

　　那天还是我送他上的路。他背着巨大的帆布书包从四合院出来，直接要去西站，我便也借故要走，邀请他坐我的车。走在三环路上，我们也没说太多的话，只是聊了聊石河子市在改革开放中取得的丰硕成果——那个平地建起的军事据点，现在变成了台湾人往西亚贩运方便面的重要中转站。更多的时间，我们都在盯着前车的车尾发呆。因为英国首相来我国访问，交管局采取了管控措施，路上拥堵无比。到了航天桥，就挪都挪不动了。董东风在车上小声打了个电话，好像是在嘱咐他们家保姆什么事情，然后抱歉地转过头来对我说："快晚点了，我还是走着过去好了。"然后，他就打开车门下了车。在一片尾气形成的迷雾中，我看见他的背影沿着立交桥越走越高，越走越远，仿佛即将徒步走向茫茫的荒漠。在那一瞬间，我觉得这个人生错了时代——假如是在上世纪的80年代，他的心情一定会愉快许多。

回来以后，我又向 b 哥打听："那天你们非说董东风是个圣人，什么意思？"

"好一出感伤主义大戏，可以上《知音》杂志了。据说他老婆是导师的女儿，早年间得过忧郁症，跳楼了，摔成了瘫痪。董东风坚持把她给娶了，伺候了她十多年。"b 哥用不屑的口吻说，"不过你不觉得董东风是个心机颇深的家伙么？他这么做，很可能是为了在学术界出人头地。非常巧，他结婚之后立刻就留了校，职称也评得非常顺——他那有名无实的岳父是个文化史方面的泰斗，跟钱钟书一块睡过牛棚。"

"咱们没必要诋毁一切有可能崇高的事物吧。"

"反正好多人都这么说。"

我没想到，刚过两天，董东风突然给我打了个电话。一耳朵听出是他的声音之后，我心里有些恍惚，回忆着自己什么时候给他留过号码。

他的语调也是迟疑的："这两天怎么样？"

"仍然混并快乐着。"我同样迟疑着回答，然后说，"您有什么事儿？是不是策划费……这个你放心，b哥那人猥琐归猥琐，还不至于克扣这俩小钱——我可以替你催催他。"

"不是不是。"他赶紧否认，"其实我是有点儿家里的事儿……得找你帮忙。"

这个要求让我大感意外。按理说我和他远没熟到那个份儿上。但我赶紧做关切状问："有事儿您说？"

他迅速说，家里的水管漏了，把楼下邻居家给泡了，他太太处理不了，而保姆偏又在这个节骨眼上精神崩溃了，突然打电话说要辞职。这种情况，自然需要有个男人过去帮忙。然后，他的声音又慢了下来："我知道有点儿唐突，不过你知道，我这人没什么朋友……"言下之意，他已经把我当成朋友了。再言下之意，他相信我能够不负重托。而我却想起了一句名言：男人越是没事儿干，人缘就越好。我装出一副仗义的样子，说："都这时候了您还客气。"然后问了他家的地址。

董东风的家坐落在我们共同的母校里，一个叫"朗润园"的地方。那是几栋陈旧但却素净的小板楼，依湖而建，夏天的夜晚可听取蛙声一片，也免不了会招蚊子。按理说，作为一名中青年教师，董东风本应该住西三旗那边的公寓的，这边的房子一定是他的岳父留下来的。我把车歪在水泥板路的一侧，跑上狭窄阴暗的楼梯。楼道里已经淌着不少积水了，循迹而上，很快就找到了他在二楼的家。门上还贴着"五好文明家庭"的小牌子呢。

敲门之后，一个40多岁、眉骨高得像只猴子似的保姆把门打开，冷冷地通告我："漏水的事儿别找我说，我不干了。男主人已经找朋友来帮忙了，人来了我就走。"

我说："我就是来帮忙的朋友。"

她登时长舒一口气，把我领进屋里去。那里面自然一片狼藉，水是从厨房漏出来的，把地板通通泡了，几只塑料拖鞋像渔船一样停靠在饭桌腿旁。桌上则放着两只巨大的包裹，保姆呼地一下把它们拎起来，甩在肩上。看来她是真的要走了。

"你让我一个人怎么弄？"我问她。

她说："爱怎么弄怎么弄。"

临出门，她扬眉吐气地吼了一声："我算是受够了。"

大团的日光从楼道的窗子倾泻进来，将一摊一摊的脏水照得亮晶晶的。这保姆便如同雪夜的林冲，踩了一地的乱琼碎玉，跟跟跄跄出门去了。可以理解，她在这家一定受了不少委屈，而且多半是精神方面的摧残。一个瘫痪在床的抑郁症患者，连自杀的自由都没有，与这样的人相处一室，其艰难是可想而知的。

但现在挑子就扔到了我肩上，而我和董东风只见过几面而已。这说是缘分也行，说是生活太荒诞了也可以。我小心地寻找着可以下脚的地方，走到两居室卧房的门口。棕黄色的木板门紧闭着，我轻轻敲了几下门："董师母，您还好吧？"

过去了两分钟，也没有回声。我拧了拧球形锁，又说："您要是不方便开门，那我就……"

这时候，屋里传出一个虚弱的女人的声音："我还没死呢。"

"那我就放心了。"

"我才不去死呢，不能遂了你们的心。"她倔强地说。

"就是，气死我们——丫的。"我一边琢磨着所谓的"你们"是谁，一边从桌上拿起一包"红塔山"香烟点上一颗，就地把烟灰点在水里。刚才打电话时，董东风让我"务必"把他太太送到医院去；"务必"的意思，也就是可以采取一切手段吧。这样想着，我站起来，到厨房去找家伙。

正在一堆金属器具之间挑挑拣拣，我忽然听见外面有人"啊"了一声；抬起头来，却陷入了短暂的恍惚：分明有一张桃儿似的脸愣在厨房门口，半张着嘴，嘴唇红得像花瓣。这不是姚睫嘛。

"你怎么会……"

"我还要问你呢——而且你手里拿着什么？"她语速极快地说。我低头，看见自己正攥着一把菜刀。

"放心，我没那么傻，杀人越货的行当，决不会大敞着门干。"我费力地把固定菜刀柄用的铁丝绕下来，缠在手指上，然后穿过她，到外面把这套房子的大门关上。那保姆走得如此潇洒，连门都不关。而她长时间地背靠着墙，看着我。经过的时候，我第一次与她离得那么近，都能看见她耳垂上一颗浅浅的痣了。

因为上大学的时候常常弄丢宿舍钥匙，我对溜门撬锁的技术还颇有一点心得。我"撅"在卧室门口，凝神屏气，用铁丝捅着锁眼。姚睫也凑了过来，压低了声音跟我说话。

"你认识董老师啊？"

"算认识吧——你也看见了，现在都快成托妻献子的朋友了。"

"我是董老师的学生……没毕业的时候就选过他的课，前一阵还总回去听他讲电影。"她自我说明道，"听说他们家出事儿，我就赶紧过来了。"

　　"猜也猜得出来，你聊电影的时候，那一嘴学院派的黑话都是从他那儿学来的吧？"

　　"讨厌。"她娇嗔一句，捅了一下我的腰。这就证明她不和我生气了吧，我心里欢乐了一小下，锁也"咔"地应声而开了。

　　我站起身来，抹抹头上的汗，却发现自己不由自主地紧张了起来。姚睫也屏住了呼吸，直勾勾地看着球形锁的锁柄。我们像恐怖电影里的两个逃生者——正站在神秘的洞穴入口，跨进去就是无比凄惨迷离、震动人心的场景。

　　开门的那一瞬间，我设想过整套画面：漆黑阴暗的屋子，墙上的裂缝，在风声中晃动的窗帘，地上甚至还有老鼠……我也想像过一个披头散发的女人坐在雕花椅子上，脖子上青筋毕露、指甲长得如同动物，脸惨白、唇血红。但当卧室窗口的阳光扑面而来时，我才发现自己是多么幼稚。都这么大的人了，还这么热衷于自己吓自己的游戏。和我的想象截然相反，屋子里素雅、整洁，假如不是地上的积水，几乎可以称得上是一尘不染。像许多知识分子家庭一样，一堂高大的书柜占满了整面墙，书籍整整齐齐地并肩而立。一个女人靠着轮椅的椅背，沉静地面对我们。她的面容纤细、干净，鼻梁小巧而挺直，头发梳得一丝不苟。她的腿上铺了条灰色的薄毛毯，手上摊开着一本书。啊，这幅景象，简直是从文学杂志的"封二"上剪下来的。

　　我清清喉咙，斟酌了一下措辞，才说："您好，我是董老师的朋友，他让我把您送到……"

"医院去。"那画儿里的女人接口道。

"对。"

"我不去。"

"董老师会不放心的。"

"他从来都不放心。不用管他。"

姚睫却换上了一种无所谓的表情，对着屋子里的摆设东看看、西看看。她的目光所到之处，董东风太太的眼睛也跟过去。几秒钟之后，"董师母"才露出被冒犯了的神色说："谢谢你们，请你们走吧。"

"这怎么行，您不能没人照顾……"我还没说完，房间里就爆出一声炸响，"那就让我死去！"声音之大，让人没法相信是这样一个瘦弱的女人发出来的。那一瞬间，墙壁上都像被震下来一层灰，在阳光里飘着。这时候，我才相信对面坐着的，是一个自己处在长年的精神危机之中、会把别人带进精神危机之中、能逼走任何一个保姆的女主人。但确定这一点之后，我反而冷静了下来。我这人多年来磨炼出一个本领，那就是不怕人耍混蛋——尤其不怕女的耍混蛋。

"好歹是条性命，死了也可惜。"我回答她，"而且我答应了你丈夫，现在就得完成任务。"

说着，我拿出手机，拨通了董东风的电话，交给那女人："你要说服他，我大可弃你于不顾。"

她迟疑了一下，接过电话，很小心地架在耳朵上。我转身出去，把门掩上，和姚睫对视了一眼。屋里传来一个妻子的嘤嘤细语，听不清说的是什么，但显得很温暖、很踏实。好久没有声音了，我才重新推门走进去。

"走吧走吧。"她疲惫地揉着太阳穴说。很幸运，她这么快就恢复了正常。

我把她的轮椅推到楼梯口，然后绕到下面抬起来，一小步一小步地往下挪，姚睫则在屋里检查水电开关。下楼的时候，那女人紧张地瞪大眼睛，抿着嘴一声不吭，太阳穴旁边的血管清晰可见。好容易挪到转角处，我精疲力竭地扶着腰、大喘气，她才嘟囔了一句："你可不如董东风力气大。"

这个时候，一个背着工具袋的校工来了，说要去检查漏水的管道。想想自己把这女人和她的轮椅装到车上，怎么也得花上一会儿工夫呢，我就让他上去了。到了一楼，一个拄着拐杖的老头颤颤巍巍地开门出来，问我他家的房顶被泡坏了，怎么解决。我说我只管运人，别的事儿无权做主。老头快快地关门进去之后，那女人歪在我的臂膀里，清脆地说了一声："活该。"

好容易挪到楼道外面，我感到浑身的骨头都快散架了。而那女人则饶有兴致地眯起眼睛，仰头看着太阳，然后又张开一只瘦骨嶙峋的手，仿佛想要接住迎面吹来的风。这个时候，她说了一句让我毛骨悚然的话："记不得多长时间没下楼了。"

我看看姚睫和那水管工还没下来，便说："那我推着您转一转好了。"

"我要去湖边。"

我就推着她到湖边走了一圈。小径上往来的，尽是些情侣和穿着背心短裤跑步的留学生。看到轮椅，他们纷纷礼貌地避让。

人在恋爱与健身的状态下，脾气都格外好。借着阳光，我看到那女人的皮肤白得发灰，就像一个从来没倒过班的地铁工人。

路过湖边的石舫时，她忽然说："停一停。"

我就停下来，让她看那条永不沉没、永不航行的石船。过了一会儿，她说："这个地方我以前都不敢来。"

"为什么？"

"七年前，我爸爸就是死在这儿的。脑溢血。"

我又无言以对，好在她说："走吧走吧。"

我们回到楼下，正好看见那个水管工气冲冲地下楼。他手里晃悠着一团粉色的塑料制品，气势汹汹地指责道："这种东西怎么能往下水道里塞？"跟在后面的姚睫则鼓着一张嘴，一副事不关己的神态。

我看清那东西是两只塑料手套，心想，再蠢的人也不会没有这点常识的吧。八成是他们家的保姆去意已决，临走再肆意报复一把。天知道她和董东风的老婆结下了多大的仇。好在漏水发现得早，造成的损失并不大；剩余的积水，任它自己干了就好。水管工骂骂咧咧地走掉之后，我去把车开过来，费力地把董东风的太太抱上了后座，又把轮椅折叠起来，塞进后备厢。

我发动汽车的时候，姚睫忽然打开前门，坐在了副驾的位置上。"一起去。"她短促地说。我看看那张桃儿脸，不置可否地挂上挡。

董东风让我把他妻子送过去的地方，并不是校医院，而是坐落在北部"凤凰岭"脚下的一家疗养院。过去那是一所胸科医院，几大高校的师生如果得了肺病，都会被送过去养上几个月。上本科的时候，b哥曾经打了几个小时篮球之后又洗冷水澡，结果得了急性肺炎，被扔到这儿隔离一个星期。全班同学都害怕传染，没有一个去看他的，只有我幸灾乐祸地去找他。看到我从包儿里拿出来的"慰问品"不是香蕉苹果大鸭梨而是一条"中南海"香烟后，b哥悲愤地骂街："你他妈的是看病号来了，不是探监。"

但他还是强撑着，在病房里和我一人抽了一颗，结果呛得他直翻白眼，马上就要死了似的。护士进来之后，当机立断地把我轰了出去。而走在医院的园子里，我又遇到了好几个憔悴、瘦弱的女孩，她们的脸庞上却飞着一抹轻红，看起来娇艳极了。我知道，她们都是一些肺结核患者。但在那一瞬间，我却觉得这间医院非常美好，有一群一群的林黛玉。

b哥应该与我有同样的感觉。在病好了之后，他还赖着不走，终于追上了那些"林黛玉"中最有风情的一个。那是个石油大学勘探专业的女生，是在一次野外考察中得上的肺结核。和她交往期间，b哥说肉麻话的水平大为提高。到后来，他的情书里就有了这样的原创句子：

我愿陪你走遍万水千山，
你去寻那土地下面的宝藏，
而我则把你当作宝藏。

差点把他自己都写吐了。但是人算不如天算，没过半年，这段"病梅馆记"风格的爱情就宣告结束了。原因是那女孩治好了病之后，为了增加营养，又坚持不懈地恶补了成吨的肘子、五花肉和老母鸡，活活把"林黛玉"吃成了腰围二尺五的"傻大姐"。那抹飞红也早就不见了，取而代之的是一张油光锃亮的"大庆"脸。她再来找 b 哥的时候，b 哥就只能屁滚尿流地逃窜了。

直到现在，b 哥还会不时接到来自各个不毛之地的信呢。他的前女友已经是一支勘探队的优秀工程师了，每当风餐露宿的日子告一段落，她都会给他写一封信，痛斥这个始乱终弃的臭流氓。也许就是因为有了这个宣泄的途径，她才没有患上"沙漠综合征"。最近的一封信，居然是从哈萨克斯坦寄过来的，女工程师恶狠狠地说："看到地里冒出的熊熊大火，我真想把你点了天灯。"

每当 b 哥用"你是好人"的段子笑话我的时候，我就用女工程师的事情来回击他。而 b 哥则狠狠踩着他那部"5.6"排量的捷豹汽车的油门，厚颜无耻地说："想想石油战线上有那么多甘于奉献的好同志，我们就可以放心大胆地浪费了。"

现在，我则开着"1.6"排量的"破烂雪佛兰"，把一个瘫痪妇女送到 b 哥"曾经战斗过的地方"。而她的丈夫也远赴边疆了，和哈萨克斯坦离得很近。随着卫生条件的好转，北京市高校肺结核的发病率逐年下降，这所医院干脆变成了一家疗养院。我们连队都没排，就联系上了董东风介绍的那位医生，办妥了"入院疗养"的手续。

医生和蔼地和董东风的太太握手："董老师又出差了？"

"麻烦您了。""董师母"小声说。

看来董东风不在家的时候很多，她也就成了这里的常客。但是入住的时候，那女人还是闹了一阵——突然就激动了起来，说董东风"不管她了"，还指责我们这些人"要囚禁她，拿她做实验"。

她的白而瘦的胳膊在轮椅上方机械地挥舞着，光看动作，倒好像残疾人代表正在欢庆祖国的周年华诞。医生沉稳地把我们拉到屋外，管我要了颗烟抽。

"她就是这样，一阵一阵的。好的时候别提多优雅了，业余爱好是比较《尤利西斯》两个译本的优劣；可一旦发作，就变成了这样。"医生说，"我也劝董老师，可以考虑把她送到精神方面的专科医院去，可是他不同意。"

"以前董东风出差，是谁把她往这里送呢？"我说。

"她弟弟，董老师的小舅子。不过最近他移民了。"

我不再说话，沉默地抽着烟。姚睫则扒着病房外面的窗户，踮着脚尖往里看。过了一会儿，一个护士过来报告："打了针安定，睡过去了。"

我和医生一起舒了口气，站起来。但转身要走的时候，我看了看白杨树梢那团艳红的太阳，忽然感到一阵凄凉，觉得有什么冰冷而纤细的物质从心里穿过。即使是前一阵一个人过年的时候，我也没有如此难过。于是，我越俎代庖地对医生说了一句："我觉得……没事的时候，你们可以安排人推着她在院子里走走。"

"以前是走的。"医生说，"但是最近一段时间，她自闭得越来越厉害，还伴随着恐光的反应，基本上拒绝出门了。"

我只好自嘲了一声："那今儿她还挺给我面子。"

"我都说过，一阵儿一阵儿的。"

后海

我和姚睫正式"熟了起来",或云"建立了长期而稳定的联系",也是从那天开始的吧。当我们离开医院的时候,太阳已经沉甸甸地压在了西山山脉上方,我以每小时60公里的速度驾着车,问她:"吃点儿什么好呢?要不再往北,到阳坊吃涮羊肉去?"

她略显疲倦地吁了口气:"我建议你去吃'宜家'里的瑞典肉丸子去。"

"你说的是那个家具店里的快餐厅?"我说,"那何必?我没什么钱,可也不用那么省;更何况,你要想吃西式的,咱们可以去找一家像样的……"

"我不是想吃,我是想让你把我送过去。"

"你搬家了,要买家具?"

"不,我在那儿上晚班。"姚睫说,"还有一个小时就要打卡了。"

"那你不早说。"我嘟囔了一句,压榨了一下雪佛兰的油门。这辆破车不情愿地跑到了80公里,气喘如牛地往城里的方向奔去。

从里道超过一辆"海淀驾校"的班车时，我差点和对面的车蹭上，吓得姚睫闭着眼睛"唔"了一声。

但她很快适应了我开车的风格，路过"百望山公园"的时候，已经有心思说闲话了："去年秋天我来过这儿，红叶比香山一点儿不差，门票还便宜好多。"

我指指山顶："那上面还有一个佘太君的像呢，据说在1000多年前，老太太就是在那地方望着她的儿子、孙子、孙媳妇等等一干后代和辽国人鏖战——战场就在东边，现在改名叫'上地信息产业开发区'了，从山上仍然能看得一清二楚。"

"北京这地方就是有杀气，不像我们老家，几千年来没怎么打过仗，历代侵略者都看不上我们。"

"所以北京是首都呢，有龙脉。"

"我最看不上你们北京人这种迷信般的优越感。"

我笑了："你批评得对……不过这儿老打仗，也是因为战略位置比较重要。你能想象吧，古时候打仗，威力最大的就是骑兵，北方民族骑着马冲锋的时候，步兵在平原上根本无法阻挡。而能够抵抗骑兵南下的天险，就是北京一带的山区，也即岳飞梦寐以求想收复的'幽云十六州'。一旦这地方丢了，整个儿华北平原就都暴露在铁蹄之下了——对了你家是哪儿的啊？"

"成都附近一个县城，雅安。"

"没听说过。"

她又"切"了一声："这不说明我们老家小，只说明你们孤陋寡闻。我们那儿的特产叫雅鱼，在北京吃贵着呢。"

"吃过吃过，拿泡菜烧的——既然吃人嘴短，我就承认雅安也是中国领土不可分割的一部分。"

"吃货。"她骂我，不过神色已经带着笑意了。我在"国防大学"门口拐了个弯，不一会儿就上了四环路。车速开始慢了下来，我看看表，对她说："应该不会迟到。"

"没关系。"她弯起腿，把身子缩在座位上，开始闭目养神。

半个小时后，我们好歹蹭到了"宜家"商店。这是一个主营北欧简易风格家居用品的大卖场。和"肯德基"一样，它刚进中国的时候，吸引了许多不开眼的小白领，但很快就露出了低档次的真面目。到了今天，来这儿买东西的，多是些刚在北京租房子的年轻人——我猜测，那些结伴而来的男女当中，未婚同居的占了一多半。而在很多事业有成的朋友眼中，我家里摆了几件"宜家"的家具，也是我"混得不好"的有力证据之一。

我摇下窗户骂了几句，才赶走一辆占道不走的"尼桑"汽车，然后费力地把车倒进停车场里一个宝贵的空位。姚睫立刻像上了弦似的精神起来，蹦出汽车，拽着我跑向一楼大厅。我们在人群中一路小跑，好容易到了员工签到的地方。她清脆地对主管模样的中年妇女说了声"对不起"，然后套上一个绿色的围裙，头上扎了块棉布手绢，又坐电梯来到灯具专区。在一盏铁皮灯罩的高脚台灯下，她的桃儿脸晶莹剔透，犹在微微地喘着气。

"那我……一个人转转？"我说。

"您请。"

这副公事公办的样子让我有点悻悻然，但看到她稚气而敬业的样子，不禁又想笑。这时候，一对德国老夫妇过来，咬着舌头询问台灯的调节方法，而姚睫则以流利得多的英语解答。我便插着兜，在商店里晃晃悠悠地逛起来。这里的"家居体验展览"很有意思，就是在大厅里辟出一个又一个开放的卧室、厨房、起居室，装修得和真正的居家一模一样。顾客要是看上了，可以整套买走。以前来这儿，我就特别喜欢随便找一间"屋子"坐下来看书，让我的前老婆自己去买零碎小物件。而今天正好赶上商场打折，顾客非常多，每间"屋子"里的歇脚处都被人占领了。一个肚皮圆滚滚的孕妇还在"卧室"的床上颠上颠下的，让人担心她随时可能被颠破水了。踱了好半天的步，我终于看见一间"客厅"空了下来，赶紧冲了过去，一个人舒舒服服地霸占了整张双人沙发。

也许是今天着实累了，我一坐下，眼皮便抬不起来了——睡倒也睡不着，始终停留在一种"假寐"的状态里。我的意识开始飘浮、迟钝……恍惚之中，觉得自己并非躺在大庭广众之下，而是在自己家的客厅里。但是身边来来往往挪动着的这些腿是谁的呢？也许是我的客人吧。情况应该是这样的：趁着楼上那家的老太太去外地闺女家，我在家开了个闹哄哄的"趴踢"；我先喝高了，客人们则自便。都是朋友，谁也别见外，这景象是多么温馨——对了，有一个问题，陪我一起招待朋友的是谁呢？我的脑海里闪过两个人的影子，一个是我的前老婆，一个是姚睫。这却是一个很重要的问题了，它决定着我究竟身处于哪个时间段里。如果是我前老婆，那么就是在她还没有出国的时候吧，当时我比现在年轻了好几岁呢；而要是姚睫呢，或许是在"以后"的某个时刻？我将无可避免地又老了一些……

忽然之间，我的意识又开始迅猛地"往前赶"，由此上溯到了自己很小的时候。那时候，我还不认识 b 哥这个王八蛋呢，我母亲一天到晚监督着我拉琴。有一次，我终于"啃"下了帕格尼尼的名曲《无穷动》，她特赦我出去玩儿半天。但我却根本不想出门了，只是坐在家里的沙发上，看着谱架子发呆，听窗户外的两只麻雀鸣翠柳。那一刻，我真是觉得人生灰暗极了。不对不对，我父母不在北京而在海南啊。假如他们"面朝大海，春暖花开"，我作为一个好儿子也应该陪在他们旁边……不远处果然传来了海浪的声音，这可是一套地地道道的海景房……

"哎哎，这同志，到站了。"清脆的声音从我头顶传来。我用力睁开眼，看见姚睫乌黑发亮的眼睛。至于海浪，则是一个工人正推着满载纸箱的平板车缓缓走远。

"你怎么擅离职守啊？我要去投诉你。"我用力挠着脑袋说。

"你……到底迷糊了多久？"姚睫有点诧异地看看表，"都下班了，广播好几回了。"

怪不得商场里一副人去楼空的景象，白炽灯嗡嗡作响的声音都能听见。我挺了两回腰，才站起来："老喽，一坐下就犯困，晚上还睡不着。"

"别说得那么夸张，你这顶多是酗酒无度的后果。"她"扑通"一声坐在我身边，沙发的塌陷让我不由自主倾斜了过去。

"累么？我给你捏捏肩膀？"我轻薄地问她。

她大大咧咧地扭过身去，把后背暴露给我，同时指挥："这儿——这儿——"

我揉着她薄薄的肩胛骨，觉得自己正在摆弄一件精致易碎的玩具。又看到她脖子后面浅浅的绒毛，心下一动，赶紧扭过脸去。

"公猴子给母猴子抓虱子呢？"一个穿着制服的小伙子坏笑

着走过，抛下一句。

"讨厌吧你。"姚睫蹦跶了一下，随即夸张地大笑了几声，"呵呵呵"的声音很像在故意模仿动画片里的某个蠢角色。然后，她转过来问我：

"你还没吃饭？"

"我不饿……不过也能陪你到外面吃点……"

"别到外面了，跟我去吃瑞典大肉丸吧，免费的，反正剩下也是变成泔水喂猪。"

我便伙同她坐电梯上楼。应该说北欧企业很厚道，丸子里几乎没有淀粉，囫囵一团全是紧凑的肉。这东西要是喂猪，猪没准都会号啕大哭。到底是半天水米没打牙了，我们埋着头像比赛似的狠命往嘴里塞东西。我先吃饱，把盘子一推，这才开始跟她说话：

"你怎么在这儿工作啊？"

"我得谋生啊。"她鼓着嘴说。

"不是看不起劳动人民啊——我是说，咱们母校到底是所重点大学，向来以培养利益集团的鹰犬和跨国公司的买办而著称，你明明可以找一份煞有介事、上班穿高跟鞋的职业……"

"又不是永远都干售货员，我是在过渡时期。"姚睫也吃完了，扬手打了我一下，"这儿不准抽烟——我正在考研究生呢，别说找不着像样的工作了，就是找着了，等考上了也得辞。现在这样不挺好么？白天看书、晚上上班，在北京也算自食其力了。"

"考研究生？以前怎么没听你说过。"

"以前咱们说过那么多话么？"她旋即瞪了我一眼，"而且你也没关心过我，光骂我了。"

"你说的是聊电影的时候？"我不好意思地打了个哈哈，"那不叫骂，那叫艺术研讨。"

"没看出你跟艺术沾边儿。"

"那谁艺术？董东风吗？你是不是想考他的研究生——"话一出口，我就后悔了。不知怎么了，我突然发现，董东风是横亘在我和姚睫之间的一个"禁区"，一旦提起这个人，无论是我还是她都会别扭。

果不其然，姚睫低了会儿头，再说话时语气也生硬了："那又怎么啦？不行吗？"

"可以可以，董老师是个好老师。"我赶紧岔开话题，"你考研究生，是不是也有就业方面的压力呀，想在学校里缓冲三年？"

"也有这个考虑吧。"

"那你还真不如我，我可是自觉自愿地当起了社会闲散人员——"

"扯吧你就。"她调整了一下，情绪高了起来，"真是站着说话不腰疼，你们那时候找工作多容易呀。你毕业的时候，大学生还算'人才'呢；现在'才'字儿早去了，能当个'人'就不易。还有，你们北京的，再怎么不济也有个地方睡觉，崔健怎么说的？'反正不愁吃，我也反正不愁穿，反正实在没地儿住就和我父母一起住'——我们就不行了，随时流离失所，整个儿一群雾都——啊不，首都孤儿。"

"你这种勇于控诉的精神很值得称道。"我只好宽厚地笑，"倘若批判我能让你心情舒畅点儿，那我甘当靶子。"

"有一种高风亮节，其本质就是无耻。"

"我无耻。"

说着，我抄起桌上的碳酸饮料，猛喝几口，然后响亮地打了个嗝儿，把邻桌两个小姑娘都吓了一跳。姚睫惊叹地瞪大了眼睛，不由得为我这个绝技喝起彩来。我谦虚地说："吃得太多的时候不能玩儿这个，否则胃里的半成品很容易喷你一脸。"

"恶心死了。"她挺起紧绷绷的胸脯，活动了两下腰，突然说，"再陪我走走去？"

"还去圆明园？"

"不必了，就沿着环路走吧，走到哪儿算哪儿。"

"我这老胳膊老腿，迟早让你给废了。"

她喜气洋洋地把我拽起来，又绕到我背后双手推我："可别这么说了，说着说着就真老了。"

看来还有人认为我并不算老呢。我趔趔拉拉地往外走着，心里充满了那种"智力水平很低下"的欣喜之感。

那天晚上，我又和姚睫在北京的街头"刷"了大半夜。我次日不用上班，她也不用，这个城市的夜景，仿佛专门是给无所事事之徒准备的。北三环沿线的街灯像开了花似的闪耀，那些租金高昂的写字楼里，仍有大片的窗子亮着；一些人加班加点，给他们自己家的"四化建设"添砖加瓦。远处，为奥运会兴建的运动场馆已经破土动工，吊车的黑影高耸入云。我们沿着六车道的德胜门外大街往城里走，经过黄寺附近的"总政治部"大院和一家曾经显赫一时的夜总会，然后就看见了敦敦实实的城楼子。

记得一个"文革"后期威震四城的"老泡儿"对我炫耀，他们那个时候，男孩子得徒手爬上德胜门城楼，才算完成了长大成人的仪式。而在许多更老的人的地理概念中，进了德胜门才算进了"北京"，我们所居住的地方都叫"城外"。我在上中学的时候，也兴冲冲地去爬过德胜门。但是骑车来到城墙底下，却看见周围已经围了栅栏，城上打了许多木桩子，无数工人操着外地口音爬上爬下。这个景象让我顿时没了兴致。

姚睫仰着头赞叹："保护得真好啊，一点也看不出是古迹。"

在那个白天时和停车场无异的环岛转了个弯，我们又沿着二环走，很快到了积水潭。解放军歌剧院刚结束了一次汇报演出，几辆黑色的奥迪车打着警报器呼啸而去，陪同前来的通讯连女兵则叽叽喳喳地登上了大轿子车。因为被主路上的远光灯晃得眼晕，我向姚睫提议，不如去什刹海那边转转吧，她不置可否。我们便像很多习惯于在夜间寻欢作乐的人一样，穿过两条胡同，走到那片彩色的湖水旁边。经过这两年的残酷竞争，后海已经无法保持当初的品位了，很多小酒吧雇了东北人在路边招揽顾客："啤酒十块，大哥，啤酒十块！"几乎每家店里都找了个歇斯底里的长发男人，唱着许巍或汪峰的励志歌——"我要飞得更高"或"怎能没有了希望的力量"——他们管那个叫"摇滚"。还有一些容貌可疑的女子穿着短裙夹着烟，大大方方地和外地游客攀谈。

"这地方都堕落得和丽江差不多了。"我拉着姚睫往"海"的深处走，寻找尚未开发成商业区的水畔，"你不怕我到了没人的地方顿生歹意吧？"

"完事之后别淹死我就行。"她说。

但就算我是一流氓，还真没有作案的地方：这片水域边，黑灯瞎火的地方也并不荒凉，反而是那些"真正的有钱人"置办的宅院——大红门足有两人之高，门口的石狮子个头儿大得足以给 b 哥家的那两只当爸爸。一辆"劳斯莱斯"汽车随意地停在路边，假如门开了，从四合院里钻出俩香港人或山西人，绝对不会让人感到错乱。这地方本来就是为他们准备的，全北京人民都已达成了共识。

我们便背靠豪宅、远眺灯火，坐在水畔的台阶上。湖上的风到底还没变质，仍然那么清爽、柔和。白天绝听不到湖水的声音，此时耳中却充满了汩汩的响动。我突然想到：董东风的太太在做什么呢？在那个荒凉的疗养院里，她是否能够不依靠药物的力量安然入睡？再往后，我和姚睫聊了整夜的天，大概是些琐碎但又必不可少的内容。譬如我问她：你家那边什么样？你父母是干什么的？一个人在北京生活很累吧，你父母一定很想你吧？

她回答我，她家那边山清水秀，以"三件宝"闻名四川：雅鱼、雅女、雅雨。雅鱼我已经吃过了，还可以还可以。雅女眼前就有一个，也还可以也还可以。雅雨这两年的情况不太好，随着那边大干快上了几个化工企业，水质发酸，已经大不如前了。不过整体来说，生活还是蛮惬意，就连以闲适著称的成都人，周末都开着车到雅安去找乐子。一到晚上，江边就排起了麻将桌的长龙，绵延数里，吃碰和的声音连水声都淹没了。至于她父母，居然是一家小麻将馆的老板。她爸爸每日收拾店面，妈妈烧好茶水，便等街坊四邻前来鏖战。到了中午，老两口会支起一口大铁锅，当街炒十几斤的回锅肉，由赢了钱的人请客，大家一起呼噜呼噜地吃。她又介绍说，别看回锅肉这个菜大路化，但是想要做得好吃也颇有讲头的，得把肉的肥瘦、薄厚、凉热控制得当，才能炒出当地人心仪的"灯盏窝"，也即肉片像灯盏一样微微弯曲。

"你说得我都饿了。"

"饿了北京也没有，你们这儿就是青蒜烩肥肉片子。"

这么说起来，北京的生活当然是很不舒服的喽。我也承认，假如一个人真心地觉得北京有多"舒服"，那他一定来自更加无聊的穷山恶水——比如那些从美国西部流窜过来，以教英语为生的红脖子农民。但是这也不能阻挡那么多的外乡人往北京汇聚，把北京撑得越来越大，连河北省都被地产商划入"大北京"版块了。在千万个"不爽"之中唯求一"爽"，仿佛是大家共同认可的、孤注一掷的人生观。万幸也很不幸，姚睫中学期间学习成绩很好，作为一个小镇女孩，她势必要考到那几个大城市去。于是，她在"北京""上海""广州"这几个地方的著名大学中随便填了一个，然后毕业，仍然以考研究生为名漂在这里。对于女儿的生活状态，她父母势必是极其矛盾的：既担心她过得不好，又害怕她一事无成地回去很没有面子。

滔滔不绝地讲完她自己，姚睫又问我："你什么状况？"

我说："我没什么状况……太普通了。而且怎么听着这么像相亲啊？"

她抗议："那不行，为啥什么东西都得是我们外地人奉献给你们北京人啊？体力、智力、税收——乃至于故事，这不对等、不公平。起码在讲故事这方面，咱们得等价交换。"

"在你眼里，别人的事儿都是故事吗？"

"不是故事是什么？"

那个词儿让我有点不好意思："那不是……人生吗？"

她脆生生地说："人生不就是故事吗——你快点快点，要不不理你了。"

"能把人生当故事，你真是个乐观的人。"我清清嗓子，拿腔作势地开始道来："那是一个春风沉醉的午后，天上飞着杨絮，分明不冷，屋里的人倒觉得像是下雪。一个妇人分娩的时候疼晕了，疼得忘掉了季节，就在产房里喊了起来：要是个女儿，就叫她雪珂好了！"

"你这故事……太琼瑶范儿了。"

"很遗憾，生下了一个男的——就是我。一段凄美的爱情故事无法就此展开，反而走上了琐碎、无聊的操蛋现实主义路子。我妈妈遗憾地说：真可惜你是个男的。我说：男的不好吗？她说：女儿好培养，只要把你弄得漂漂亮亮的，有点儿起码的教养，长大了不变成淫妇就行；男的可不一样，你要是一庸人，这辈子就算完了。"

"然后呢？"

"然后我果然变成一庸人了。碌碌无为。我爸爸是个海军政工干部，早年间在连队的时候可能还是条好汉，曾经开着快艇带着一个班的战士解救过被韩国无故扣留的我国渔民；后来调进机关，激情骤减、老气横生，靠着熬年头混了个正团职，自己都觉得半辈子白过了。我妈妈早就看出当个勤勉的小官儿没什么出息，一心想让我接她的衣钵并青出于蓝——连名字也是她给起的，赵小提。我很小的时候，她就从她们那个乐团办了个内退，一心培养我拉琴；刚开始的时候还有点儿成效，后来就毁了。"

"怎么毁了？"姚睫把脸放在胳膊肘上，侧头问我。

我抬起左手："这只手出了点儿毛病，现在打字的时候都不利索，更何论拉琴了。"

"可你好歹还考上个名牌大学嘛，那学校我们全县就考上俩。"

"我们北京孩子考大学本来就比你们容易——饶是如此，真让我考肯定也没戏，我是所谓的'艺术特招'。高考之前，我妈拿着早年间提琴比赛获奖的证书去给学校看，正赶上招考特长生的老师是她在中央音乐学院的同学，给我开了个后门，没试奏就蒙混过关了，高考加了100多分。招进乐队之后，校方才发现我武功尽失，气得他们嗷嗷乱叫。刚开始的时候，我对这事儿还怀有内疚，觉得自己骗了人家。后来我发现，咱们国家的高等教育完全就是疯狂敛财外加误人子弟，跟诈骗也没什么区别，我一下儿就坦然了——两清，谁也不欠谁的。本着这个原则，我的大学生活自然也是扯淡。好在我念的是一文科专业，傻子都能混及格，也就没留下让校方开除我的机会。这么一混混到了今天，把该耽误的都耽误了，基本可以说是：光着屁股推碾子——转着圈儿丢人。"

也许我把自己的故事讲得太不昂扬向上了，姚睫反而不忿了起来："我还是那句话：比起我们来说，你根本就没资格抱怨。有地儿住、有班儿上、还能隔三岔五解个馋，你已然过上了寄生虫的生活，还一天到晚一说起自己就愁眉苦脸的——没人批评你无病呻吟么？"

"我又没抱怨，我是说我自己不争气，本可以活得更像个人样……"

"那你说说，怎么才是你说的'更像个人样'？"她换上了一种人生导师的口吻。我身边坐了一个桃儿脸的知心大姐，这个景象真是滑稽。

但我也只能顺着她的话思考下去："让我想想，你不准笑话我啊——得是那种特煽情、特波澜壮阔的感觉，背景音乐必须是交响的……战争电影看过？试想我坐于枣红大马之上，奔驰在一望无尽的旷野之中，挥舞着军刀，对身后的同志们高呼：为了斯大林！而同志们必须得众口一词地给我捧眼：乌拉！freedom！你有我有全都有……"

姚睫笑道："又是这套个人英雄主义的意淫，你幼稚不幼稚？"

"这说明我还保留着一颗童心。"

接下来，她的话就很有励志讲座的味道了："就算你有激情，也可以用在现实可行的道路上嘛，比如说在社会上正经八百地干点儿事儿……"

我警觉地问她："干点儿什么事儿？不就是挣钱么？"

"挣钱有什么不好的？"

可算给我抓住泄愤的机会了，我陡然站起，呵斥道："俗！庸俗！你看看这社会都烂成什么样了？满大街财迷心窍的大傻逼，如今人连放屁都是一股铜臭。当所有人都奔着一件事儿去的时候，你也漫无目的地跟着——这难道不可耻吗？"

姚睫虽被我骂"瘪"了几分，仍然反驳道："其实你也不是不爱钱，你只是希望自己与众不同而已……"

"对了。"我倔强地说，"所以我宁可当一混子。"

非常幸运，饶是如此涉及人生观的争论，我们也没有吵翻了。要是早几年，我大有可能为了很没有必要的事情和人争得脸红脖子粗——像热衷于理论的红卫兵小将一样，誓将对方批倒批臭。但是现在，这个劲头总算过去了。我只是装模作样地抒发了两下儿，同时开始笑话自己：绷什么块儿呀，说到底，你还是一只会玩儿嘴的平庸之辈。

后来姚睫说："不甘于流俗的人其实也有……不过他跟你可不一样。"我也没再接她的茬儿。再往后，我们又进行了一些"不触及灵魂的讨论"，比如电影、书、饭馆什么的。她还给我讲了自己的几个同学，那些年轻人正在各条战线上发光发热：有的正在读研究生，开始帮导师攒论文；有的在政府上班，已经被某个领导的儿子看上了。有意无意地说了很多，天就亮了；一波湖水泛着银光，空气潮湿得让脸上有刚哭过的感觉。

我们从湖边的小路走出去，拦了一辆急着交班的夜驶出租车，好在司机正是要去马甸那个方向。趁着宜家商场没开门，我迅速开出自己的车，载着姚睫去"前八家"的住处。

"你肯定结过婚吧？"她本来靠在门上昏昏欲睡，忽然像说梦话似的嘟囔了一句。

"结过，又离了。"

"为什么？"

"我没出息呗，她就把我踹了。"

"那她倒真干净利索。"

"我也觉得大快人心。"

然后，姚睫就哭了起来。她在副驾驶座上嘤嘤地抽泣，哭得肩膀一抖一抖的。但我实在太困了，能把车开直了已属不易，便没再跟她说一句话。

半小时之后，我把她送到胡同口，然后就近找了家宾馆，开了个房间进去睡觉。年纪一大，真熬不得夜。此后的两天里，我一直昏昏沉沉的，脑仁儿一蹦一蹦地抽着疼，好像里面装了个锯齿。

后来的一段时间里，我和姚睫保持了一种松散的、若即若离的关系。我仍然以筹备咖啡馆为名，放任自己在城里的各个景点和商业区闲逛。在有些名气的店里，我总能碰到过去的熟人；大多数已经好几年没见面了，常常是隔着桌子互相瞟个十来分钟，才把对方认出来。有些人拎着油光锃亮的"登喜路"公文包与洋人谈生意；有些人仍然坚韧不拔地卖着一张嘴，勾引那些不知是装傻还是真傻的年轻女子。还有一个家伙明明因为偷税漏税被抓进去了，此时忽然又人模狗样地混迹街头，不免让我对执法机关的公正性产生了怀疑。后来才知道，此人已经刑满释放，因为当初犯罪的手法称得上高明，很多企业便慕名前来求教，他索性开了一家"财务咨询公司"。那厮一再强调自己已经"吃上了干净饭"，而我则有恍若隔世之感："你被抓进去是三年前吧？都三年了……时光荏苒啊。"

混得好的朋友大都淡淡地与我聊两句，甩下张"片子"就走了。仍然为发财这事儿气急败坏的家伙听说我正在"考察项目"，也都表现出了令人惊讶的热心，纷纷要求入伙，还向我许诺"能拉到一笔大款子"。有些人说出的数额着实吓了我一跳——倒不是数字本身，而是让人惊愕于他们招摇撞骗的手法至今还是那么幼稚。我只是要开一家咖啡馆，他们张嘴就是 5000 万，这个反差稍微有点智力的人都会警觉。

"我是劝你要有鸿鹄之志——咖啡馆就算了，咱们到山东弄个开发区好了。"有人这样自圆其说。我一律客客气气地与这些人道别，扭脸就把印满了头衔的名片扔到垃圾桶里。谁他妈还不知道谁啊。

有人和我说话的时候，我会烦躁、缺乏耐性；但每当身边真没了人，我又会孤独难耐、喉头发干，特别想找人说点什么。按说已经众叛亲离有些年头了，我应该不这么怕寂寞了啊。这种时候，我总是想起姚睫，想起她在圆明园里一挥手，生生展开一幅山水画的"奇迹"。而她呢，则对我表现出既不期待、也不厌烦的态度。

真忙的时候，她会实话实说："我还得上课呢，下午有考研政治的班儿。"或者："我要去站柜台，给自己找食吃。这不是共产主义社会，晒着肚皮混天黑的只是少数人。"

而不忙的时候，她也会出来。有时候是我开着车到考研班或者宜家商场接她，有时候则是她坐地铁直接到饭馆找我。我们经常在簋街吃两个她家乡口味的实惠菜，然后就近在南锣鼓巷、北海闲逛。有一次，她看上了一顶狗熊帽子，我就给她买下来了；结果一路上都有人对她指指戳戳，而她则浑然不觉地笑话别人的打扮"太二了"。

不过自从后海那天晚上之后，我们见面相处的时间长度就很有节制，也就是吃个饭、遛个弯、颠三倒四地聊几句天，再没"刷"过夜。我也是从她那个年龄过来的，我明白，人只有在情绪特别压抑的时候才会夜不归宿——在夜里，你会感觉整个儿城市都是为自己一个人建的，心情会豁然开朗一下。而姚睫刚认识我的时候，看起来的确是"心里有事儿"的样子，也许是找工作不顺利，前途未卜；也许是——为情所困什么的。那天清晨送她回"前八家"的时候，她不是还没来由地哭了么？可惜我当时太困了，连问一句的精神都没有了。

好在现在她看起来好多了，朝气蓬勃地上课、打工、找乐子。看到那张桃儿脸越发光润、越来越像平谷那边出产的，我心里就涌起一阵近似于果农的欣慰。我也一直认为，这个年头的人心理或多或少都有点毛病，而她在同龄的姑娘里，得算是健康、开朗的那一类吧——起码不歇斯底里、不满脸世故、不觉得全世界都欠她的——这就很招人喜欢。

那段期间，恰好有一研究《红楼梦》的老作家老在电视上开"讲坛"；他一口咬定贾宝玉最后没娶林黛玉和薛宝钗，而是娶了史湘云。尽管此人将这部奇书解读成了一部暗含杀机的政治阴谋小说，被很多专家斥为胡乱猜测，但"娶了史湘云"这个推测还是让我感到大快人心。

但是没想到，大概两个星期以后，便出了那档子事。

拘留所

那事儿的缘起还是董东风。他给我打电话的时候，我正在 b 哥家鬼混。为了讨好"翠花"剧组的女演员，b 哥在四合院里开了一个俗不可耐的"趴踢"。院子里挂满了 80 年代大学舞会风格的纸花和气球，还从剧院弄了个镭射灯来，放在空地中央滴溜溜滚着，照得满堂"鸡翅木"家具流光溢彩。这厮甚至把胡同口卖羊肉串的新疆人招到了家里，惹得邻居家的孩子扒着门缝流口水。

"住在胡同里就这个好处：任何俗气的举动仿佛都有了底蕴。"b 哥一边乐善好施，攥着一把羊肉串分给孩子们，一边对我说，"我像不像一个开明地主？"

"对对，抗战时期受到优待、土改来了照样枪毙的那种'善人'。"我满面烟熏地嚼着羊肉串说。担心肉不干净，b 哥提前一天给新疆人送去了一只羊。

因为"趴踢"被定义为"80 年代怀旧主题"，放的音乐也是《阿里巴巴》《路灯下的小姑娘》之类。有个矫情的糙汉还给大家朗诵了一首席慕容的诗歌，"英雄骑马壮，骑马荣归故乡"。当翠花女演员准备为大家献上一首《年轻的朋友来相会》时，我的手机突然响了，区号是新疆那边的。

董东风的声音从祖国这只雄鸡的臀部传过来："你下班了么？"

我将一根竹签"投壶"射入某个姑娘的长筒靴里，快步走出院门，问他："您有什么事？"

"还真有事，不过也太麻烦你了……"

"您要真觉得麻烦，那索性就不该麻烦我。"我开了个不见外的玩笑，倒把他噎了一下。随即反应过来此人毕竟是书生，不像一般人那样禁"逗"，我赶紧找补回来："有什么麻烦的啊，报告您一个好消息，我又变成无业游民了。"

"戏剧也不再搞了？"

"剧组直接变成流氓团伙了。"我把手机往院子里扬扬，"您听听，正要着呢。"

"哦，歌舞升平哈。"董东风迟疑着说，"你不上班了，经济上没问题吧？缺钱的话，我可以……"

我赶紧止住他："这事儿不用您操心。赶紧说吧，有什么我帮得上忙的？"

他更不好意思了："还能有什么事？我太太……"

事情很简单。经过顽强努力和大剂量用药，董太太的抑郁症又一次被稳定住了。为了防止精神状态的恶化，她主动想给自己找点事情做。于是，董东风求我到他家去取一些书送到医院去。具体书单是：《尤利西斯》的英文原本，以及国内的"金译"和"萧译"两个版本；《追忆似水年华》的英文原本，以及徐和瑾的译本、上海译文出版社的合译本；《堂吉诃德》的译本更多，我需要拿上原本和杨绛、董燕生、屠孟超等好几个版本。

"您太太真高雅，听说她喜欢对比名著译本的区别？而且除了英语，还会西班牙语，厉害。"我差点说出"我们身边的张海迪"这样的话来，赶紧咬住嘴。

董东风却好像在那边皱眉头："我也不知道这个爱好是好还是不好……总之你麻烦一下吧。"

他告诉我，家门钥匙在系里的老教务那儿还有一把，是他走前留下的，以备不时之需。我问："什么时候给您太太送去呢？"

他说："什么时候都行，反正这么多年的爱好了，也不急于一时……我的意思是，千万别耽误你自己的事儿。"

我答应了他，回到院儿里又喝了两口啤酒，随即感到坐卧不宁。b哥的新相好过来跟我穷逗，我们互称"叔叔"和"嫂嫂"，像武松与潘金莲那样假模假式地聊了会儿，最后我终于坐不住了，拔腿就走。

"你干嘛去？""嫂嫂"问。

这个"你"字用得真好，我像武松一样粗暴地说："某家还有急事。"

又有一非洲酋长来我国访问，交管部门封了几条干道。我小心翼翼地踩着离合器，从禁止机动车通行的小胡同绕上环路，蹭了一个多小时，才来到母校里一栋新建的办公楼门口。幸亏董东风提前打了电话，那个一脸正气的老头没过多盘问，就把钥匙给了我。

我在茂密的杨树荫下缓缓而行，透过脏乎乎的前挡风玻璃，看着前去食堂打饭的女孩们光洁的脸，心下忽然感到不可思议：我为什么要对董东风这样殷勤呢？我和他根本称不上熟啊，更没有什么"事儿"捏在他手里。同理，他对我的态度也似乎太"近"了一点儿。就算董东风是个孤僻的人，没什么至亲好友，也可以把此类家事委托给自己的学生或者系里的教工嘛。非要找个理由，也可以说，我和这人脾性相投吧。但我们分明又是两种人。这么想着，我前往董家，竟像是走在一条不可预知的、荒诞的旅途上了。我越发变得心烦意乱，拐弯的时候差点蹭上了一辆清理垃圾的三轮车。这就是学雷锋做好事嘛，有什么呢？我索性这样劝自己。也许城市生活已经把我变成了一个思虑过多的人，让我无法坦然地接受利益关系以外的人际交往——尤其是男人与男人之间。但谁还没俩朋友啊，我和b哥不也算得上是贫贱之交么？直到今天还是。我仍然贫，他依然贱。

我像个刚刚开眼看世界的本科男生，带着一肚子疑虑打开了董东风的家门。因为十几天没有人气儿，再加上漏过水，屋子里泛着一股浓浓的霉味儿。我从上次来时开封的"红塔山"香烟里拿出一颗，坐在饭桌前默默无声地抽了，然后走进董太太的卧房。在这套两居室里，她的房间朝南，是最宽敞、最明亮的一间；而对面紧闭着门的，是董东风的书房兼卧室。毫无疑问，自从她坐上了轮椅，夫妻二人就分房而卧了。保姆的行军床则架在客厅的墙角，晚上放下来就可以睡觉。

按照董东风的嘱咐，我从厚实的老式实木书架上找到了书单中大部分的书，但却不见了《追忆似水年华》的两个中译本。站起来环顾一圈，才发现那几本书被摊开来，页面朝下摆在墙角，也就是轮椅原先停靠的位置。非常可惜，因为两个星期前的那次水漫金山，书已经被泡了，精装封面上的烫金字变成了脏乎乎的一团黄色，仿佛谁往上面抹了一泡屎；内文自然也肮脏不堪，一塌糊涂。我想了想，把已经不能再看的《追忆似水年华》放回书架，然后到外屋找了个"伦敦雾"牌的服装袋子，装上《尤利西斯》和《堂吉诃德》，下楼开车。虽然董东风再三说"不急于一时"，但我还是想在天黑之前把书送到董太太的手上。独自一人的时候，我也是个孤独的人，我知道那个滋味不好受。

运气还算不错，我在白领们下班之前穿过了中关村与上地之间的联通线，成功地避开了堵车高峰。在一马平川的乡间大道上开了一会儿，就看见疗养院的大门了。接待我的还是上次那个医生。看见我拿书过来，他舒了一口气："前两天她的精神特别紧张。"

"怎么个紧张法儿？"我问，"打人骂人了么？"

"那倒没有。这种知识分子，到了这个份儿上也会下意识地保持仪态。"医生平时一定被他老婆管得很严，接过我的烟抽了一口，舒服得直叹气，"但也可以这么认为：这种人被压抑到骨子里了。她只是攥着轮椅的把手，攥得特别用力，指甲都白了，上半身直打哆嗦。"

我听得不寒而栗，跟随医生走进董太太的病房。那是个一层的单间，窗户正对着小花园，除了白床单、白窗帘以外，几乎看不出住的是病人。这种地方的花费一定不菲，怪不得董东风自己家里是那么简朴：作为小有名气的学者，他的收入不会太少，但基本全花在这种事情上了。

而董太太本人呢，正坐在窗户下面。她的背后靠着一轮夕阳，染得头发都成了红的。因为逆光，我眯着眼睛，看不清她的脸，只看见书桌旁整整齐齐地放着一摞报纸、杂志。这些东西都是医院的人给她找来的吧，可是她一定翻都没翻过。我很想劝她两句：您太不随和了，不要认为大众读物都是文化垃圾；而且既然我们已经生活在垃圾里了，就应该学着享受垃圾——谁又能保证《追忆似水年华》就不是垃圾呢？但这话我自然没说。她是个病人嘛。

董太太静静地看了我几秒，也让我陡然紧张了起来，心怦怦跳。我赶紧把牛皮纸袋打开，像电影里的军火贩子一样，将书一一放在床上，请她过目："董太太，这是您要的书……"

董太太礼貌地颔首，若无其事地扫了一眼。为了缓解沉闷，我又开始说套话："您还有什么需要，可以跟我说——千万别不好意思，我和董老师很熟的；朋友嘛，该帮的忙咱就得……"

一个毫不用力、但已足够尖锐的女声打断我："这不是我要的。"

"可是他说……"

"他说你就信了？他根本就没试着了解过我。"董太太摇晃着上身说。我担心她随时会从轮椅上掉下来。

"您的爱好不是——啊，对比翻译版本么？这些都是啊……"

她伸出一只手，手指尖而锋利的影子投射到那些书上："《尤利西斯》和《堂吉诃德》，我去年就已经对比完了。那几个译本都快能背下来了，现在再看有什么意义——顺便告诉你，我很不喜欢屠孟超的翻译，根本不如杨绛有味道——我前些天在看的是《追忆似水年华》，这里为什么没有《追忆似水年华》？"

我只好硬着头皮辩解："这不怪董老师——客观地说也不能

石一枫

怪我。您知道，前些天您家里渗了水，《追忆似水年华》真成了'似水年华'，泡汤儿了。看是肯定不能看了，我只能把它放在屋里……"

"不是说你有没有拿过来的事儿！"董太太突然喊叫了起来。虽然逆光，但我也能感到她已经哭了："是他根本不关心我。他只知道我在对比书，就让你把所有的书都拿过来，但他根本没留意到我正——在——对——比——哪——一——本。你懂么，这就是敷衍我。"

我想说：这就是您太难伺候了。您简直像晚年的慈禧。但是自然而然，这样的话我也没说出口。相反，我觉得自己体内有一块脆而透明的结晶体，"哗啦"一声碎了。真让人心伤啊。记得几年前，我前老婆也说过类似的话："我根本不在乎你能取得什么狗屁成就、挣多少狗屁钱，但你好歹装出一个上进的样子好不好？"

我当时又是那么不懂道理，居然反问她："既然你不在乎我有没有出息，又何必让我装呢？"

她就慢慢捂住脸，哭着说："你越是轻松，我就越是觉得累。我累得受不了了。"

我居然混蛋到了这个地步——用幸灾乐祸的口吻说："那是你自找的。"

我甚至还说："要想压我一头，就要付出代价嘛。No fucking pay,no fucking gain。"

现在总结起来，我前老婆之所以把我扔在北京，自己出国去，主要原因并不是我没出息，而是我对她的这个态度。而明白这一点之后，已经都他妈的回首当年已枉然了。

因此，在眼下这个时候，我倒像欠了董太太什么似的。医生的神色已经很严肃了，只要她再有什么过激的反应，大概就要叫护士"采取措施"了；我赶紧拍拍他的胳膊，让他别动，然后静静地听董太太抽泣。她在夕阳的光里模模糊糊地哭了会子，终于安静了下来。我这时才说："我去把书给您拿来。"

董太太已经恢复了端坐的姿态，不置可否。我甚至不知道她是不是在看着我。确定她安静下来之后，医生舒了口气，拉着我出了门。我关门的时候，窗子的方向忽然飘过来一句话："你可真是个好心眼儿的人呀。"这话的语调和嗓音都很嫩，简直像个小女孩在撒娇了。

关上门，来到走廊里，那个甘甜的嗓音还在我耳边回响。我不禁问医生："她病得……并不算很重吧？"医生白了我一眼："谁告诉你的？这种病人，要是闹的话倒好了，就怕不闹，不闹就会出大事儿……她以前自杀过好几回呢。"

这个说法自然是有道理的。医生继续对我普及知识：中国的自杀者可以分为两种，分别是"冲动型"的和"深思熟虑型"的。冲动型的大多是头脑简单的人，比如说农村妇女什么的；这样的人挨了丈夫一巴掌，就敢去喝农药，但往往喝下去就后悔了，一边抠嗓子眼、一边求人家救她。而深思熟虑型的则要复杂得多，有的人事先毫无征兆，但已经琢磨了很多年，终于想通了或者说想不通了，也没什么外界刺激就割了腕。毫无疑问，董东风的太太当然是"深思熟虑型"的了。死了都不冤，知识分子嘛。

"你别看她的房间很安静，其实每隔半个小时都必须查一次房的，24 小时不间断。"医生说。

我好像宽慰自己似的说："好歹她还有一个爱好嘛，人要有了一好，多半不会想不通；就算一时想不通，以后也能慢慢通……就像酒鬼吧，你见过酒鬼自杀的么？"

"我倒真不觉得那是爱好。"医生用"小儿科"似的口吻说，"自从我前两年接手这个病人，就发现她在比较那些拗口而庞杂的译文时，丝毫没有享受可言。你以为那就是高智商一点的'找茬儿'或者'连连看'吗？远不是那么回事儿，那就是强迫症。"

我将信将疑。也许这世上真有以"深邃思想"为乐的高人，但在生活中，你能看到的却只是一些文化装逼犯。这样的人我见多了。假如不是出于有利可图的"学术目的"，他们才不会翻开《追忆似水年华》这样的大厚本呢。"这世上本无名著，装逼的人渐渐多了，也就有了经典"，这是 b 哥在学术方面唯一一个独创性的论断；当年他得意扬扬地把这句话写到论文里，班主任差点儿让他留级。

还记得我上本科的时候，颇有几个学院范儿的家伙，专以讨论这种极度晦涩的名著为荣，张嘴普鲁斯特，闭嘴福克纳，简直把自己变成了一个外国名片夹子。那时候就是这么可笑，你要想加入受人景仰的"大师预备役"，你就必须先学会不说人话。有个在这方面"喷"得最凶、号称能背诵《追忆似水年华》（200多万字呢，可见是吹牛，当时居然没人揭穿他）的人，后来成了一家文学出版社的编辑，还靠着和老腕儿骂街出了点儿小名。多年之后，我再见到他，总算问出了那个一直憋在心里的问题："你真看过那些书吗？"

"看是看过，但只看过内容简介和人物表。"这人已经成了一个豁达的胖子，颤悠着他的双下巴干脆利索地说，"正文看了两页就停了。我当时心想：这要读完了，我就该得强迫症了。"

他又说："不过没看完也要坚持聊。聊一聊，能聊出意想不到的好处。对于那些傻乎乎的学术女青年来说，有些书名就是催情剂……"

那么董太太呢？她总没有招摇撞骗的需要吧。她不是以此牟利的学者，更没写过一篇文章，她只是一个处在精神危机之中的瘫痪病人。她那高雅的癖好，也许是发自内心的喜爱，也许是一个残酷的悖论——用强迫症来对抗抑郁症。前者的境界，以我这个俗人是体味不出来的，我也懒得体味。而"强迫症"这个说法则可以理解——手头有事儿，哪怕这事儿了无生趣，但也能让她暂时抛去死念。

古时那些在空闺之中纳着鞋底的小寡妇，整个儿晚年都在自己给自己打棺材的老男人，还有董太太这样的人，他们从本质上来说是相似的吗？我这么想着，却忽然发现周围的景色变了，变得如此神秘，不可揣测。董太太他们这些"病人"仿佛处在另一个世界里，只有我一个人停留在"这个世界"，而医生则是两个世界之间的传话人。我暮地心慌起来，匆匆告辞，离开了疗养院。

在路上我想：反正今天的探视时间已经结束了，不如明天早上再去书店买两套新的《追忆似水年华》给她送去吧。但随后一转念：这人可是强迫症啊，不可以常人论，还是那套泡了汤儿的旧书稳妥点。看得看不了无所谓，反正以我的揣测，没什么人会真看的。

于是，我在中关村路口拐了个弯，把车停在"资源宾馆"门口，跑到海淀体育馆门口的快餐厅吃了两口东西，然后慢慢悠悠地蹚进母校的园子里。耽搁了一些时间，天已经黑了；春夜虽凉，脸上却掠过杨柳的味道。几个号称比"熊猫还珍贵"的学术老头子也惊了蛰，亢奋地在湖边聊养生："维他命，洋葱头里面有维他命……"

我再次开门走进董东风的家，本想把书装进袋子拎走，但忽然又想：时间尚早，接下来去干什么呢？稍一迟疑，索性决定在这儿多耗一会儿。虽然压根儿不想看什么《追忆似水年华》，但我也相信，这屋子里一定有薄一点的可以供自己解闷的读物。我还没俗到只看《读者》的地步嘛。于是，我把房间里的灯都打开，弄得满眼亮堂堂的，然后推开董东风房间的门，在他的书柜上寻摸。像很多以此为业的人一样，董东风的书籍繁多且凌乱，还有许多平放着摞在写字台上。其中，有一个书架上的格子非常空，只摆了寥寥几本，再一看书脊，原来是他自己的著作。这些书里，有一些是诗歌理论方面的，大概是他早年间的成果；还有两本是电影研究，应该是他"转型"之后所作。

我一眼就发现了那本《诗歌，自由的边缘》，心竟没来由地跳了起来。第一次和姚睫出去"刷夜"的时候，她就带着这本书啊。但这能说明什么呢？就算能说明什么，我又能说什么呢？我心里劝自己：别犯傻别犯傻，你已经是一个30多岁的老混子了……但书是无论如何看不进去了。我无精打采地坐在那张掉了皮的"大班椅"上，跟谁赌着气似的斜眼看窗外。云朵如此高远，夜空如此静谧，生活如此乏味而让人迷恋——

就在这个时候，出事儿了。我先听到"哗啦"一声，还没反应过来，一块见棱见角的玻璃已经划着耳朵飞了过去。要是再偏个几公分，就会把我变成阿尔·帕西诺演的"疤面煞星"了。凉风伴随着声响灌了进来，一块鹅卵石在地上滚着。接着就是第二块、第三块。尽管窗户已经被砸了个稀巴烂，但它们还是锲而不舍地飞进来。有一块劲道非常足，穿过窗棂，砸到了书柜玻璃上，给满地的碎玻璃又添了几分分量。我的第一反应本来是：学校里的坏小子在胡闹——许多校工的孩子就是这么粗野，我上学的时候还和他们打过架。但鹅卵石源源不断地飞进来，就让我怀疑这是专门针对董东风一家的了。这样的一对夫妻，会和什么人结仇呢？

我脑袋一热，开门跑了下去，气喘吁吁地绕到这栋五层小楼的背面。那是一片临着湖的小树丛，半人来高的灌木和笔直的杨树交错而立，因为没有路灯，在月色下显得黑乎乎的。扔石头的人要是还没有逃跑，多半就在这里。我放慢脚步，像个侦察兵一样悄悄摸了过去。20米、10米……果然发现那个投弹兵了。那人黑漆漆的身影，远看去像个没长大的孩子，动作倒很沉稳——从地上摸起一块石头，放在手上掂一掂，然后朝董东风家亮着灯的窗子扔过去。看得出来，此人的力气并不大，但是目标也并不太远，一拧腰，鹅卵石就轻飘飘地飞了进去；随后楼上又是"哗啦"一声，大概扔到写字台上了吧。听见响声之后，这人长身站了几秒，仿佛很享受自己造成的破坏。

不知为什么，我忽然想笑，但赶紧压住自己的嗓子，继续靠过去。也许是过于专注地搞破坏，对方根本没有察觉我。当我和那人之间只隔了两丛冬青树的距离时，我蹦起来冲了过去，从背后抓住"他"的肩膀："你吃饱了撑的吧？"我马上意识到，那并不是一个男人：肩膀纤细而柔软，齐肩的短发像小女孩转裙子一样绽开。

我生硬地把她的身体扭过来，让她正对着我，但随即看见了一张桃儿一样的脸——原来是姚睫。她的神色倒也平静，只是带着一分稚气的倔强，好像刚刚做的那件事情是理直气壮的。

我却像挨了一针胰岛素似的，陡然有了泄气的感觉。真他妈的操蛋，这都哪儿跟哪儿呀。我嘟囔着骂了句脏话，然后叹了口气，坐到地上："你图什么呀你。"

"也不图什么。"她考虑了一会儿，才平心静气地回答我。

我看到脚边放着一只牛皮纸袋，那里面整整齐齐地摞着半袋子鹅卵石，倒像从高级水果店里买回来的进口橙子。我把它们抱起来，掂了掂，还真沉。

"圆明园捡回来的？"我问她。

"嗯。"她认真地点点头。

我笑了："你还有脸'嗯'——说说吧。"

"说什么？"

"说说你到底怎么想的呀？什么动机，什么企图，挑衅还是寻仇，跟受害人什么关系……"

"跟你说得着么？"她突然冷笑了一声，扬着脸。从下面看去，她的下巴就很尖了，小拳头还攥得紧紧的呢。

"你是不是对董东风……"

"你甭管。"

"我就是问问——没坏心眼儿，也没任何窥探隐私的意图。"

"说了你甭管。"

这种浑不讲理的女孩是很让人生气的——越可爱，越气人。我脑袋"嗡"了一声，血往上涌，蹦起来攥住她的手："你要是不跟我说清楚，那对不起，你得到派出所说去。"

"放开我！"她反抗着弯下腰，"你把我弄疼了。"

"你还差点儿把我花了呢……"我这时却又想笑了。整桩事情都糊里糊涂的，但总的来说很好笑。我甚至想：生活中要是多一点这样的小意外就好了。

然而一道强光照过来，把我的臆想和她的挣巴都打断了。几个胖大的黑影从四面八方包抄了过来，一个混浊的京腔在警告我们："别反抗啊，我们可带着电棍呢。"

"你看，你就闹吧。"我的口气软了下来，同时放开姚睫，"邻居打电话把校卫队都叫来了——现在可不是人民内部矛盾了。"

姚睫一声不吭，桃儿脸绷得煞白，突然又从纸袋里抓起一块石头，朝一个匆匆移动的黑影扔了过去。动作优美、一气呵成，我还从来没发现她是一个运动健将呢。远处自然是一声"哎哟我操"，我赶紧推了她一把："你疯了你——"而这个时候，脑后风响，随即有200多斤肉压到了我的背上。我背着那个胖大叔转了半个圈儿，终于没甩开他，力竭而倒。

身上那人熟练地扭着我的胳膊："还敢顽抗——"

"不顽抗不顽抗。"我叫道，"你们注意文明执法。"

挨了姚睫一记"没羽箭"的大叔也跑到了，他一边揉着脑袋上的大包，一边愤怒地踹了我两脚："文明你妈蛋！"

他们又揪着我的头发，把我的脸仰起来："是不是你扔的？石头是不是你扔的？"

我扫了眼姚睫，然后回答："是啊，我扔的。"

"为什么扔啊？"

"我吃饱了撑的呗。"我说，"这理由够么？"

"那就好办啦。"校卫队的胖大叔们爽快地说，"这毛病，到吃不饱的地方饿三天就好了——特灵。"

他们驾着我往树丛外走的时候，姚睫又追上来，愣愣地跟着我们。一个胖大叔问："你干嘛的？"

我赶紧说："谁他妈知道她干嘛的，都什么年头儿了，还有这种见义勇为的傻妞儿——你们要没来，我没准就把她强奸了。"

他们又抽了我两个嘴巴。

根据《北京市治安处罚条例》，我被刑事拘留15天。说来上中学的时候也没少进派出所，但享受一个真正犯人的待遇，这还是第一次。尽管我再三声明自己不会自杀，但警察还是把我的皮带、鞋带都没收了，就连外套上的大扣子都被剪掉了。跟我关在一间屋子里的，有一个卖烤白薯的，他把一只白薯按到了城管脸上，造成了对方轻度烫伤，因此"案情最严重"；另一个则是喝多了酒、猛踹电话亭的福建打工仔，此人不会说普通话，来北京半年了，也没找到工作，在牢里也一声不吭；还有一位仁兄倒是个体面人，他是个地产公司的小头目，被抓进来的原因是在宾馆打麻将。

"5块钱的底儿，胡把清一色才200块，这够得上犯罪么？"白白胖胖的男人抗议。

警察还得给他普法："桌儿上的GDP超过500就得拘留。"

"早知道用筹码了。"

确定自己的情况不算冤假错案之后，这男人倒踏踏实实地在牢房里睡了下来，夜里呼噜打得山响，白天则揪住我纵论财经大势。

这年头，我们的城市里到处都是这种民间经济学家——满嘴都是"1亿往上"的数字，口才特别好、条理也清晰，从"宏观政策面"到"民间融资"再到"刚性需求"，由点及面、由面及点，翻过来调过去地论证房地产"还有几年行情"。我只好提着裤子，看着这位同样提着裤子的高人进行经济频道的现场直播，同时想：这厮去干传销也是一把好手。他对我还有一个切实的忠告："在河北省三河市买套房子，那儿很快就要被纳入'大北京'版块了。"

除此之外，我们的乐趣就仅限于观察被押送进出的女犯了。每当有扮相妖娆者经过，烤白薯的大哥都会亢奋地跳起来，抓着铁栏杆问人家："你是鸡吗？"

拘留期间，前来探望我的只有两个人。一个自然是b哥。他幸灾乐祸地给我拿来了一条烟，但却说："这不是给你抽的，而是让你孝敬牢里老大的，省得人家鸡奸你。"至于我究竟为什么被抓了进来，这孙子连问也没问。

另一个就是姚睫了。我被抓起来的第二天一早，她就等在探视区了。我坐在长条桌子的一端打量着她，看见那张桃儿脸又白又润，根本不像一个抽过风的人。

"我对他们解释说是我干的，可是那些人不信。"她抱歉地说。

"那些人把你当成我的'蜜'了吧？"我说，"还是个义薄云天的'蜜'。"

她翻了个白眼："怎么听着像自己夸自己呀？我又没逼你给我顶缸。"

我负气起来："对对，我自找的，我犯贱。"

"我也没有这么说啦……"她叹了口气，"总之对不起，让你受委屈了。"

"不委屈。反正我这些年坏事儿也没少干，喝多了老在街上滋汽车轮子，还喜欢偷摘老干部种在阳台上的丝瓜——权当政府给我结了个总账吧。"

说完以后，我斜眼看着窗外飘过的一朵云，余光则打量着与姚睫之间隔着的桌面由明变暗、由暗转明。春天真是到了，即使枯坐在看守所里，也闻得见不知从哪儿飘过来的花草的气息。各种生物都在"闹"，我们也要允许一个女青年"闹一闹"嘛。这么一想，我暗藏着的那点儿怨气也烟消云散了。

"你……也没事儿了吧？"我小声问她。

"哪方面？"

"你说呢？"

她低了低头："算没事儿了吧。"

"能告诉我为什么吗？"

她的桃儿脸扭向一边："猜也猜得到嘛……你想听详细的？"

"是。"

"这年头儿，怎么还有人这么关心别人的事儿。"

"我穷极无聊。"

她忽然灿烂地笑了："等你出来，我讲给你？"

"还留悬念？"

"让你在狱中有个念想。"

我宽厚地笑笑。这时，姚睫反倒问起我昨晚为什么会在董东风家里。我实话实说，董太太很空虚，现在还在疗养院里苦等着那摞《追忆似水年华》呢。姚睫像没事人一样兴奋起来，说她可

119

以替我完成这个任务，只要我向警察说一声，让她把钥匙领走就行。我想了想，确实是这么个情况：董东风托付了我，而我能托付的只有眼前这个姑娘了。然而让她替我去，谁放得下这颗心呢？尽管她信誓旦旦地说自己"好了"，但天知道她到时候又能干出什么来。我可不想没头没脑地成了她的从犯。

于是我坚定地说："不行。"

"为什么呀？我是好心。"

"你说为什么呀？"

我的语气不重，只是平铺直叙，就像外交部发言人在表述我国对千里之外某个小国内乱的看法。但话一出口，姚睫就哭了。我想劝她，却又不知从何劝起，更不知道应不应该劝，到头来只能看着她抹眼泪。

探视时间结束的时候，她像个小学生一样稚气地说："我知道错了。"

"知错就改吧。"

回到牢房，那个白胖的房地产从业人员又在就"一些经济现象"发表自己的看法。因为我不在，他只好对卖烤白薯的进行演说，情绪未免大打折扣。看见我回来，他兴奋地凑上来问我："咱们再聊聊河北省三河县？""滚蛋。"我粗暴地把他推开，兀自爬上自己的上铺躺下。

看着天花板上的污痕，我心里竟然有了一种恍惚感，仿佛长了这么大，才知道这个世界上还存在着自己无法了解的事情。那个事情是什么呢？肯定不是董东风和姚睫的关系。一个风度翩翩的老师和青春年少的女学生之间假如"有了故事"，会是什么情形？

傻子都能猜个八九不离十。让我好奇的，只是那个桃儿脸姑娘本人。和她在一起，我总是觉得自己摸不透她，我不知道她什么时候会没心没肺地傻笑，也不知道她什么时候会咧嘴哭。她是如此变幻莫测。而原来我和前老婆在一起的时候，一切都是那么清清楚楚。就连俩人分开，都分得那么让人心里踏实。她要的是什么非常明确，我给不了什么也非常明确。我为她神魂颠倒过、也撕心裂肺过，但到头来留下的竟像是一份无法兑现的合同——而已。姚睫的奇妙，是代沟造成的吗？理性地考虑，我认为很有可能。对于业已成年的人来说，下一茬儿孩子永远都是个谜。

城中村

非常幸运，我在牢里住了三天，北京市就展开了一轮"严厉打击酒后驾车"的活动。大量在夜查中落网的醉汉被绳之以法，拘留所的床位陡然就不够用了。警方只好从每个牢房里挑出两个案情较轻、认罪态度又好的家伙提前放出去，给新来者腾地方。我们这个牢房放出去的是我和那个福建打工仔。对于这个结果，白白胖胖的地产大哥非常不满，他认为这里面有猫腻，还认为警察在故意迫害他。一个年轻的警察则幸灾乐祸地对他说："我们多仁义啊，你在这儿睡觉也不收钱——你们什么时候盖房让人白住过？"

出了拘留所的门，我看见那个打工仔的棉袄漏了个大洞，估计是被抓获的时候让人扯的，就把自己的外套送给了他："找个人缝上扣子还能穿。"

他用电影里台湾农民的口音说："木（有）情木（有）义好兄弟。"

然后，我在路边找了个经营五金玻璃的小门脸，坐着他们的小卡车到了母校。春天风沙大，这三天里，董东风的书房里覆上了黄黄的一层薄土，乍看上去竟像镀了一层金。工人们装玻璃的时候，我就到厨房洗了块抹布，把那层西伯利亚飞来的金箔擦掉。一切完工之后，我又找到放在客厅里的那口袋《追忆似水年华》，下楼开了自己的车，给董太太送去。

医生告诉我，董太太"刚用完药"，正在休息。我把书留给他，匆匆离开。

听说我被提前释放之后，b哥和马流氓等人摇头叹息"人民民主专政的铁拳不够有力"，然后又以此为由头招呼来一群闲人畅饮，地方还是在上次和董东风吃饭的那个私家菜馆。席间还发生了一件很搞笑的事情。有个服务员小妹子端着一份坛子肉上来，还没上桌，马流氓就叫了起来："咦，咦，这还有法儿吃吗？"

大家一看，原来小妹子端碗的时候，把两只大拇哥都杵到菜汤里去了。众人自然一起叫起来："怎么培训的？"

因为b哥是个大主顾，就把老板惊动来了，他先向大家道歉："不好意思新来的。"然后扭脸呵斥小妹子："道歉。"

那个小妹子长得圆墩墩的，脸上一边一块农村红，两只眼睛却又大又亮。不知道为什么，她的脸上一直带着气呼呼的表情，"咚"地一声，把碗往b哥面前一墩："有什么不能吃的。"

b哥问她："难道你还想让我嘬你的手指头吗？"

小妹子居然真的把两只油汪汪的大拇哥翘起来："那也可以。反正你也不是什么干净的人。"

老板有点急了："你想干不想干？"

小妹子继续气呼呼地说："你以为我想干？你还没给我上保

险呢。"

这一戗戗，老板的面子可就真挂不住了，他拽着小妹子的胳膊往外走，高喊着"给她结账，赶紧滚蛋"。而小妹子则执拗地蹲到地上，保持着大小便的姿势开骂。这一骂，乡音就骂出来了。

我不禁对b哥笑道："你们河南老乡啊这是，真够驴的。"

没想到，b哥却眉开眼笑了起来，拦住老板，问小妹子："你哪县？"

"新郑！"

"哪乡？"

"龙王乡！"

b哥一拍大腿，"老乡啊。"

再一细问，她家那村离b哥家居然只隔了五里地。也许她流着鼻涕满地跑的时候，还看见过十年前的b哥抡着铁锹打群架的英姿呢。情势转眼间变成了b哥和小妹子叙旧，倒把老板晾在了一边。而马流氓等一干帮闲人物，态度立刻来了个180度大转弯。他们拖过椅子，让小妹子坐上席。小妹子却也豪爽，抓起个酒杯，"啪"地一拍胸脯，两个乳房直颤，嗓音也是颤的："干了，哪个不干是孬孙！"

老乡见面泪涟涟，添酒回灯重开宴。众人情绪达到另一个高潮的时候，我却正式喝大了。胃里像有一只鹿角，正在四仰八叉地往外顶着，一阵一阵发作。几天没喝酒，酒量就小了？或许是岁数又大了一点吧，在酒桌上越发眼高手低了。趁着没人留意，我以尽量自如的姿态站起来，溜进厕所，和马桶照了几秒钟的眼，想象着它每天吞吐的东西，然后顺畅地呕吐。差点儿把我的苦胆都吐出来了。

吐完以后，我按了下冲水按钮，悲惨的"哗啦"一声，仿佛把自己的五脏六腑全给冲走了。空荡荡的胸膛里，此刻却有一件悬而未决的事情现了形，吐都没吐出去，硌得我的灵魂都疼了。我挣扎着靠在门板上，掏出手机给姚睫打了电话。

"你……在里面缺什么东西吗？"她还不知道我提前出狱的喜讯呢。

我粗暴地对她吼了起来："你过来接我回家！我要回家！我难受！"

随后轰然而倒。

那天后来发生了什么事儿，我一概不知道了。耳朵边仿佛闹哄哄了一阵，然后自己四肢离地，如在空中飘浮——转瞬就没了知觉，只觉得全身发冷。等我醒来的时候，先闻到了一股霉味儿，仿佛身边放了一堆窖藏时间过长的苹果。睁开眼，却看见一间陌生的屋子。屋顶低矮，一枚橘红色的灯泡外围罩着光晕。我揉揉眼睛，打量四周：床上铺着蓝黄纹的条格棉布床单，身上盖的被子也是同样的颜色；除了床，屋里再没有三平方米以上的完整空间了，墙角摆着一个带拉锁的简易塑料衣橱；一张三合板课桌大概是从哪个小学校偷来的，桌面上摆着几本书。

姚睫的声音从我头顶上方传过来："好点儿没有？"

我翻着白眼儿把目光往上够，终于看见了那张桃儿脸。她正局促地侧坐在床头柜上看着我呢。看到她手里还拿着一条湿毛巾，我问："我口吐白沫儿了么？"

"那倒没有，不过你那几个同伙儿都吐了。"

"怎么会？那些都是老战士了，怎么可能两瓶白酒就……"

"你们喝假酒了。"姚睫沉稳地说，"我赶到的时候，包间里已经歪七扭八躺了一地，全都倒也、倒也！你还算情况最好的，因为先吐了，问题不大，另外几位已经抬到医院洗胃去了。"

"大快人心的事啊。"我嘟囔了一句，"b哥这种祸害早该遭天谴了。"

然后，我赶紧摸手机，给b哥打过去。好久没人接，等到终于通了，却是一嘴河南腔的女声："谁？"

"你谁？"

"我他老乡。"

"他咋了？"

"睡着呢。"

"睡着还是死了？"

"有气。"

"那就行。"我终于可以放心大胆地幸灾乐祸了，对那气哼哼的小妹子说，"你们老板这下栽了。"

"对。抓了。"小妹子吼完这嗓子，发出声势浩大的呕吐声。她也没少喝。

我挂了电话，往高处撑了撑身子，晃悠了两下脑袋，感到并没有变成弱智的趋势，心下不免充满劫后余生的猥琐快乐。对姚睫说话时，也能轻松自在地瞎逗了："真后悔没吐自己一身。"

"为什么？"

"那样的话，你就必须亲手给我宽衣解带了。"

"那样的话，我就把你放在门口睡一晚上。"

"我睡了……一晚上？那你睡哪儿？"

"别瞎想，我一直坐这儿。"她凛然说。

"那是，你就是凑上来我也无余勇可贾了。"我再次环顾了一下她的房间，"我还有个新发现——知道你为什么这么白了。"

"为什么？"

"因为你这屋子没窗户。"

姚睫嘟嘟嘴："我租不起有窗户的房子。这间才580。"

我看了看她的脸，挣扎着起来："你躺会儿吧。"

"我不累，你又刚好。"她用训斥落难少爷的口吻说。

"我需要舒活一下筋骨。"我说着，硬挺着爬起来，"也要去买点儿东西。门口是有个驴肉火烧吧？"

她想拦我，被我坚定制止，只好看着我出了门。这是一套在自家小院里私搭乱建形成的建筑，说楼也不是楼，只是一溜儿环形排列的平房被封了顶。而封顶的原因，自然是希望在拆迁的时候多补偿些面积。很多郊区农民都这么干。我推开千疮百孔仿佛遭过扫射的院儿门，走到胡同里，看到一只狗正歪着腿冲着我的鞋撒尿。我踹那狗，那狗吠我，正不可开交，一辆驮着个小山的平板车晃晃悠悠地骑进来。"前八家"是中关村的破烂儿回收基地，这只城市的蜣螂满载而归，把我和狗生生挤向两头的墙角。等到车过去，狗又来再战，比狗聪明得多的我早已经溜跑了。

我走到大街上，因为脚步有点快，不免有些头重脚轻。于是，我赶紧站住，望望远方矗立着的"清华紫光大厦"。它稳稳当当的，我自然也就不会摔个大马趴。不过假酒的作用还是没有完全过去，我只好贴着墙根，慢慢地前进。生活就是这么奇妙、也是这么操蛋！你不知道什么时候会喝到假酒，也不知道什么时候会遭遇爱情。好容易走到驴肉火烧店，我却发现自己根本闻不了肉味儿，只好转到隔壁的早点铺子，趁人家没收摊儿买了半斤素包子。路过一个卖"久久鸭"的小门脸，发现自己还能吃这个，便又要了几根鸭脖子。我就在尘土飞扬的大街上一边啃着，一边往回走。

回到院儿里，我遇到了一个脸很大、也很黄的女人，她背着一只书包，正把自行车搬过门槛。我帮了她一把，她反而用狐疑的眼光审视我。这一定就是姚睫说的那个女邻居，正在考第三年的研究生呢。希望她再接再厉，早日在知识的海洋里游上泳。

我轻轻推开姚睫的房门，却看见她已经蜷在床上睡着了。她搂着一只枕头，把桃儿脸埋得很低，只露出一只睫毛很长的眼睛。我看了看她的侧脸，又往下看了看她的脖子、肩膀、圆滚滚的屁股和弯曲着的腿，叹了口气。她睡着，我还算醉着，这时候做出什么事情，都是有情可原的吧。我知道自己并没有胆儿真做什么，但却非常想要说点儿什么。说一说总可以嘛。

于是，我轻轻从床的另一头拽过被子，裹在她身上，叫了她一声："喂。"她没反应。这就更适合我说话了。那些话我一直想找人说，却一直找不到人。而现在，她睡着，就像是我隐藏秘密的树洞了。我用很低的声音对她喃喃自语，说了我和我前老婆的事儿，又说了我的左手是如何受的伤、如何断了自己拉小提琴的前途。我碎碎叨叨的像个深情的话痨，讲起往事来也颠三倒四的。但窝在心里的东西终于倾泻了出来，这感觉比醉酒之后的呕吐还要舒畅。我说得忘了时间，不知过了多久，才疲倦地停了下来。

最后，我用很低的声音对这姑娘说："谢谢你。"她还是没有反应，只是鼻翼一扇一扇的。我忽然壮起了胆子，放高了点声音，说了一句："我很喜欢你。"

然后，我心满意足地坐在椅子上，继续吃包子。我知道过不了多久，姚睫就会醒来，然后告诉我她和董东风的事儿。而在她讲之前，我把该说的都说了，也算对得起自己了吧。我很想哭一鼻子，可是却发现自己已经没有哭一鼻子的能力了。男的真可悲，不像女的那样眼泪说来就来。我们想给自己煽情都没机会。我很羡慕地看着甜睡着的姚睫。

至于姚睫和董东风的关系呢，就是一个再俗套不过的故事了。我敢说，大部分女学生上学的时候，都暗恋过某个风度翩翩的男老师。而长相比较寒碜的老师也不必灰心，只要一心投入教育事业，好人做到底、装逼装到头，迟早也会被女学生看上。男老师，那是所有男学生的天敌。

记得我上本科的时候，就目睹过两起类似的事件。一次是刚入学报到的时候，才在校园里住了三天，就听说本班的一个女生和教古代文学史的老师好上了。那个老师长得比董东风可差得远了，身高也就一米六出头，才30多岁就秃顶了。而他对那个满脸青春痘的女生是这么说的："我为你转山转水，仿佛已等了许多年。"这话听起来，倒好像他找的不是女朋友，而是某个活佛的转世灵童了——好在那女生当时只有18岁，大脑远没身体发育得成熟，居然也就信了。这事儿很让b哥愤愤不平了一阵子，一度还立志在学术方面发奋，将来也当大学老师，摘嫩果儿。尽管那女生的脸像个掰开的石榴，可是石榴也是果儿嘛。

事隔多年，平心而论，那个老师还算是比较厚道的。他博士刚毕业，一直找不到女朋友，终于任了教，就赶紧利用秃顶上的光环蒙骗了一个；后来还真修成了正果，等石榴妹妹毕业就结婚了。而随着他被提拔成系副主任，此后还有很多苹果、鸭梨、芒果——等等比石榴可爱得多的果儿扑了上来，但后悔也来不及了。

而另外一个老师就没那么厚道了，那厮是个搞语音学的，长得周周正正的，很像个国营大厂的车间主任。据说他刚招到第一个女研究生，就开始睡人家。睡也不要紧，关键是他还给钱；每次给完钱，他就理直气壮地回家陪老婆去了。被他睡的学生可是一个热爱学术的有志青年啊。有一次，女学生把那些钱展成一个扇面，扇啊扇，扇了会子，就从六楼的窗口蹿出去了，飘得满天都是钱。这事儿出了以后，学校居然也没处理那个老师，只是从此不让他招女研究生了。

当然，也有比较特殊的女学生，比如说我的前老婆。我也问过她："你有没有喜欢的老师？"

她说："还真没有。"

我说："为什么？"

她说："也不知道怎么搞的，我那时候就不喜欢正经人。"

那个时候她居然把"叫兽"都看成了"正经人"，何其幼稚。照这么说，她喜欢上我这种社会渣滓，也就在情理之中了。但是很遗憾，这种不俗的口味是很难持久的，到后来，她还是把我给踹了。早知道就劝她找个"正经人"了。

而有了上述事件（尤其是挥金如土的跳楼）打底，再听姚睵来诉衷肠，就觉得很小儿科了。我甚至有些恍惚：都什么时代了，还有这种含蓄的情节。那天，我看着熟睡的姚睫，抱着一袋包子吃啊吃，吃完了又从书桌上拿起她的书浏览起来。除了几本小说和人文社科方面的书，她还有不少关于美术和设计的画册。有一本《现代艺术面面观》非常有意思，其中有裸女被画成斑斓的动物图案；还有一个胖乎乎的男人将身体变形为一个抽水马桶，等着大家来尿。啊，这个姑娘还真是兴趣广泛。

直等到下午，她才醒了。醒了之后立刻喊饿，我抱歉地说："包子已经吃完了。"

"自私自利。"她不见外地训了我一句，然后突然爬起来，敏捷地揪了一下我的耳朵。

"别调情。"

"我是看你疼不疼。医生说，虽然你们喝的假酒不致命，但12个小时之后没有痛感，还是得送医院。"

"疼了疼了。"我揉着耳朵让她放心，然后和她出去吃饭。

在清华东门外一家东北人开的韩国饭馆，她吃了一份拌饭，我要了瓶啤酒看着她吃。吃完之后，她擦了擦嘴，端正地坐好："问吧。"

"问什么？"

"你不是特爱窥探人家隐私么？"

"我什么时候……"说了一半，我笑了，"这怎么算窥探呢？我可为你坐了三天牢啊。别的不说也无所谓，就说说你干嘛砸人家窗户吧。"

然后，我面前的这张桃儿脸就垂了下去，脖子无力地耷拉着。

她像坦白一件丢脸的事儿一样说："因为我喜欢上董东风了。怎么着吧。"

"怎么喜欢上的呀？"我笑眯眯地、几乎称得上猥琐地问。

"他也是乘虚而入。"

那个时候姚睫才上大三，刚过20岁，正在经历人生中的第一次失恋。她原来的男朋友是在大学里认识的，和她一个专业，而且还算是半拉老乡。对方是成都人，因为饮食方面的喜好和她走得很近。家里大人给邮寄来泡椒凤爪、怪味豆之类的东西，俩人总是一起分享；吃来吃去，就吃到一块儿去了。第一场恋爱，姚睫自然谈得很认真，不过恰恰因为认真，也就忘了自己到底喜不喜欢这个人。比如说，那个男生官儿瘾很大，一心想当干部，姚睫便也加入了学生会，陪他一起上劲。为了打击"政治对手"，她男朋友曾经还揭发一个学生会副主席考试作弊，只不过后来经查是诬陷，闹了个臭名昭著，她也心甘情愿地跟他一起担骂名。可是"组织"这个东西思考问题的方式有时很奇怪：恰恰因为诬陷事件，反而认为姚睫的男朋友是一个热心"靠拢"的分子，由此开始重用他。当上干部，又搞来一个"对口推荐"到海淀区团委的分配指标后，这个男生就率先变了心。在一次到秦皇岛"考察"的途中，他和学生会的文艺部长搞上了——而那女孩的爸爸，据说是市里的一个"副厅级巡视员"。

姚睫还留着几包泡椒凤爪，等着男朋友回来呢。谁知道他已经改换了口味，准备吃"咱老北京的挂炉烤鸭"了。这个结果自然很让人伤心喽，说成晴天霹雳也不为过。可是在讲的时候，姚睫却吐了吐舌头，对我说："现在居然没觉得太吃亏。"

但当时，姚睫还是精神错乱了很有一阵，好在没想到去死。有一天，她痴痴愣愣地在学校里面转，想到泡椒凤爪只能自己吃了，又想到男朋友和新女友出双入对的样子，竟有不知身在何方之感——走累了，就一头扎进了一个教室。人家正在上课呢，她"咣当"一声摔门而入，学生们自然"嘘嘘"地抗议；还有人"吁吁"的，好像在呵斥一匹小马。不过讲台上的男老师倒是没说什么，宽容地指指后排，让她坐过去。我的母校上课非常自由，甭管什么人，进来就能听。

姚睫就趴在同学们后面，先是睡了一会子，醒来之后就开始哭。好在这时候已经快下课了，同学们回头看看她，议论了两句，纷纷离去。感到身边没有了人，姚睫索性放开嗓子，大声哭了起来，不过仍然一直趴着。有人捅她的肩膀，她也不理。直到哭得眼睛都疼了，意犹未尽地抬起头来，她才看见面前站着一个高大的男人。这个男人默默地从兜里掏出一块手绢，递给她。她也不客气，接过来就擦，还擤鼻涕。擤完了说："我给你洗。"

高大的男人说："那肯定。我就这么一条。"

不用说，那个男人就是我们敬爱的董东风老师喽。也就是在那个瞬间，姚睫心里突然想：不如喜欢他好了。喜欢董东风，无疑是有很多好处的：第一，可以迅速忘掉过去那个操蛋男朋友；第二，董东风一定有太太，喜欢了也没什么可以"企图"的余地，刚开始就断了念想，将来也就不至于再难过一次。

于是，姚睫就拉开架势，有板有眼地喜欢起董东风来。她买了董东风的所有著作，一本一本地读下去，就连他发表在文化杂志上的小文章也不放过。她会出现在董东风每一节课的课堂上，早早地坐在第一排。每当下课，她就第一个走上前去，有问题问，没有问题制造问题也要问。这样的努力持续了几个月，倒把自己变成一个文科生了。

姚睫自己对这种状态很满意。假如关系仅限于此的话，那么从另一个角度来讲，她算是成功地"利用"了董东风。而这利用对双方都是无害的：女孩在学校、在这城市有了一个长久的念想，男人则浑然不知。姚睫清楚地知道暗恋的底线在哪儿，那就是——他在明，她在暗。这非常安全。凭着画饼充饥的本领，她有信心度过变成一个成熟女人之前的那些年头。

不过事与愿违了。她对董东风的追逐过于勤勉了，而对方又怎么可能浑然不觉呢？终于，停留在心理范畴的游戏格局被轻而易举地打破了。

那是一次外校讲座，地点在著名的"解放军艺术学院"。来听董东风讲电影的，都是各大军区选送上来的"文艺尖子"。对于那些女文艺兵来说，这样的课程未免过于艰深；他已经放低身段，主动去聊《廊桥遗梦》了，然而学生们却只知道宋祖英。大家涂指甲的涂指甲、发短信的发短信，没有一个听课的，结果就把专心致志的姚睫凸现了出来。她仰着一张桃儿脸，瞪大了眼睛听。局面就变成了：董东风只给她一个人上课。她帮助他将两个小时的讲座时间打发了过去，完成了两校之间的"军民共建"任务。董东风也在课程的后半段摆脱了困扰，重拾主流文化批判者的立场，对好莱坞乃至被文艺兵们视为至高无上的"春节联欢晚会"大加鞭挞。很可惜，他的用词过于艰深了，女战士们根本听不明白他是在骂还是在夸。

下了课，当姚睫收拾书包准备离开的时候，董东风走过来对她说："每堂课都有你。"

姚睫说："我喜欢看电影，也喜欢听人讲电影。"

董东风说："我的手绢你还没还给我呢。"

小女孩就此乱了方寸。这以后的过程也不是她能够控制的了。他们从面面相觑的师生变成了没话找话的熟人，而这个变化自然是一场校园恋情的前兆喽。打那以后，董东风每次下了课，都会单独跟姚睫聊会儿天，他们会在校园里走一圈，有的时候还去"师生缘"咖啡馆（多操蛋的名字）喝一壶茶。姚睫也会给董东风打电话，汇报她最近读书和观影的心得。她流露出要考艺术学院研究生的想法后，董东风顺理成章地说："我带你好了。"作为一个预备役女弟子，姚睫也开始频频造访董东风的家。她礼貌地和"师母"打招呼，然后主动帮老师做家务。有段时间，她几乎称得上是董家的半个保姆了。

我听她讲到这儿，忽然想起了一个无关紧要的情节："你们一起去过圆明园吗？"

"没有。"姚睫简短地说，"他只是告诉过我，上学的时候曾经翻墙进去过。"

然后，她开始不厌其烦地描述自己和董东风相处的场景：在路上、在饭馆、在宿舍楼前。很自然，同学们开始风言风语，说她和外系的老师"搞上了"。这倒让姚睫相当快意呢，起码可以气一气那个前男友了。

然而在我听来，姚睫和董东风的"师生恋"仅仅停留在"发乎情止乎礼"的范围之内。甚至可以负责任地说，根本就没发过情。

董东风只是春风化雨地说啊说，说文学、说艺术、兼说人生和理想；姚睫呢，她能做的也只是听啊听，听文学、听艺术、听人生理想。他们之间仅仅是嘴巴和耳朵的关系。他对她最亲昵的举动，仅仅是一辆自行车冲撞过来的时候，搂了她一把胳膊。

倒不是说我对"人民叫兽"这个群体有多么大的成见——我只是站在一个各方面发育均很健全的男人的角度，对董东风和姚睫的关系感到不可思议。多鲜嫩一"果儿"啊，水汪汪的大眼睛饱含着情意，难道敬爱的董老师看不出来吗？我不相信这个世界上还有这么不解风情的人。我又想起 b 哥等人在酒桌上说过的"感动中国"和"伉俪情深"。在讲那些大词儿的时候，他们无疑用了惯常的揶揄口吻——倒不是讽刺董东风这个人，而是在嘲讽所有看似崇高的事物。而在常年的冷嘲热讽中，我自己对于所谓知识分子的道德情操也怀有本能的怀疑。当年没把书继续念下去，主要是出于这个原因。

如果董东风是为了他的太太而不敢越过雷池半步，那么他倒真是这个时代的异类呢。那么我自己呢？我突然想到，当姚睫躺在床上、蜷着腿的时候，我本来大有机会对她做些什么的。不止那个时候，还有在圆明园、在后海"刷夜"的那些晚上，我起码也是可以动一动邪念的啊。可是我虽然满嘴流氓话，心里却几乎什么也没想，就连趁着姚睫打哈欠的时候亲她一下的念头都没有。这个发现让我既惭愧，又欣慰。这是否说明姚睫是一个神奇的姑娘，她大大咧咧地傻笑着，就可以去除男人的歹心，净化他们的心灵呢？或者说，这是否说明我真的喜欢上姚睫了呢？想到这里，再听她讲那些和董东风有关的事情，我就觉得自己非常凄惨了。

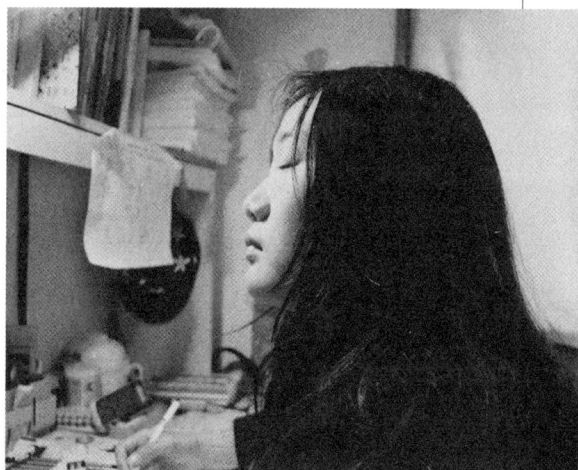

"还是说说你干嘛砸人家窗户吧。"我说。

"还不是因为他去新疆,说走就走。"姚睫说,"我觉得心里很憋屈。"

"你可真是太傻了……把他们家玻璃敲了,他就能赶回来吗?"

"我又没指望他回来。"她像被逼到墙角一样,以负隅顽抗的表情道,"我就是心里憋屈,一憋屈就想搞点儿破坏。破坏谁?当然是他们家喽……不光砸玻璃,他们家渗水也是我弄的。那天我到他那儿还书,听说他要走了,就趁没人留意,把洗碗的塑料手套塞下水道里了。"

我不禁大笑几声:"多可笑,多可笑。你以为你才五岁吗?"

"早知道你会笑话,我就不说了。"

"可不是笑话不笑话那么简单。"我强板着自己的脸,正色道,"你知不知道这么干的后果?他们家可有一个病人。"

"我也后悔了。我给她做牛做马。"姚睫说,"我到医院伺候她去。"

"可别——谁知道你又会干出什么来。"

"我不会了。"

"口说无凭。"

"反正不会了。"她郑重地指指自己的脑袋,好像在以一把手枪自杀,"我有点想通了。"

"怎么就通了?吃开塞露了?"

姚睫莞尔一笑:"不告诉你。"

拆迁工地

　　姚睫说要去疗养院伺候董东风的太太，这种知错就改的态度固然很值得称道，不过谁也不能指望她真帮上什么忙。一个20出头的女孩，没钱没关系，有点儿姿色偏还特别要脸——这样的人是不折不扣的弱势群体，能照顾好自己就不错了。但姚睫的精神还是可嘉的。每次我开车去给董太太送衣服、日用品和做读书笔记用的活页纸，她都跟着。到了地方就像个勤勉的小丫头，低声问董太太还有什么需要、可有什么不顺心的地方。董太太呢，情绪不好的时候就不理她——不光是她，连我也不理；情绪好了也淡淡地与人聊几句，还对姚睫说："又来了，你老来。"可见她去探望的次数比我多。

　　我知道，我们和董太太之间是不会有什么共同语言的。她的心思全在那几本翻译名著上，因了这个爱好，便把大多数人视为俗人。这倒也对：越是过得不好的人，就越应该保持对这个世界的优越感——哪怕是强迫症一般的优越感呢。同理，侥幸混出人样的人，则一定要抱有羞愧之心。这是生活中隐性的"平衡法则"。我从未试图与董太太探讨与那几本名著相关的话题。因为我知道，不说实话是不尊重人，说实话则会得罪她。姚睫却不自量力地提过"普鲁斯特到底想说点儿什么呀"之类的问题，董太太则面无表情地截断她："你还没到对这个感兴趣的时候。"

作为"病人"，董太太自然也是要发作的。发作的时候，她满身大汗，手抓着轮椅的扶手，像坐在电椅上一样颤抖。她的身体不疼，灵魂却疼得无法忍耐。她仿佛眼看就要窒息，像极了一个无法靠氧气呼吸、暴露在可怕的地球环境中的外星人。她大喊董东风的名字，说他要抛弃她了。赶上这种时候，医生会及时赶到，职业化地让我们出去，然后该打针打针、该喂药喂药。

有一次，我一直等到她"好了"，又走进去，对这个近乎虚脱的女人说："董老师怎么会抛弃您呢？他让我们看着您呢。"

"他是怕我跑了？""好了"的董太太便有心思开玩笑了，"我又没腿。"

我无法说出"轮子一转跑得更快"这样的话来，便沉默地看着她。她和我对视了几秒钟，说："你这人倒不错，怪不得他挺喜欢你。"然后又诚恳地说："你来就是打搅我，以后没事儿就少来。"

打那以后的一段时间，我和姚睫果然去的少了。探望变成了"谨遵医嘱"，只有医生打电话让送东西的时候，才过去一趟。倒不是真的听了董太太的劝，而是姚睫那边又出了麻烦。

这次的事儿就不是姚睫惹的了，而是我们这个城市里常见的"意外情况"。那天晚上，姚睫在宜家商场上完白班儿，傍晚回到"前八家"，却看见院儿门口围了小小一群人。都是这里的租户，有学生、有打工仔、也有收废品的，大家谁也不进去。她再一细看，原来房门已经换了锁，墙上写了个巨大的"拆"字。还有一个戴了红袖箍的京郊农民，正在给众人"宣讲政策"。那人告诉大家：为了修建一个"创新产业总部大厦"，这片城中村马上就要拆迁了。而他们的房东已经率先签了合同，不日就要从这里拆起。

颠三倒四听了半天，大家才明白：无家可归了。本来拆迁这种事儿，按理说是谁坚持到最后，谁拿到的补偿也就越多，要不那么多人要当"钉子户"呢——不过这么做也有这么做的风险，钉子户多拿的那些钱，可是把脑袋拴在裤腰带上挣来的呀。然而重赏之下，必有勇夫，把脑袋拴在裤腰带上的人越来越多。这就让政府很难做：毕竟是首善之区，又不能真把谁弄死。北京农民的命，好歹比别处农民的命要金贵一些。总结经验，政府这次就试行了新的策略：先挑一两家好说话的去做工作，直接许诺给他们一个脑袋拴在裤腰带上的价钱，让他们起到模范带头作用。这样一来，真成了"早拆迁，早腾退，早日奔中产"，先签字的反而比后签字的拿得多，姚睫他们的房东何乐而不为呢？

说起来，政策倒是好政策，充分体现了在首都当一个寄生虫的优越性。只不过他们的房东格外鸡贼，他一手拿了政府"不日拆迁"的赔偿款，一手又收了租户们半年的房租，然后颠儿了。局面就变成了外地租户们和拆迁公司的一屁股烂账，可是租户们自然就是无足轻重的了。"红袖箍"解释完政策，又加了一句"钦此"，然后也颠儿了。剩下一群人大眼瞪小眼。有人给房东打电话，但是哪里打得通？还有人说去找村长，可是这地方的村长可不比别处村长，人家正在欧洲排队买"路易·威登"呢。就这么被一把锈锁堵到了天黑，大人饿、孩子哭。

最后还是姚睫的近邻，那个因为常年考研失利、脑袋不大正常的女孩有魄力。她说："好歹也得先睡觉，难道明天早上就被埋了不成？"古往今来，落第的秀才都是起义军的骨干力量。大家发一声喊，赞同这个女版洪秀全的号召；两个在装修公司干活儿的汉子抡起扳手，"砰砰"两声就把锁给砸了。进去之后，该吃饭吃饭，该睡觉睡觉，壮着胆子一切如常。这么住了两天，竟然平安无事。本来在我们这个国家，拆房子盖楼这种事儿就是朝令夕改，想起一出是一出，远不如在地里种菜有准谱。大家就想：万一"规划"被拖了下来呢？最好一直拖下去。而且房东没影儿了更是好事，往后的房租也省了。

但是租户们刚刚放松心态，就出事了。那天大家都去上班了，院子里静悄悄的没一个人，拆迁人员就来动手了。他们雇来一辆带铲子的车、一辆带叉子的车、一辆带钻头的车，好像吃了一顿热热闹闹的西餐，三下五除二就把院墙推倒了一半，几间房子也塌了。还有一只大喇叭在放歌曲，——本来也不必如此大张旗鼓，但他们的用意应是震慑胡同里的其他人家。

等到下班儿的人回来，登时傻了眼。几个房屋尚在的住户忙冲进去抢救家具和衣物，而姚睫和另外两个学生比较倒霉，他们的房间已经变成了一堆破砖烂瓦。"红袖箍"又过来宣讲政策："早让你们搬嘛，为什么不搬？我们可是依法施工——不过放心，对于你们的损失，还是会给予一定补偿的……"反正租这种房子住的人，屋里能有什么贵重东西？拆迁的人对这一点，也是早有盘算的。不过让他们没想到的是，姚睫环顾了一圈，眨眨眼，忽然惊慌失措地叫了起来："哎呀，她不会被埋了吧？"

"红袖箍"赶紧说："谁被埋了？怎么可能埋人？你不要造谣。"

姚睫几乎哭起来："真有可能——就是我旁边住的那个女孩，来北京考研究生的那个……"

"红袖箍"说："拆房之前，我明明进到院里喊了十分钟，确定没人才让工程车开工的……"

姚睫说："她最近天天都在北大的自习室熬夜，白天才回来补觉，很可能没听到——真是猪。"

也不知是说有可能被埋的人睡得像猪，还是说"红袖箍"笨得像猪。然后，姚睫赶紧拿出手机来打那个女孩的电话，怎么打都是"暂时无法接通"。这就更证实了她的猜测。拆迁的人一下傻了眼，就连被拆的人也没心情骂娘了，一起凝重地看着那堆破砖乱瓦。这地方不出两年，就会变成一栋塞满知识精英的"总部基地"了；而在此之前，却要用一个拼了命也没挤进精英行列的女孩的灵魂来祭奠它。这里面有着怎样一种诡异的象征意味啊。

姚睫给我打电话的时候，工地上的音乐还在继续播放呢。我先在手机里听到了一曲宏大、壮丽的《北京颂歌》：

> 灿烂的朝霞，升起在金色的北京
> 庄严的乐曲，报道着祖国的黎明
> 啊，北京啊北京
> 祖国的心脏，团结的象征
> 人民的骄傲，胜利的保证

各族人民把你赞颂，你是我们心中一颗明亮的星

……

因为这位歌唱家的嗓门儿过大，我好长时间都没听清姚睫在说什么。我问她："你是在东四环那个怀旧主题餐厅吃饭吗？"

姚睫跑到安静点的角落，把事情跟我说了："现在也只有找你帮忙了……虽然我知道你也帮不上什么忙，不过我心慌死了。想想她昨天还冷着脸和邻居吵架，抗议人家晚上说话声太大呢。今天就，今天就……"

我说："你先别急，我就来。"

我开车赶到"前八家"的时候，大喇叭犹在回环往复地播送《北京颂歌》。在乐声中，小院儿残址上那些挖来挖去的人，动作倒显得喜气洋洋的，仿佛不是在救命。好在场面虽然荒唐，干活儿的人倒都是在工地上干熟了的。他们知道越往下挖，就越要小心谨慎；否则弄倒了某截大梁或者断壁，下面的人就算活着，也有可能会被彻底砸死。简易房顶的毡布和横梁已经拿掉，眼下的情况，就得一块砖一块砖地往外抠了。

姚睫煞白着一张脸，直愣愣地望着倒塌的房屋。我过去拍拍她的肩膀，安慰她说："不会有事儿。这房子质量多差啊，晚上肯定不隔音吧？可见都是轻飘飘的石膏板，砸不死人。"她不说话。借着夕阳的余晖，我发现她的肩膀正在不住地发抖，如同被风吹得晃动了起来。到底还是个小孩儿啊，没经过事儿。又看看因为墙倒房塌而更显残破的城中村，我蓦然辛酸了一下，手搭上她的肩膀，用力搂了搂她。这革命同志式的拥抱大概让她踏实了一点

儿，眼睛里也有了活色。她仍不说话，转过身来靠近我怀里，却不偎上来，只是揪住我的衣领放在鼻子上，用力嗅了两口。那个样子倒像是在揩鼻涕。而我只好像"老鹰捉小鸡"一样支棱着胳膊，不知道自己应不应该再抱她一下。

春天天黑得晚了一些，快晚上七点钟了，太阳仍悬在尚未倒塌的房顶之上。这个时候，忽然有人不知是惊喜还是恐惧地叫了一声："有只脚，有只脚！"轮班休息的人也一拥而上，有的顶住周围的大部件，有的手递手地把覆盖在上面的砖瓦清开。又忙活了十几分钟，居然扒出一个小小的奇迹来：那姑娘完好无损。原来她的床头恰好有一只实木的大衣柜，是房东懒得带走，留下来的。墙倒下来的时候，这个衣柜自然也歪了，顶在一米开外的桌子上，正好给下面的人留出了一个空间。更奇迹的是，直到现在那姑娘还在酣然大睡呢。

大家拖的拖、拽的拽，好歹把她从废墟里拉出来，然后有人跨在她脸上抽嘴巴、掐人中。好一会儿，她才在《北京颂歌》的宏壮音乐中醒了过来，扭脸看了看一地砖瓦，第一句话是："地震了吗？地震了吗？"旁人还没回答，这姑娘又说出一句精神错乱的话来："毛主席，毛主席来救我们啦！"看来是音乐声让她穿越到了1976年。

后来，这姑娘的神智终于清醒了过来，幽幽地叹了口气："怎么没砸死我。"

我说："何必这么说？"

"砸死了就一劳永逸了——也不用再考一年研究生了。"她说。

总之精神还是有点不正常。在场的人一致说，不管怎么说，先送医院去做检查,万一脑袋让哪块碎砖砸着了呢?这么一说,"红袖箍"那厮却犯了难,他结结巴巴地说:"我也是干活儿的——我们都是干活儿的,一个月也就拿 1000 来块钱,比交通协管员多不了多少……"

姚睫突然一个箭步跨到他面前,当胸推了这厮一把:"那你们就敢拆房!"

我看到"红袖箍"坐在砖头堆上哭丧着脸无奈的样子,只好摇摇头对姚睫说:"算了,把他宰了也派不上用场。"

然后我掏出兜里的钱数了数,也就几百块;又有几个仗义的租户你凑点儿、我凑点儿,攒齐了 1000 多块。大家一起把那姑娘搬上我的车,姚睫扶着她的脑袋坐在后座。到了医院一拍片子,还真是有点脑震荡。不过也总算是万幸。我们安排她住院监护两天。姚睫又从女孩的兜里掏出手机来,找出她山东家里的电话,通知了她妈。完成这些工作之后,事情就算告一段落了。

我问姚睫:"饿不饿?"

她撇撇嘴说:"饿倒是不饿,就是怕困——我无家可归了。"

我想了想,说:"总会有办法嘛。偌大一个北京,收容个把迷失少女还是有能力的。"

然后,我找了个提款机,把前两天刚存进去的、从 b 哥那儿骂骂咧咧地要来的"策划费"提出来,硬拽着她去了五道口那边的"熊家烧烤"。我点了一桌子韩国人过年才吃得上的五花肉、小牛排,勒令她:"吃,越不容易越不能亏待自己。"尽管我做出表率,吧唧吧唧地大嚼,但姚睫仍是没胃口。我看着她捏着勺子,若有所思地搅和酱汤,不知该怎么劝她。

而吃完饭后，我又能把这姑娘带去哪儿呢？我有两个选择：第一，给她点儿钱，让她找个宾馆先凑合，过两天再去租一间房子；第二，把她领到我家去。第一个选择是不是显得太"生分"了呢？我想到她揪着我的衣领在脸上蹭着寻找安慰的样子：那是怎样一种信赖的姿态啊。那么第二个选择呢？是不是又太"熟"了一些？我住的那套房子，邻居都是院儿里的长辈，从小看着我长大的。要是贸然带个妞儿回去，他们一定会挤眉弄眼、扒墙根，过够了瘾之后还得找我妈去嚼舌头。且不说这个了，就是我愿意带，姚睫愿意去么？她明明是喜欢着董东风的啊，怎么可能跟我挤在一套一居室里过起日子来？就算她愿意，我能管住自己么？

　　这么想着，局面竟变成了我们在饭桌上拖延时间了。我无助地看着姚睫，指望她说出个办法来，但她却只是发愣。直到牛肉凉了、炉火灭了，我们还是干坐着，谁也说不出一句话。这个饭馆的生意特别好，晚上九十点钟了，门外还挤满了等座儿的韩国留学生。这儿的领班是位东北延边来的"双语人才"，他先倾听了朝鲜语的抗议，又朝我们走来，用东北话不好意思地说："哥，要不我给你们打个折……"

　　我叹口气："我们走，我们走。"

　　姚睫木木地站起来，也同意把位置让给韩国人。

　　我索性问她："去哪儿？"

　　"还去前八家吧。"她说。

　　"你的房子不是已经——"

　　姚睫看了我一眼："我得从废墟里找点东西呀——别的都没什么，关键是书。"

抱着"能拖一步是一步"的心态，我又把她带回了"家"。巷口的路灯照不到里面，墙倒屋塌的砖瓦堆如同一座小山，黑漆漆地立在四周的院墙之间。院儿门也倒了，空地里一个人也没有，原来的租户大概都找到了暂时落脚的地方。我们到一个"一律两元"的五金店买了个粗制滥造的小手电，走到废墟之上，扒着砖瓦的缝隙往里看着。

幸亏在抢救那个考研爱好者的时候，把许多大块的建筑残骸都清除了，隔壁姚睫的"房间"也得以露出一块地面来。想想前些天，我还在这块空间昏睡、痴痴地看她昏睡呢，今天竟只剩了一地被风吹出呛人尘土的破烂，这不免给人以今夕何夕之感。也是在这里，我对姚睫说了"我喜欢你"，但当时她睡着了。现在房都塌了，那些话还能在世界上留下证据吗？我的鼻子竟是一酸，看着姚睫小心翼翼地扒着砖头和碎玻璃也无动于衷。而姚睫此刻则像恢复了精神，她在黑暗中招呼我："给点儿亮啊，我都看见书桌腿儿了。"我循声把手电照过去，她像灵巧的穴居动物一样翻腾了一会儿，"哗啦哗啦"一阵，居然真从砖瓦底下拽出几本书来。"好了，这几本就足够了。"她满意地看看封皮，"别的都是闲书了。"我想：那些书里除了考研的专业课用书，大概还有董东风的著作吧。而姚睫的情绪却真的高昂了起来。她踩着碎砖，奋力攀登了两下，爬上了"小山"的山顶，然后又朝我招手："上来坐会儿。"我踉跄了一下，也爬了上去，找了个平坦的地方放下屁股。

夜空却是如此晴好。春天风大，虽然卷起了一地土，却也吹散了天上的阴云和化学污染。大片璀璨的星星钉在头顶的天幕之上，近在咫尺而又无限高远，密密麻麻的，竟像小时候北京还没变得这么脏时的星空。我们就在风里默默地坐着，看着脚下的断壁残垣。不知怎么搞的，我的心情就像那天晚上在圆明园时一样了。那时我们看的是历史的残迹，现在看的则是现实的残迹。虽然残迹不可复原，但我身边的姑娘却是如此鲜活。

"得了，被扫地出门了。"姚睫轻松愉快地说，"还得找地儿住。"

"没事儿。"我安慰她，"对于家不在这儿的人来说，安个家再容易不过了。"

"就是。"她也给自己鼓劲儿，"大不了找一暖和点儿的水泥管子去。"

我笑道："我上中学的时候，学校旁边有一地方叫'管儿厂'，就是专门生产水泥管子的，密密麻麻的摆了一大片。你要住那儿去，水泥管子可管够，一根儿当卧室、一根儿当厨房、一根儿当厕所……"

"切，幸灾乐祸吧你就。"她又踢踢脚下的一块砖，"在这儿住了挺长一段时间呢，突然就拆了，连房主都觉得无所谓，只有我们这样的人舍不得。"

"所以你得加把劲儿嘛，好好努力，将来当个有出息的人。"我笑嘻嘻地说，"万一成了女总理、女企业家、女艺术大师什么的呢，国家会掏钱把这地方恢复原貌，上书几个大字：姚睫同志故居。"

她哈哈哈地大笑一阵，笑声像手电的光一样，直传到天上去。然后，她用肩膀顶了我一下："你就扯吧你，你们北京人就爱扯。"

"我们北京人没出息，也不证明你就没出息呀。"我说，"事儿都是人干的，要是这儿都是没出息的人，你来这儿干吗了？"

"我也不知道。"她忽然"吓"了一声，转瞬之间，眉眼里都是激愤之色了，"我也不知道我在这儿干嘛呢！北京？北京有什么好的？你看看，北京就给我这个，这就是我的北京！"

"也是我的……"

"不是你的，是——我——的——北——京！"姚睫说着，竟像拖出了哭腔。刚才还是那么无所谓，现在怎么就像和全世界有仇似的？她的情绪变得也太快了。难道在我们这个时代，人人的精神都是不正常的吗？

我劝她："这地方又没招你……"

她终于哭了："怎么没招我了？我自从来这儿，就不知道自己能干什么、应该干什么了……我想干的事儿没一件干成的，我喜欢的人也不喜欢我，我连自己的日子该怎么过都不知道了……"

我陡然紧张起来，攥了攥她的胳膊。好在她没甩手给我一嘴巴。而看到她稍稍安稳下来，我问她："看来你是特迷惘吧？"

"对，迷惘，怎么啦？"

"不怎么，谁没迷惘过呀。"我继续劝她："北京这地方，好也罢坏也罢，都是我们过日子的地方……当然，你要是不喜欢这儿的话，也就跟你毫无关系了。你羡慕我们这些家在北京的人能无所事事、饱食终日，我还羡慕你们呢。你们好歹还有一个家乡，只要家里还有一口锅、一张床，在外面怎么折腾，心里都是踏实的。混好了接着混，混不好回家又是一番天地。所以说，你还怕什么呀？没什么好怕的，更没什么好迷惘的——趁着年轻，多干点儿正事儿，把自己的生活处理好了。别老为那些个没用的事儿犯愁，那不是自己给自己添堵么……"

我絮絮叨叨地说着，同时惊异于自己怎么那么像一个循循善诱的老家伙了。真是岁月催人老啊，人人都有变成话痨的那一天。

而姚睫呢，居然被我唠叨得阴转晴了。她揉着泪眼，似笑非笑地看着我："那你说说，什么叫'那些个没用的事儿'啊？"

"这你自己应该知道……"我一时语塞，赶紧转开话题，继续晓以大义，"我就不说得太具象了。总之，年轻的时候可以挥霍时间、精力乃至情感，但也别仗着年轻就无所顾忌，真挥霍光了后悔都来不及——记得我上中学的时候，一个老师是这么劝男同学戒手淫的：你们射出的那点儿东西，看起来是无限的，其实很有限、很有限——我的话你懂吧？青春跟戒手淫，这两个事儿说来也是一个道理，很有限啊很有限！当然了，说虚的也没用。对于你来说，当务之急还是想好自己喜欢什么东西，为它上蹿下跳那么几年——甭管能不能成事儿，反正最后不后悔就行。"

看到她不说话，我又问："我说得对吧？"

她弯了弯眼睛，点点头："都对。说到底还是努力了就不后悔嘛，整个儿一个《读者》的低俗版。"

"那就行。有的时候看似套话的东西，只要你一琢磨，就有它的道理——要不怎么会成为套话呢……"

我又啰啰嗦嗦地说了好多，总之都是些劝人向上的主流价值观。要是放在几年前，我可不会对年轻人说这样的东西。因为我知道，这很可能会招人看不起，而且会让自己都看不起自己。但是现在，我却希望姚睫能听进去，哪怕先好好过一段儿，将来再慢慢领悟呢。我们这些独生子女都没有兄弟姐妹，而此时此刻，我觉得她就像我的妹妹一样。我盼着她好。最后，我是这么结束自己当晚的说教的："可别搞得像我一样——那就操蛋到家了。"其间的诚恳和真挚，可谓语重心长。说得我自己都脸红了。

姚睫静默了很久，也没说话。我以为这轮谈话就此结束了，刚想站起来活动活动腿，她却突然来了一句："你是不是在说，我应该先从董东风的事儿里跳出来？"她问得这么直接，反倒让我慌乱。我心怀鬼胎地看了会儿别处，后来又想，逃也逃不过去，索性同样直接地说："我不是不让你喜欢他。喜欢上谁，这个事儿没人能控制得了。我只是说，假如你喜欢上了一个'不能喜欢的人'，就得学会保护自己，别毁了自己……董东风这么多年也没跟别人好，同样也就不可能跟你好。你没必要抱着'非试不可'的态度把自己碰得焦头烂额……喜欢是喜欢，生活是生活，人必须得学会把这二者区别对待。"

　　"我忘了他最好？"

　　"不忘也无所谓，我说过，区别对待。"

　　"也就是我不能接近他？"

　　"最好别。"

　　我说得这么绝，不免担心姚睫会生气、会哭、会再发一轮神经质。但是她却扭过头去，脸枕在胳膊上，发了会子呆。然后，她攥住我的手指摇了摇，说："谢谢你。"

胡同

那个晚上姚睫到底还是没有落到无处容身的地步，我把她领到了 b 哥的四合院里。当时夜已深了，胡同里却不消停：邻居们打麻将的打麻将、看电视的看电视，房顶上不时传来猫叫春的嘶嚎。同是平房小巷，城里的胡同与"城中村"的气氛却大相径庭：空气里弥漫着一股不思上进的颓靡。我跨上汉白玉石阶，气势汹汹地用大铜环砸门，片刻便把 b 哥吵了出来。

这厮原本就长得长手长脚，瘦得像个肯尼亚长跑运动员；前一阵子中了次毒，面目竟更显清癯，只是眉眼之间仍然带着病容。不知道的人，还以为他真把那支"电影里才有的"烟枪派上了用场呢。

他说："你他妈的还没死啊。"

我说："看到你活蹦乱跳的，我也很遗憾。"

他又说："咦，你还带了个妞儿。"

我又说："反正不是给你带的，但是要在你这儿寄存两天。"

说完之后，我拉着姚睫穿堂入室，一脚踹开客房的"梅兰竹菊雕花门"，指指满堂的实木家具对她说："环境还满意吧？地主老财家的牙床，村妞儿也要上去滚一滚。"

ｂ哥坏笑道："怎么听起来好像便宜了地主老财。"

姚睫则浏览着屋里"民国范儿"的摆设："越看越像姨太太的房间。"

"本来就是。"我扭脸问ｂ哥，"前一阵演话剧那个蜜呢，不是她住这儿吗？"

"又遣散了。"ｂ哥说，"自从毒酒攻心，哥哥我受了内伤，近不得女色了。"

"别听他放烟雾弹。"我又叮嘱姚睫，"墙角那根杠子是门闩，会使吧？晚上一定锁好了门。你若需要，我再给你买瓶防狼喷剂去。"

因为换人睡觉，姚睫自然要从柜子里取出新床单，把ｂ哥和"演话剧那蜜"的腌臜物件换下去。她在忙活的时候，我跟着ｂ哥来到正厅，喊他们家保姆："茶来水来啤酒来！"

偏房里，一个愣愣磕磕的女声吼道："自己没长手吗？"

我吓了一跳："你们家保姆革命了？"

ｂ哥苦笑道："她就是这么对我的。"

然后他又扯着脖子骂："你妈了个巴子的，厨房钥匙在你那儿，让我怎么拿？"

半分钟之后，偏房的门"咣"的一声响，简直像是被人踹开的，一个矮墩墩、圆乎乎的身影冲向厨房，又是"咣"的一声。

ｂ哥再骂："你轻点行不行？我这儿都是仿古的东西，娇贵。"

那女声回道："我们老家的真古迹都拆他娘的了，谁还在乎你这些假的。"

话音才落，她已拿着两瓶矿泉水，进门扔给我们。这时才发现保姆不是原来的保姆了，换成了一个十八九岁的小妹子。再看眉眼，竟格外眼熟，原来是那天在饭馆遇到的 b 哥的"老乡"。

"怎么连这样的都拐带回家了。"我目瞪口呆地对 b 哥说。

b 哥满脸真挚的冤枉："怎么是拐带，我被讹上了。"

原来 b 哥和马流氓等人一起被假酒药翻那天，这小妹子也连干了几杯。闹哄哄地被送到医院，她却跟 b 哥一个病房。妹子喝得少而且急，嗷嗷连吐了几次也就好了。她扭脸看到 b 哥正在翻白眼、打摆子，大小便都失禁了，只好骂骂咧咧地伺候起来。一把屎一把尿地等到 b 哥省了人事，她对 b 哥说："老乡，我没地方去啦。"

这时才知道，出了假酒的案子，那家饭馆一发又被查出来许多事，比如用地沟油、工业色素做菜之类。号称风雅的私家菜，原来比街上卖油条的也干净不了多少。老板一害怕，索性卷铺盖卷逃到不知什么地方避难去了，剩下的厨子、小工、服务员也作鸟兽散。昨天还高朋满座的饭馆，现在空荡荡地贴了个封条。对于这个情况，骂街骂得最凶的自然是 b 哥，他是常客，几年来一直处于假冒伪劣食品的戕害之中；而且为了吃"放心菜"，他花的可是比外面高几倍的价钱啊。真是亏死了。

小妹子则这么为他宽心："亏什么亏？吃些不干净的东西，也就少活几年。"

b 哥说："那还不亏？"

小妹子说："反正你少活几年，钱也花不完；多活几年，一样花不完。都是花不完，没什么亏的。"

这么算来，还真是不亏了。b哥惊奇：这个妹子虽然有点儿二百五，可是动不动就能说出真理来。偏巧这时，他家后院又起了火：原先那个保姆认为他快死了，便偷了抽屉里的一块劳力士表，到街上的典当行换了一叠钱，兴高采烈地跑掉了。

b哥就问那个小妹子："你会不会伺候人？"

小妹子气壮如牛地说："看怎么伺候，那种'伺候'，我坚决不干。"

b哥笑着"呸"了一口："那种'伺候'，我还不干呢。"

再想想要不是自己灌她，人家也进不了医院，于是b哥就把她领回家里，接了保姆的班儿。可是进了门，才发现当初谈条件的时候有歧义，小妹子说的"那种伺候"不仅包括上床"伺候"，床下的许多"伺候"也在"不干"的范畴之中：端茶倒水擦皮鞋，梳头捏脚挤牙膏，通通都被批判为"剥削阶级的恶习"，她"誓死不从"。

b哥气得鼻子都歪了："你怎么像个从'文革'时候过来的女民兵？"

小妹子说："我舅姥姥还真是女民兵，我跟着她长大的。"

不仅不伺候人，还要限制主人的自由。b哥这人常年酒色过度，神经上也出了点儿毛病，患有酒精依赖症——刚从医院抬出来，回家就要开洋酒。小妹子一把夺过酒瓶，转眼到痰盂边上倒了："医生说了，半年都甭想喝了。"俩人就在宅子里玩儿起了猫鼠游戏，一个偷酒一个抓，被抓的嬉皮笑脸，抓人的破口大骂。到后来，小妹子干脆把厨房的钥匙抢到手里，别在裤腰带上；只要

b哥不把她强奸了，那就一滴喝不着。好在这妹子有个优点，就是除了不伺候b哥本人，干别的活儿绝不惜力，一天到晚鸡飞狗跳的，把个大宅子收拾得一尘不染。她还拿了个弹弓，到院子里打猫打麻雀，坚决捍卫院子里的一篷葡萄架。

b哥对我诉苦："鬼知道她脑袋里装的是什么东西。就差天天扣个高帽子批斗我了。"

我说："你爷爷就是地主，当年没准儿她舅姥姥批斗过你爷爷。缘分呐。"

而请了个冤家进屋，为什么不能把她再"请"出去呢？多给点儿遣散费就是。我知道b哥每次遣散他的"姨太太"，都是不惜放血的。对于这个疑问，b哥却又坏笑道："留着她，自有妙用。"到了告辞的时候，才知道b哥所说的"妙用"是什么。我对姚睫叮嘱几句"有情况尽管喊，院儿后面就是派出所"，然后抬腿出门。此时却看见b哥也嬉皮笑脸地披了件"民国范儿"的"宝蓝底子五爪金龙织锦缎小夹袄"，要跟我一起出门。

"你干吗去？"

"我到你们家睡觉去。"

"不必如此撇清自己，我相信你中毒之后就痿了。"

"放屁，我是真要到你那儿借宿。"

他开了车库，"捷豹"出于柙，就用不着我这辆破雪佛兰了。在路上，b哥的脸色忽然一转，变得忧心忡忡："这两天睡得特别不好。"这才说出实情，却把我逗得够呛。原来他自从假酒中毒之后，就一天到晚做噩梦。梦的倒也没什么奇怪的，无非是些车祸、火灾、电锯杀人狂之类，而受害人总是自己。日复一日，b

哥被折磨得够呛，找神经科的医生去看。医生摊摊手，无可奈何地说："我只能给你开药，帮你睡觉，至于做什么梦我可管不着。"可是 b 哥现在就怕睡觉啊。要知道白天酒池肉林的人，晚上却堕进了活地狱，这个苦楚可万万受不了。到底是农民的儿子，情急之下，他干脆搞起了封建迷信，到雍和宫附近专营"起名、解梦、预测"业务的一条街，请回一位大师来。

那位大师胖胖的，一眼大一眼小，长得颇像粘了胡子的北大教授孔庆东。他拿个罗盘，背了桃木宝剑，在 b 哥的宅子里转了一圈，然后"啊"一声，呆若木鸡。b 哥以为他要神仙附体，忙把桌椅板凳挪开，腾出地方来等他抽风。但大师转眼就醒了过来，深沉地说："都坏在宅子上。"

"宅子好好的，买时请香港的大师看过的。"b 哥说，"是个福地啊。"

大师继续深沉地说："也不光是宅子，还坏在你身上。"

b 哥说："我缺小德，可没造过大孽。"

大师卖完关子，这才娓娓道来："宅子没坏，你没坏，你住在这个宅子里就坏了。我问你，你祖上没做过官吧？你也不是官吧？"

b 哥说："我爸当过村长。"

大师道："那是一个股级干部，不算干部。可这宅子呢，明明是过去的贝勒才可以住的，你看门口那台阶，五级！还有石狮子，官居三品才能摆！这都是僭越啊，放在过去老百姓家弄成这个样子，那是要杀头的。现在没人杀你，梦里就有人杀你了。"

原来是 b 哥的根基浅，压不住这个官气四溢的宅子。这种说法倒是有些靠谱了，起码 b 哥很信服。妈的，官的力量怎么这么大？做生意不傍上两个官儿，就狗屁都做不成。这个道理他懂，因此这些年也没少给各个衙门上供；但眼下，居然睡觉也归官儿管了。b 哥不禁骂道："还让不让人活了？"他又无助地问大师："可是北京毕竟不是我们老家，我想买个官儿，也没地儿买去啊。而且听您这么一说，起码得弄个局长，就算有人卖，价钱也太大了。"

大师微微一笑，转眼说话就不靠谱了："还有一法。"

"什么办法？"b 哥将红包塞上去。

"找处女。"

"你是说嫖小学生……"b 哥哭丧着脸，"这不是造孽嘛。"

"不要一提处女就想起嫖来。"大师解释，"我是让你找个处女住在这个房子里，以纯阴之气化之，或许能够扭转过来。"

本来在这个年头，找个两条腿的处女，难度甚至比找个三条腿的蛤蟆还大，不过恰好 b 哥眼前就摆着一个呢。那小妹子苦大仇深的样子，一定是处女了。"别说处女了，说是石女我都信。"b 哥欣慰地点点头，然后又议论起姚睫来，"你带来的那个白白嫩嫩的，就很不好说了。"

我气鼓鼓地替姚睫回击："那也比你搞的那些个破鞋强。"

"破鞋怎么了？"b 哥恢复了一贯的恬不知耻的嘴脸，"鞋子旧了不硌脚。处女这玩意儿，只能避邪用。"

于是，他把小妹子留下镇宅，我把姚睫留下寄宿，我们两个臭流氓则回到部队大院的一居室里去"素着睡觉"。那天晚上，我睡得很不好，究其原因则是 b 哥睡得很不好。他平躺在客厅的沙发上，两条麻秆腿长长地耷拉到地上，宣布："我要入那黑甜乡去了。"我说："死去吧你。"结果回到卧室刚睡着，就听到外面哭爹喊娘起来。b哥在黑暗中大喊："不要剁我的手指！不要剁我的手指！"我想，他一定梦到了几个日本黑社会，"山口组"什么的。而过了一会儿，他又喊："求求你们了，给我留一个蛋！"这么说，情节已经转换到了李莲英进宫前的那一天啦。按照规矩，这个蛋自然是不能留的，否则爱新觉罗家的血统谁来保证呢？再往后，b哥就喊叫得更热闹了："啊，我的耳朵，我的耳朵！"最后，他居然在梦里哭了起来："别推我下去！"

我很想劝他：您手指也没有了，蛋也割了，耳朵都被削掉了，大概已成了一个人彘；活得了无生趣，应该只求速死才对，"推下去"就"推下去"喽。我也对他梦里那些凶残的家伙很有意见：你们为什么不先把他的舌头割掉呢？留着它，吵得我也不能睡觉。夜里三点钟，我终于受不了了，接了杯凉水，"哗啦"把b哥泼醒了。

b哥居然呼哧带喘地说："谢谢你。"

"你不是已经被'推下去'了吗？"

"半空中又被731接住了，他们要活体解剖我。"

这么说，还是我救了他。而醒了的b哥又犯起酒瘾来，跑到厨房去翻箱倒柜，一会儿涨红着眼睛，拎了瓶"伏特加"进来。

我想起那酒还是"应姚睫之邀"带回来的呢，立刻蹦起来，一把抢下："不给你喝。这是留给别人的。"

"上次吃两根红肠你也叫唤，这次喝酒也不让喝，你他妈的脑袋真是有毛病……"

"对啦。"我说，"这个年头，谁的脑袋里或多或少都有毛病。你毛病更大，要不你做什么恶梦啊？"

而 b 哥虽然在梦里死过无数回,但对现实世界却仍然抱着猥琐的好奇心。他马上就像动画片里的老狼一样奸笑了起来:"给那妞儿留着的?"

"哪妞儿啊?"

"你说哪妞儿?咱们多少年了,你那点儿小九九还逃得出我的法眼?"

"反正不给你喝。"

"那我喝什么?"

"厨房里还有点儿料酒。"

他居然真的倒了一杯料酒,"滋儿"一口、又"滋儿"一口地独酌了起来,边喝边感叹:"对于我这种惯喝茅台的人,此刻的一杯料酒居然也是香的,可见人生况味是多么奇妙……"

扭脸又说我:"你太幼稚。"

"我愿意,你管得着么?"

"我是说方法幼稚——要是想把她灌晕了下手,伏特加还不如'西班牙苍蝇'呢。"

"我去你——"

"那妞儿不错。"

在我即将翻脸的时候,b 哥居然一脸诚恳、推心置腹地来了这么一句。我叹了口气,仿佛听到身体里有什么东西"哗啦"一声垮了:"是不错。"

"我劝你只顾一头儿,别犹犹豫豫的,那样会把两边儿都耽误了……"b 哥点了颗烟,像"人生哲学"的大师一样继续沉吟道,"你这人最大的毛病就是磨叽,不管行善还是作恶都犹豫不决,最后既成不了伟人，也成不了枭雄……对女人也如此。"

"等会儿，等会儿。"我忽然纳闷，"你这话里有话的什么意思？什么'两边儿顾一头儿'啊？听着跟我脚踩着两条船似的——你不知道我呀？我一条船都没踩上呢，裸泳呢。"

"茉莉没给你打电话？"茉莉，也就是我前老婆。她的真名叫做莫莉，而我们都管她叫茉莉。

"当然没有，我们不是早断了么……"我骤然警觉，"你有茉莉的消息？"

"她给我打了个电话，问你怎么样。我说你自己问他去啊，又不是仇人……她说她给你打过，你没接。"

"什么时候给我打的？"

"春节的时候吧。她还跟我说，最近可能会回国……"

我陡然沉默，什么话也不想说了。我们"吧嗒吧嗒"地各自抽了一颗烟，然后再分头躺下，艰难入睡。b哥又恢复了一个暴发户的下流嘴脸，祝我"做个尽享齐人之福的好梦，一妻一妾伺候你一人——多大福分。"我则祝他"在梦里变成一只全聚德的北京填鸭，先受炮烙之刑，再受凌迟之苦，临死前还裸体挂在橱窗里、屁眼儿插钢钎供各国友人参观"。

窗外的鸟儿都叫了，我才昏昏睡去。我既没梦见茉莉，也没梦见姚睫，而是梦见一个面目模糊却又感觉熟识无比的女人坐在我面前——默默地诉说着什么。而上一次梦见这样的人物形象，还是在第一次梦遗的时候呢。

白天总是明媚的，尤其是北京的春天。只要是没有风沙的日子，天空清澈高远，云朵自由飘荡，阳光几乎像固态的一样清晰、质感强烈。任何内心阴暗的人都会在这样的天气里找到正大光明的感觉，更何况我和 b 哥这两个混混。我们最大的罪恶无非是混，而我比他多了一条罪恶，就是没混成有钱人。

b 哥的小院儿又热闹了起来。不过，这一次的主要人物就不是那些脸都不熟的各路骗子了——就是我们几个人，外带刚在医院喝了俩礼拜白粥的马流氓。尽管聚会仍以消磨时光为主要目的，但大家对白酒都有了抵触情绪，因此气氛也就远没有先前那样迷乱了。我们在刚发芽的葡萄架子底下沏了壶茉莉花茶，像老派的、二环路以里的北京文人一样闲扯，能说会道的家伙争着高谈阔论。小妹子虽然是二百五，但每说一句话都能让男人们把眼泪笑出来。

比如有一次，b 哥和马流氓像两个思想家一样，讨论起了"生活就是轮回"这个话题。b 哥还煞有介事地背诵了《百年孤独》那著名的第一句话。而小妹子突然粗暴地打断他："狗屁轮回，你那生活，就算轮回也是光着屁股推碾子——转着圈儿丢人。"

自从 b 哥发了财，还没有一个女的敢这么说他呢。他一愣，随即笑抽了筋。

小妹子反倒愣了："你有毛病吧？"

b 哥说："难道你没想象过光着屁股推碾子的样子吗？多可笑。"

小妹子反倒被他的神经质弄得迷惘了，只好用她舅姥姥的话总结："无耻的剥削阶级。"

连我和马流氓都快翻到桌子底下去了。姚睫拉了拉愣神的小妹子："甭理这帮神经病，做饭去。"

每次聚会的饭都是姚睫做。我现在真信她爸是个掌勺儿的了，家传的手艺就是不一样。她到一条街之隔的"朝内菜市场"买来新鲜的五花肉，切成巴掌大的厚片，辅以青蒜、豆豉、辣椒，炒得满院子都是烟，闻了就让人流口水。她还夹起一筷子，对我们展示："看见没有？这就是灯盏窝。"除了回锅肉，她还会做正宗的鱼香肉丝、麻婆豆腐和水煮肉片。川菜这东西，放眼全国遍地都是，但能吃上一口正宗的却仍是莫大的福分。怪不得那么多"剥削阶级"会周末坐飞机到成都，或者专门接个四川保姆养在家里呢。

我像个大爷一样夹着肉片，在阳光下鉴赏："小同志很有天分嘛，容我夸你一句'秀外慧中'。"

"小时候我爸炒菜，就把我拴在灶台旁边熏，熏得我直咳嗽，但是熏啊熏啊就会了。"她说。

"那你妈干吗呢？"

"她下场打麻将。"姚睫说，"有的时候一打就是一整天，从日出到日落。"

大家想象着沐浴在江风里打麻将的惬意，不禁又数落起北京的诸般不好来：高物价、堵车、官儿太多、渴望跟官儿攀上关系的人更多、满街"没头脑和不高兴"……马流氓横眉冷对地指着b哥："我们已然水深火热了，你们丫的还来干嘛呀？来了就来了吧，还他妈的发财，这还让不让人活呀？"

小妹子反倒替b哥辩护起来："首都不是全国人民的首都嘛。"

"他来发财，你干嘛来了？"

她脆生生地回答："原来刷碗端盘子，现在收拾房子。"

"顺便批斗这个无耻的剥削阶级？"

"嗯哪。"

我站起来跟着姚睫走向厨房，一边帮她接水做汤，一边说："你看，人家活得多明白。"

"你的意思是，就我懵懂着呢？"姚睫鼓着她的桃儿脸说。

"那没有。我的意思是，我们都要向明白的人学习。"

"我以前活得挺明白的，来了北京才不明白的。"

"对，这都怪北京。我在这儿也一直'不知道北在哪里'。"

"不知道北在哪里？"

"这是一北京老作家小说里的措辞。他原来写的是'找不着北'，可是一个负责任的编辑根据现代汉语规范，给他改成了'不知道北在哪里'。"

姚睫笑道："对喽。我们都是不知道北在哪里的人嘛——你的情况比我还严重多了，你都糊涂了半辈子了。"

"所以我不希望你走我的老路……"我说了一半，笑道，"知心大哥是有点儿话痨，不过都是为你好。"

天上并没有云朵飘过，姚睫的脸忽然阴了下去，捏着瓷碗的手指正在用力、用力，连指甲都白了："我也不知道我在这儿算干嘛的……这儿又不是我家，我家比这儿好多了……你别看你给我找了个这么好的地方住，可住得舒服不舒服，跟住得好不好未见得有关系。晚上躺在这个大院子里，四周静悄悄的，风吹草动都钻进耳朵，让人心里孤单极了。而且更让我受不了的是生活的荒唐——昨天我还睡在城中村 580 块钱一个月的小平房里呢，今天居然就住进了这么大一个、我这辈子也买不起的院子里——过去住这儿的都是些部长吧？这真是太荒唐了……"

我说："这不正是生活的戏剧性吗？多奇妙啊。"

"不是奇妙，是荒唐。"姚睫认真地说。

"荒唐又怎么样呢？我们都没有办法呀。"

她转头问我："那么我是不是应该走呢？离开这儿？"

我几乎脱口而出：我舍不得。但马上悬崖勒嘴，说了句皮痒肉不痒的话："那老作家还有一句台词：你还年轻，依然漂亮。你的日子还长呢，不必这么悲观。"

她又开口，却有点哽咽的意思，我赶紧又说："你别哭啊，别人还以为我把你怎么着了呢。"

姚睫便低头专心打蛋花，不理我。我看着她纤长而白亮的脖子发起了呆。过了一会儿，她不知为何"扑哧"一声又笑了，斜着湿漉漉的眼睛对我说："我才不走呢，现在这么回家多丢人。"

"就是。不到衣锦不还乡，这种志气好。"

"最起码，我得知道'北在哪里'才走。"

虽然长吁短叹生活之迷惘，言谈之间仿佛俄罗斯文学里"多余的人"，但总的来说，姚睫目前的生活状态还是很让人放心的。自从董东风去新疆后，她不再到母校去听课，还把宜家商场的夜班换成了白班。每天早上，她和小妹子在院儿里呼噜呼噜喝碗粥，吃两个胡同口"庆丰包子铺"的包子，然后坐地铁再倒公共汽车去马甸那边上班。通往饭碗的路程自然是很艰辛的。作为一个没怎么准点儿坐过班的人，我几乎无法想象高峰期的地铁有多惨烈。姚睫对我说，每次关门之前，最后一个上车的乘客都是被车站工作人员用脚踹上去的；而她则往往需要支棱着两只胳膊，才能保证不被旁边的人挤扁。许多次，她就那么两脚悬空地"架"在空中，直到到了换乘站才能落地。这一路，屁、口臭和狐臭弥漫，流氓自然也是少不了的。有一回，她感到什么硬邦邦的东西在顶自己的腿，便用膝盖狠狠磕了上去，随即便听到一个男人的惨叫。一定有很多热衷于和异性发生身体接触的色鬼从夜店的舞池转战到了早上的地铁——反正都是蹭，地铁的花费还少呢。

而到了商场，就轻松多了。白天的"宜家"没什么顾客，三三两两溜达来溜达去的，大多是些退了休的老头老太太。在宽敞明亮的展厅里，售货员们可以舒舒服服地放松腰腿，头儿管得不严的时候还可以靠在沙发上打个盹儿。而姚睫和一般人不同的地方是她喜欢看书，常常占据了样板间的一角，从书包里拿出书来看。到底是受过正经八百科班教育的嘛。而因为她是"组"里英语最好的，跟外国顾客交流时全指望她了，所以领导对这个玩忽职守的行为也不深究。

对于姚睫究竟看的是什么书，我仍有点耿耿于怀：还是董东风的著作吗？但是这人仍然像是我和她之间的一个"小坎儿"，谁都不会轻易去触碰。另外，我自己对于董东风的看法也颇值得玩味：假如我真的喜欢着姚睫，那么他就是我的情敌呀。但我对他却没有丝毫芥蒂，反倒觉得他是一个可以信赖的、年长的朋友，也为他信赖我而自豪。尽管这一见如故的信赖多少也显得荒唐，但我愿意把它理解成为"惺惺相惜"。

我并不缺朋友，和 b 哥更是可以一起犯混蛋、一起耍流氓的"瓷器"，但我仍为自己和董东风的交情而感慨。也许这就是古人所说的"君子之交淡如水"——我却也不确定，因为以我所见所闻，并不能在这世界上找到什么脱俗的交情作为参照。这是个朋友多了路好走的年代，却不是真把朋友当朋友的时代。而恰因为此，想到董东风的时候，我会感到温暖。或许我们骨子里本是一类人，尽管他是如此肃穆，我却如此颓丧。

　　b哥自从晚上不睡豪宅之后，索性就赖在我家了。两个混蛋，一个不必上进、一个不思上进，又过起了大学时那种烂泥一样的生活。因为长期不到单位上班，那些家伙干脆把我的工资也停了。我现在的状况形同失业，只好从几个周刊接了许多捧臭脚的活儿。每上映一部令人作呕的电影，我都要绞尽脑汁发现导演的"艺术追求"，然后加以夸大，吸引更多的人到电影院里去呕吐。好在咱们国家的电影市场臭归臭，但却臭得越来越繁荣，很多山西挖煤的、浙江做袜子的买卖人都把大笔的民脂民膏往里扔，我这种敲边鼓的也总有事儿干。每当b哥沉浸在他的噩梦里生不如死的时候，我就兴高采烈地坐在电脑前面摇笔杆子。完后数数字数，居然可以勉强谋生。

　　"您的视角总是另辟蹊径，和一般的影评人不一样。"一个马流氓介绍的编辑恭维我，"很多导演都说，特别爱看您的评论。"

　　"那是因为我比别人不要脸，多肉麻的吹捧都往上招呼。"我心知肚明地说，"不过这也不怪我，那些院校里的影评人都有工资拿，他们站着说话不腰疼，看不顺眼可以尽情批判；我可指着这个吃饭呢——有俩地方许诺的红包还没给我，你再帮我催催。"

　　当不用凑篇幅的时候，我和b哥就到母校去打球。曾几何时，我们还是篮球场上的两把好手呢，但是现在却不可避免地变

成了球风下作的老油条。以前上本科的时候，特别讨厌和这种30多的老油条交手，因为他们跳不高、跑不快，只会肩扛臀拱下黑手；到如今，我们也被新一茬儿小伙子们侧目而视。风水轮流转啊。有那么两回，因为跟不上对方的脚步，我只能极其肮脏地绊人，还差点儿跟人家打起来。戗戗半天，我们只好气呼呼地离开。钻上捷豹车的时候，我看到那些小伙子鄙夷地"呸"了一口。真让人耻辱。我忽然悲观地想，如果姚睫能找一个同龄的、单纯可爱的运动健将当男朋友，她的生活就要比现在快乐得多吧。

当姚睫下班、我又没事的时候，我就会去接她。有的时候和她一起吃免费的瑞典大肉丸，有的时候就出去小奢侈一把。不过过了些日子，我再给她打电话，她却突然说："今天呀，今天不行，我忙了。"

我敏感地说："你觉得跟一个老头儿混在一起丢人了吧？"

"才没。"她冤枉地说，"我是真忙，在学东西呢。不信你可以过来看。"

我居然厚颜无耻地真过去"看"。开车到了宜家商场，却看见很大的一片展厅都围上了塑料幕布，被封上了。我从栅栏底下钻过去，果然看见姚睫正在"忙"。她跟在一个胖乎乎的外国人后面，一边跟他说洋文，一边拿笔在笔记本上写写画画。

"派给你一个通嘴子的活儿吗？"在快餐吧耗了一个多钟头以后，我看着满面春风走来的姚睫说。

"才没有，是我自愿的。"她说，"商场布置新橱窗，从英国请来了设计师，我跟人家学学。"

"学什么？橱窗布置？"

"是啊，那也是一门学问。"姚睫像教育老土一样告诉我，"我上学的时候还听过应用美术方面的课呢，那时候最爱上的就是'公装设计'。"

"不搞文学和电影了？"我笑着问，"不考艺术学院的研究生了？"

"不考了。"姚睫看了我一眼，"你不是说当务之急是明白自己喜欢什么，然后再上蹿下跳么？我现在明白了，我也没那么喜欢电影……"

"喜欢当设计师呀？"我说，"可别又是三天热乎劲。"

"不理你了。"她美滋滋地端过我的饮料喝起来。

对于一个习惯于纸上谈兵的大学生而言，学门新手艺当然是很辛苦的。那段日子，姚睫每天上完白班，都要自觉主动地给设计师当几个钟头跟班。听讲之余，还要给人家买咖啡、拎包、叫出租车，而这一切都是没有工资的。不过她倒得意扬扬的，说那个英国设计师中了她的"套儿"：本以为她是商场派来的助理呢，到最后发现她是偷师的，却也不好意思轰她走了。"跟"完了"宜家"的项目，英国设计师又把她推荐到了另一家专卖奢侈品牌的店面，他有个朋友在那边也干着活儿呢。姚睫拿着便条，就可以以"实习生"的身份过去观摩了。

新的偷师场所在东三环，因此姚睫就必须疲于奔命了。她下了白班，赶紧去挤300路公共汽车，然后一身臭汗地走进那富丽堂皇的大厅。

"我的天哪，一个包儿要一万多。"她回来对我感叹那里的盛况。

"你也可以用它来激励自己嘛，"我虽然对"挣钱"这事儿表现过极其刻意的轻蔑，但此刻还是鼓舞她，"有朝一日，你只靠卖艺而不靠卖身也能买得起那些东西了，那就实现了人生的某种价值。"

"俗。"她却翻着白眼说我，"要是只为了几样一般人买不起的劳什子——我还不如直接卖身呢。"

啊，我真是喜欢她。

姚睫在城里跑跑颠颠的，人都累瘦了一圈。后来 b 哥都看不下去了："她要缺钱，我给她点儿吧？好歹也是朋友……"

我用姚睫的话回敬 b 哥："俗。"然后又说："要包养也是我包养，关你屁事。"

"我就是一怜香惜玉的人，看不得长得稍有人样的姑娘受苦。"b 哥说。

他家里的那个小妹子，倒是养得越发红润，胖嘟嘟的，连手指上都有肉窝儿了。只不过她吃好喝好也不说 b 哥好，一见面就骂他是剥削阶级。b 哥呢，非但不生气，反而很舒坦；假如三天不挨骂，居然还会难受起来。

我说："你这就叫耳根子贱。"

美国

那段日子，我过得的确身心舒畅。仿佛每一次呼吸，吸入的都是纯氧，让人莫名其妙地精神振奋。我感到有无数话想对姚睫说，又感到其实什么都不用说。尽在不言中了，一切辞藻都成废话了。

对于男女关系，我仿佛也有了全新的领悟。那种既非陌生人、又非情人或云姘头的状态让我惊喜。和姚睫相处的时候，我感到自己身在另一个维度的世界；这个世界存在于"真实"与"臆想"之间，它令真实变得美好，也让臆想相对务实——非情感微妙之人不能体会。对于这一点，我很自负。那么姚睫算是我的什么人呢？或许她理智地想一想，还是会说：朋友。但是她的眼神、呼吸、一颦一笑都告诉我：不完全是。我很不想用"红颜知己"之类的描述，因为在汉语的语境里，这个词儿已经脏得像块臭烘烘的兜裆布了——我听过很多比血汗工厂主品位略高一点的有钱人歌颂他们的"红颜知己"，但前提一律是可以在床上绽开的"红颜"；离了这个前提，"知己"的意思就和"狗屎"差不多了。英文有个词叫soul mate，听起来略微干净一点，但却有过于拔高之嫌。况且我不太相信今天的人还有严格意义上的"灵魂"。

不管怎么说，看到姚睫生机勃勃地生活、工作，我就感到由衷的快乐，非常单纯、也非常无私。正所谓：你好我也好，大家好才是真的好。我的境界不高，这样的情怀无法像雷锋或者佛祖那样均分给所有人；但仅为一个"他者"（不是你的亲人、恋人或其他利益攸关者）真诚地喜或者忧，相信这种感情已经是很多人这辈子也无法了解的了。我依然有资格自负。

在极少数情况下，我甚至也会思索片刻"全人类"的问题：假如有一天，我们这个世界消灭了剥削与压榨，消灭了所有毒蛇猛兽，也消灭了国家乃至家庭之类的"特定历史概念"，那么男女之间的关系会变成什么形态？我认为就是眼下这样——一片天真烂漫的暧昧。暧昧怎么了？只要不夹杂私利，暧昧就是无比美好的东西。暧昧和天下大同、公有制一样，是人类历史发展的大势所趋。恩格斯也说过，所谓婚姻，无非是阶级社会的财产契约嘛，他能了解我。姚睫爱着董东风又怎么样？我依然可以为她好。我产生了一种以伟人的标准来要求自己的冲动——起码是在男女关系上。

说到底得感谢姚睫，她让我又对生活充满了兴趣。也感谢b哥甚至那个二百五小妹子，他们给我提供了一个好环境、好圈子。我简直成了一个胡子拉碴、腰围二尺七的怡红公子，畅游在温柔乡里——青山隐隐遮不住，绿水悠悠流不断。这段日子几乎让我忘了时间，后来在回忆中，它显得那么悠长，长得没有尽头。但实际上，它仅仅持续了一个春天。

夏天将至，两个故人先后从遥远的地方归来。

董东风是来了又走。他给我打电话的时候正是周末，b哥自然又张罗着在小院儿里开宴。姚睫和小妹子备了一大桌子吃食，因为饭点尚早，我们四个就在屋里打起麻将来。

我正看着眼前的一对"幺鸡"犯犹豫，电话响了。我看到董东风的号码，下意识地瞥了眼姚睫。她正托着腮，同样一脸踌躇。想了想，我放弃了起身到门外去接电话的念头，装出一副大大咧咧的姿态问："董老师啊？您在哪儿？"

董东风的声音依然低沉："在北京呢，刚下飞机。"

我心头凛了一下，再看姚睫。她仍然鼓着嘴看牌，那样子简直像是故意做鬼脸。

"回来了？"我惊喜地对电话说，"用我接您么？"

"那不必那不必，老麻烦你，我都不好意思了。"董东风说，"我只是觉得回来一趟，得跟你打个招呼。"

也许他只我这么一个需要"打招呼"的朋友吧。我有点儿感慨，却又不想显得自作多情，便继续用热诚的、公事公办的口吻问："回来办事儿还是留下了？上次听您说，到新疆支教好像是半年……"

"办点儿事儿。"董东风迟疑了一下说，"我可能要在那边多待些日子，一年两年都说不准，所以干脆就把我太太……"

"接到新疆去？"

"对。"

"那边——她能适应么？"我想到董太太那张苍白而执拗的脸。

董东风的音调开朗了一点："刚开始我也有这个担心，但是去了才知道，那边的环境比北京好。空气新鲜很多，到处视野都开阔，我想应该对人的精神有好处。"

"那您就更不该跟我客气。"我说，"运个——大活人——到那边去，您一个人肯定忙不过来。我多少还能搭把手，再说您太太跟我也熟了。"

"真不用……"

"您见外。"

董东风仿佛有一点小感动，随后说："那我就不谢你了。"

我们说好次日在母校见面，然后挂了电话。姚睫脸上的神色仍像是没听到这档子事，但我却不知为何慌了起来，晕头转向地把手里的一对牌拆了打出去："鸡——"

"和。"姚睫简洁地宣布一声，然后笑眯眯地等着我给钱，"就差这张。"

b哥明显也"憋"了一手大牌，却被我"点"给了姚睫，面色自然快快的。他眯眼叼着烟，不阴不阳地讽刺我："你对董东风够仁义的。"

我皮笑肉不笑地说："你一男的没必要争风吃醋吧？"

小妹子闷闷来一句："俩屁精。"

此后的一整天，我们保持了常态，谁也没再提董东风的事儿。吃完饭接着玩儿牌，晚上又团团坐在b哥的56寸大液晶前面看了一部猪头猪脑的国产喜剧片。

直到我和b哥离开的时候，姚睫才从屋里追出来："你等会儿。"

她已换了件腈纶棉的小熊图案睡衣，站在廊灯之下，像个十几岁的小姑娘。我看了看她亮晶晶的桃儿脸，转头先对b哥说："你也等会儿……"

b 哥耸耸肩，到车库去发动捷豹车。我走回姚睫近前，站在台阶下面仰视着她："有什么见教？"

"你明天去……他那儿呀？"姚睫垂着眼睛问我。

"是啊。"我看了看别处，"都说好了。"

"我也去。"

"行呀。"我的眼睛仍没挪回来，"不过你可别再闹出什么幺蛾子来。"

姚睫"扑哧"一声笑了："谁还能老那么傻呀？"

"那我就放心了。"

"不过……"我感到她的眼睛在我脸上停了几秒，"我之所以非要去，还因为想干一件挺重要的事。"

"什么事？"

"我想跟他说开了。"

我陡然把脸扭回来，仰望着她皎洁如月光的脸颊。喘了两口气，我才问："说开了是什么意思？"

"就是把什么事儿都说了呀。开嘛，就是把过去憋着的东西也说出来。"

"你完全不必对我进行节目预告……"我说，"那是你们的私事儿。只要别再把校卫队招来就行。"

"那你同意了？"

"我说过，那是你和他的事儿。"

姚睫受了委屈似的点点头。我沉默了会儿，说："那我走了？"

"好。"

我出门拐到车库，钻进捷豹车，恶狠狠地关上车门，随后坐卧不宁，又摇下窗户抽烟。

b哥带着轻蔑的神情开着车，驶到了长安街上，突然轻飘飘对我说了一句："别抽风啊你。"

"你怎么知道我抽风了？"

"我还不知道你。"

那天晚上自不必说，我睡得非常不好。倒也没想姚睫的事儿，只是觉得烦躁、气闷。偏是b哥当晚睡得很香，在沙发上舒服得直哼哼，还打呼噜、咂巴嘴。恍惚中，我觉得他把噩梦转嫁给了我。更可怕的是，那股戾气钻不到我的梦里去，竟盘绕在我的现实中了。看着窗外影影绰绰晃动着的白杨树，我突然觉得害怕，像个自己吓自己的孩子一样缩成一团。

次日醒来的时候，太阳已经很高了。我赶紧擦洗一把，然后开着b哥的捷豹车出了大院儿。按照约定，我先开回城里去找姚睫，然后再和她一起去董东风那儿。因为上白班的原因，姚睫习惯了早起，此刻正开了大门，把脚抵在一只石狮子的脑袋上，像个舞蹈演员一样抻腰压腿呢。看到她容光焕发的样子，我很为自己情绪低落而惭愧。

她跑跑颠颠地回屋收拾了两分钟，然后捧了个棕色的牛皮纸袋子出来，钻进车里。我顺着阳光的方向再往西开的时候，她从袋子里拿出两个烧饼夹肉来，左手一个、右手一个；右手的自己啃，左手的递到我嘴边让我吃。

"你肯定没吃早饭吧？"她含混不清地说，"小口点儿吃，别再咬着我手。"

我们吃得捷豹车里一地的碎牛肉、芝麻粒，没怎么说话就把这一路打发了过去。开到母校的湖边，已经过了十点钟了。我给董东风打电话，他一转眼就下来了。

"别出卖我啊。"姚睫看着董东风晃晃悠悠走过来的身影，又指着他家窗户说。

"黑锅都替你扛了，"我说，"这时候把你供出去算什么事儿。"

虽然在换玻璃的时候，工人给他家的窗户新贴了一条建材胶布，但董东风多半没留意到这个细节。比起当初离开北京的时候，他壮实了不少，宽大的水洗布衬衫不再显得是被骨头撑起来的；头发剪短了，脸却黑了一点。一眼而知，他刚从一个日照充足、盛产牛羊肉的地方回来。

我下车迎上去，他笑呵呵地拍了一下我的肩膀，然后又打量了一眼"霸气十足"的捷豹车："嚯，可以呀。"

"管朋友借的。"我指指车说。话音刚落，心头突然紧了一下：车上还有一个人呢，她也是"借的"吗？

因为 b 哥这烧包在捷豹车的前挡风玻璃上都贴了厚厚的膜，董东风上了车才看见姚睫。他愣了一下，随后欣喜地说："姚睫也来啦。"

姚睫用标准的、学生对老师的腔调说："董老师好。"

董东风又问我："你们俩怎么认识的？"

我想了想，说："有天下雨，她怕您家窗子没关牢，就过去看一眼，正好和我碰上了。"

董东风诚恳地对我们两个人说："真是麻烦你们了。"

我开着车往北郊的疗养院驶去。虽然离上一次走这条路隔得不远，但景色却大变了。路边的树木和草丰茂了许多，遮天蔽日的绿像用油画的手法涂上去的。京密引水渠的水完全活了过来，水流奔涌出了小小的浪花，尽管关着车窗，仿佛也能听见"哗哗"的水声。年初的时候，气象部门还担心华北地区要闹旱灾呢，转眼就变成了雨水充沛的好年景。据说密云水库的水位比往年高了许多。

　　董东风研究了一会儿捷豹车的电动窗按钮，摇下窗户、眯着眼睛吹了会儿风，然后又和姚睫聊起她"这段时间的生活"来。姚睫把在"宜家"打工、放弃考研究生、开始自学展览设计的情况告诉了他，董东风总结说："很好，很好嘛。"

　　他又问到我，我说："还混着。"

　　"也挺好。"他说，"没再写点评论？"

　　"彻底沦为一个无耻的吹捧手了。"

　　董东风居然开了句玩笑："是评论界的正道儿。"

　　很快，车开进了疗养院。董东风却没有先去看他太太，而是去找那个总爱背着老婆抽烟的医生了解情况、办手续。我顺着阴凉的走廊走向那间病房，被穿堂风吹得两肋一阵发紧。病房门上的玻璃窗没有拉上帘子。透过窗子，我看见董太太静静地坐在日光充足的房间里，手头拿着本书却没看，而是闭目养着神。

　　她忽然像有超能力一样察觉出我就在门外，说了一句："进来吧。"倒惊得我吞了口唾沫。

　　"你又来啦？"董太太的嗓音却含着笑意。常来常往，我们已经相当熟了。

我看看身后的姚睫，把她留在外面，自己推门进去："您精神挺好？"

"过两天就要走喽。"董太太说，"董东风要把我接到新疆去，不过还不知道订了哪天的票。"

"董老师已经来了，和我一起……"我说。

她抬眼盯了我两秒钟，嗓音仍然是平静的："我这一去，他可能短时间不会再回来了。老跟你在一块儿的那个姑娘，她会难过吧？"

我更惊愕，不知该怎么接上她的话。停顿了一会儿，我才说："只要您好，董老师好，我们这些做学生的就高兴。"

"那是一回事，我说的是另一回事。"董太太不急不缓地说，"她可能会伤心呢。"

我不知道董太太是什么时候看出来姚睫爱上董东风的，更感叹于一个精神已然错乱的女人还有这样纤细、敏锐的洞察力。我不禁回头看了眼姚睫，她正在走廊里几米开外处，背靠着墙、仰着桃儿脸看窗外的树梢。不知道她听见了没有。我很希望她没有听见董太太的话。

我正尴尬着想转开话题，幸亏董东风从医生办公室出来了。他仍不急着进屋，而是相当轻松地对我说："医生给新疆那边的医院打了电话，说有事可以找他们。他也说换个宽敞点的环境对她会有好处的。"

我催他道："您进去看看呀。"

董东风在门口低头站了几秒钟，终于默默地走了进去。我知道，这时候扒着门框往里看挺下作的，但目光却仍然不由自主地溜了进去。董东风高大的背影遮住了半扇窗子的光，让室内陡然暗了几分；而董太太则抬着头，像看着高远的东西一样找他的脸。然后，董太太抓起董东风的胳膊，用他的衬衫袖子去擦眼泪，说："你总算没把我扔下。"

董东风说："怎么会。"

董太太说："那就好。"

这还是我第一次看见董东风和他的妻子独处呢，也是第一次看见董太太如此平静、欣喜。他们像是一对兄妹，更像是一对老朋友。董太太像个小女孩一样抹了会儿眼泪，然后对董东风说："不急着上车吧？"

"不着急。时间多的是呢。"董东风说。

"那我们到外面走走？"董太太说，"这段时间，我每天上午都被推出去，都成习惯了。"

"这个习惯很好。"

董东风便推了轮椅，慢慢地从我们面前经过，往外面的阳光里走去。我看了姚睫一眼，拉了拉她，和她并肩跟在后面，与董东风他们保持着几米的距离。因为这家疗养院的年头挺长，病房区正门口并没有无障碍通道，所以每次带董太太散步的时候，都要两三个医生护士搭手才能把她的轮椅抬下五级台阶。而如今董东风一个人就把她连人带椅抱了下去。董太太曾说"董东风力气比你大得多"，这话诚不我欺。我把手插在外套兜里，一边走、一边用余光扫着身边的姚睫。她的桃儿脸白亮亮的，看着真是朝气蓬勃。但我却想，她真实的感想是什么呢？她昨天宣布，要对董东风"说开了"，我究竟愿不愿意她这样做呢？

董东风推着轮椅，在疗养院正当中的一片荷花池旁边驻足。荷叶还未绽开，只有几株"尖尖角"立在波光粼粼的水面之上。水光映得董太太的脸也金镂玉丝地晃动了。这一对中年夫妇的静态，着实令人叹息。姚睫加快脚步，撇下我走上前去。我没有拦住她。她走到董东风身边，站定，清脆地说："能跟您谈谈吗？"董东风愣了下神，点点头。董太太仍静静地看着水面，脸上一片鲜活的光。

我跟上去，从董东风手里接过轮椅，看着他们一高一矮地向小树林的方向走去。那小树林的北面，就是疗养院的外墙了。几只飞鸟从树林的顶端掠过。

"我们到池塘对岸去走走。"我正看着董东风和姚睫的背影发呆，董太太忽然说。她的声音却是愉快的。我便推动轮椅，沿着相反的方向走过去。细石子路颠得轮椅咯噔咯噔的，董太太倒也浑然不觉。她还张开手，仿佛想要接住从南面吹来的风。

"比起北京，新疆的气候要更干燥吧？"董太太问。

我说："也未见得。那边的空气肯定比这边好，而且西瓜大又圆。"

董太太咯咯笑了起来："董东风也这么说。"

"就是买书可能不方便。"我说，"您想带哪些书过去？趁着没走，我给您买去。到了那边打个电话，我给您寄去也行。"

"不用。也许到那边，真像你们说的，心情一敞亮，也就不爱钻牛角尖儿非看那些个书了……前两天管医生借了几本文学杂志，也挺能打发时间的。"

"恭喜您的趣味接近人民群众了，不过仍显曲高和寡。什么时候您爱看湖南卫视了，保准变成一个快乐的人。"

"那不成俗人了么？"

"反正我是一俗人。"

"也不是。不过肯定不是雅人——不俗不雅的也挺好。"董太太沉吟了一下说，"你肯定是一好人吧？"

"不少人这么说。"我想起 b 哥和姚睫对我的评价，"也许是群众瞎了狗眼了。"

我们绕着小小的荷塘转了一圈，回到"原点"的时候，董东风和姚睫正朝我们走来。董老师仍是老师的样子，面无表情，脸像块石头雕的；而姚睫呢，脸上也泛着一团稚气的严肃，像个小大人。哈哈，他们一定进行了一场"触及灵魂"的谈话。她把该说的说了吗？他又是怎么回答的呢？我仍站在十来分钟前站过的地方，手搭在轮椅的靠背上，连姿势都没有变。但董东风和姚睫走出去又走回来这一趟，却仿佛将我的世界改变了。但是因为和董太太扯了会子闲篇儿，此刻我的心里却忽然没那么多"事儿"了。也是，要说心里有事儿，董太太心里的事儿肯定远比我要多、要沉重。人家都这么风轻云淡的，我自个儿给自个儿找什么不痛快呀？我绽开笑脸，对慢慢走来的那两个人招招手。董东风也向我笑笑，姚睫则把眼睛看向别处。

我们又回到病房收拾了东西，把董太太的书和衣服装好，然后把她抬上捷豹车的后座，将轮椅折叠起来放进后备厢。姚睫坐在后面陪着她，董东风坐在副驾驶上。回去的路上，谁都没提起刚才都"聊了些什么"，甚至连话也懒得说了。一车人的面色都是平和、安宁的，和充裕的阳光沆瀣一气。不管怎么样，我们已经亲密得像一家人了。

但"一家人"转眼就要分散。b哥本来还想给董东风"接一下风"呢，还没来得及安排，董东风却已经买好了去新疆的机票，连送行的时间也没有了。两天之后，又是我和姚睫把董东风夫妇送到了机场，大家在亲切、友好的气氛下道别。姚睫和董东风再没单独说过话，他们之间甚至连长时间的对视都没有。倒是董太太拉了拉我的手说："多亏了你。"

从机场回来的路上，姚睫满脸完成任务的轻松，舒了一口气说："总算送走喽。"我却又心神不宁起来，忐忑着和她的关系会不会发生改变，变又会变成什么样。开车的时候，我不时偷偷瞥她的脸，而她则浑然不觉地哼着歌儿。

车从机场高速拐上三环路的时候，她忽然说："去你那儿好了。"

我心里一慌："干嘛？"

她说："你们俩男的住了这么多天，屋子还不变成猪窝啊？我给你们收拾收拾去。"

那天下午的景象，后来一直固定在我的头脑里：我坐在沙发上，抽着烟看杂志；姚睫则一边数落"这儿脏那儿脏"，一边勤快地打扫。她系上我前老婆留下的围裙，头上还扎了一块蜡染布。

"脚抬起来。"她的拖把挥舞到我脚边的时候，勒令道。我满心恍惚地服从，看着她的脸发呆。收拾完屋子，她又开始清理冰箱里的东西：已经蔫儿了的苹果、喝了半瓶却存了半个月的啤酒、不知什么时候晕头转向放进去的一只打火机……片刻，她又大声训斥起来："这是什么时候买的香肠啊？都干成这样了。"

我突然想起来，那还是从哈尔滨带回来的呢。而让我带这东西的人，就是姚睫。"是你上次说……"

　　她大概也想起来了，又抱怨一句："早不给我吃。"

　　我说："都抽巴了吧……吃不了就扔了得了。"

　　"那多浪费，好歹还是坐火车来的呢。"她执拗地检查着那肠，忽然又说，"有办法了。"

　　吃晚饭的时候，姚睫把红肠切成片，用油煸一煸，再放进辣椒、菜心炒了一盘菜——色泽倒也红亮喜人，只是不知道究竟有没有变质。我毕竟是被假酒荼毒过的人，心存疑虑地说："该不会吃出什么问题吧？"

　　"没事儿，腊肉放的时间更久，也没见吃死谁。"姚睫说。

　　因为都懒得出去买菜，我们便就着那盘存放了三个月的红肠，每人扒拉了一碗饭。吃完饭，天色不觉已经昏黄，姚睫开了餐桌上的台灯，面朝着我低下头。我们却像没什么可说的了。

　　"你也不问问我……"过了很久，她才小声嘀咕了一句。

　　"问什么？"

　　"问我和董东风说什么了。"

　　我的心"咚咚"跳了两下，马上又归于平静："那不是你们的事儿么？我不瞎打听。"

　　"你是觉得跟你没关系？"她抬起头来，眸子亮闪闪地直视我。

　　我心一慌，躲着她的眼睛："即便有也是知心大哥那个层面的……"

　　"那知心大哥再给我分析分析，"她笑吟吟地探过身子来，"我以后应该怎么办？"

"还是那句话，喜欢归喜欢，生活归生活，千万别自己弄伤了自己。"

"那我应该找一个什么样的人呢——假如不是董东风的话。"

我听到大团的气流在耳边呼啸、回响，但却面不改色。啊，我真敬佩我自己。我这套深藏不露、口是心非的本事要是用在别处，没准早混成人上人了。

"应该找一正常人。"我说。

她问："那什么叫正常人，什么叫不正常的人？"

"人都是正常的……我说的是感情的形态，"我说，"比如说，大部分姑娘都是怎么恋爱的呀？找个年龄相仿、学历长相各方面都相配的小伙子，那多好。用征婚广告的话说，女的肤白貌美气质佳，男的阳刚开朗有风度；最关键的是，俩人都不能有特别丰富的感情史……曾经失恋可以有，拖家带口绝不行——这就叫正常的恋爱。别看我说的是套话，其实挺有道理的：两张白纸拼在一块儿才能画出最美的图画，谁也不会觉得亏欠谁，在双赢的基础上才能建立契约……"

"你真这么想的？"

"我真这么想的。"我真这么想的。

"哦，那我明白了。"姚睫说，"岁数大的人说话就是有道理。"

"不必恭维我——我只是勇于流俗。"

"喝一杯吧。"她提议，"闲着也是闲着。"

"我这儿有伏特加。也是应你之邀带回来的，今天喝了就算功德圆满了。"

那天我和姚睫隔桌而坐，一人捏着一个小酒杯，像外国电影里的黑帮一样也不就吃的，你一杯我一杯地干喝，竟然不紧不慢地把整瓶酒喝完了。我的神志固然迷离了很长时间，但坚持着往下喝，就像长跑一样突破了临界点，脑海之中便陡然清澄、明亮了起来。面前的姚睫一清二楚地端坐于我面前，每一个线条乃至大眼睛上的睫毛都纤毫毕现。她拈杯如同拈花，妙相庄严，宛如正在发育中的菩萨。

都说酒壮怂人胆。此时此刻，我大可以推翻方才说过的那些话，觍着脸问她一句"你觉得我怎么样"；我也可以索性犯浑，抱着她的脑袋搂头盖脸一阵狂"锛"。但不知为何，反而是她的醉态让我止步不前了。她晶莹剔透，不谙世事；她美好如月亮，单纯如孩童。你们见过仙女吗？告诉你们一个求仙之道：找一个一直心仪但从未真正了解过的女孩，俩人喝高了，然后长久地对视，仙女就在你眼前。你将对她产生类似于面对宗教偶像的情怀，五体投地地崇拜起来；你会自惭形秽、哽咽无语。但就像革命者们所言，认识到自己的肮脏，恰恰是通向纯洁的必经之路。尽管这很可能造成你和她失之交臂，但我认为，那也是值得的。

"等你像我这么老的时候，最好不要觉得自己亏欠过谁……"我的头脑清楚无比，嘴上却仍然拌蒜，像寻常醉汉一样往外掏着臭烘烘的肺腑之言。

"那是，坚决不亏欠……"她附和我。

"我的意思是，就算亏欠了也不能认账……不能当个好人，那就得下定决心大奸大恶……"

"嗯哪。"

"也不要觉得自己比别人傻，你放心，这个世界上永远有你意想不到的大傻瓜。"

"比如谁？"

"比如我。"

"嗯哪。"

"更不要和追着给你灌输人生哲理的家伙交心——这种人倒不一定有坏心，但一定比你糊涂得多，满脑子屎。"

"比如你？"

"那是自然。"

我就这么絮絮叨叨、语无伦次，仿佛只有不断说话才感到自己仍然活着，时间仍在流逝。而姚睫则瞪着一双大眼，给我捧哏、听我胡嗳。

也不知是夜里几点钟，门忽然被敲响。不用说，肯定是 b 哥。白天我们去送董东风夫妇时，这厮便难得去巡视一下自己的产业，把几间底商的账收上来，然后再去给基金公司里的"内线"烧香上供。这时候总算席卷了大笔的民膏民脂，准备到我这儿继续做噩梦了。

"屋里没人。"我隔着门说。

"放屁。" b 哥笑道，"快点开门，爷要睡你的沙发。"

"今天不行。"我说，"出大门右拐有一洗浴中心，你去那儿吧。"

"为什么不行？" b 哥愤怒地吼叫起来，"除非你沙发上有人睡了。"

我看看无动于衷的姚睫，又对门外喊："没人。"

"没人你开门。"

"就不给你开，怎么着吧？"我像混蛋一样吼起来。

b 哥安静了一会儿，然后贴心贴腹地坏笑："我到联防办公室举报你去。"

"要去快去。"

然后他就滚蛋了。为了防备他再次滋扰，我把手机也关了，然后转身回到桌旁，手撑着椅背问姚睫："要不咱们再聊会儿？我还有好多人生感悟呢。"

"已然听了不少了，我30岁以前都能'知道北在哪里'了。"姚睫打了个哈欠，"困了。"

"那睡觉。"我说，"你睡我屋，我把床给你拾掇拾掇。"

"不了，我就睡沙发。"姚睫说，"下午收拾你那屋的时候，发现被子沿儿都成黑的了，倒不如沙发干净呢。"

"也好，我换地儿就失眠。"我踉跄而行，像盲人一样摸索着家具的边边角角，从里屋的大衣柜里给她拿了条新毯子，然后到沙发旁边为她铺好，"请吧。"

姚睫便站起身来，轻巧地到卫生间去洗脸。非常惊人，她喝了与我差不多的量，步履竟然没有半点异常。有些女性的酒量就是这么深不见底。我坐在沙发的一角，愣愣地看着她躺到沙发上，像猫一样蜷起身子。然后，我才站起来去摸墙上的开关："给你关灯？"

"关吧。"她说。

我关了灯，正待摸黑钻进自己的房间，她忽然又叫我："哎。"

"干嘛？"

"让我靠会儿。"

"哪个'靠'？"

"靠——就是靠着你躺会儿。"

"那可以。"我说着回到沙发上坐下。

她拽起我的一只手,把袖口捂在鼻子上闻了闻,然后用脑袋抵着我的胳膊。客厅没拉窗帘,月光从阳台钻进来,像给地板上洒了一层盐。我的臂弯里也枕着一轮月亮,她在发光、睡觉。我们就这么默默无声地相互靠着,不知是谁先睡着了。

第二天早上,我再次被敲门声吵醒。这次的敲门声内敛而谨慎,轻轻地响两声,停顿一会儿,再响两声。b哥这厮什么时候变得这么礼貌了?我看看仍枕着自己手臂熟睡的姚睫,欠起身子对门外喊:"你怎么那么不知趣儿啊?"敲门声停住了,但没人说话,也没有离开的脚步声。我心下反而烦躁起来,又喊:"非得进来不可啊?你怎么像一只丧了家的狗?"门外仍没声。我只好轻轻把胳膊从姚睫的脑袋底下抽出来,站起身气哼哼地走到门口,一边拧开门锁、一边回头指着沙发说:"看吧看吧,都在这儿呢。"

我面对着桃儿一样的姚睫,身后却传来另一个女声:"赵小提。"我的意识迷离了两秒钟,然后回头,看见了我前老婆茉莉的脸。

我的前老婆茉莉,和我同龄,但是眼前的她却显得比我年轻了起码五岁。就算号称一个刚从学校毕业的女研究生,恐怕也有人相信。可见资本主义国家的气候、水土和化妆品有多么养人。她穿着一身黑色的"普拉达"西装套裙,脖子上系了条翠黄色的"卡蒂尔"丝巾,双手握着一只"古驰"皮包,耳朵上戴着"萧邦"耳坠,落落大方地看着我。这些拗口的奢侈品牌名称,我本来通通记不住,但是离婚以后,听我那些女同学议论她议论得多了,也就耳熟能详了。那些女人热衷于当着我的面儿渲染茉莉如今混得有多好,仿佛把我衬托成一坨狗屎，就可以抵消她们心里的不平衡。

"你……什么时候回来的？"我问她。

"昨天晚上的飞机。"茉莉扫了一眼犹在熟睡的姚睫，就像怕弄乱了妆一样不动声色道，"给你打电话，但是你关机了。"

"有什么……事儿么？"

"看看你不行么？"她笑道，"你要不方便，咱们……出去走走？"

我也看了看姚睫，不知她此刻是真睡还是假睡。如果换作我，碰到眼下的情况，一定会闭着眼假装什么都不知道。我胡噜胡噜脑袋，弯腰穿上鞋，轻轻关了门，和茉莉走出楼道。

"我变样了没有？"走在部队家属区宽敞、破败的林荫道上，茉莉问我。

"变了——越发光鲜了。"

"用你们过去讽刺我的话说，更像一白领丽人了吧？"

"你真是离开祖国太久了，不知道'白领'现在已经不是让人引以为傲的词汇了吧？"我心里忽然泛起一团恶意来，"你现在就像郭敬明小说里的那些大傻逼。"

茉莉的脸色僵了一下，随后温和地说："你生气了？觉得我打搅你了？"

我旋即泄了气："没有。原谅我一张狗嘴。"

我们走出大院儿的正门，默契地拐上一条水泥砖铺地的小路。一间早点铺子门口支着一口十年如一日的大油锅，香喷喷的味道四溢，招来一群穿海魂衫水兵服的小伙子排队。过去住在一起的时候，早上我经常被茉莉叫起来，出门散步、到这儿买早餐。那个时候，茉莉的性格还不像后来那么宽厚，我的嘴却比现在刻薄得多，因此我们两个经常吵架。记得有一次，我们拎着油饼往回走，不知道讨论什么问题，说着说着，我就把她挤兑哭了，她饭也没吃就流着泪上班去了。但是那个时候，我们还是过出了相依为命的感觉。过了很长时间之后，她的脾气越来越好，我也学会了看人脸色、阳奉阴违那一套，但我们却离婚了。

我从塑料筐里拿了马粪纸，垫在塑料袋上，甄选着锅里逐渐蓬松、绽开的油饼，对老板说："两个，哦不，三个。"

"来之前我在宾馆吃过了。"茉莉说。她一身盛装，站在油烟里，显得非常突兀。

"再吃点儿吧。"我说，"也好多日子没吃这东西了吧——除非你现在健康得只吃兔子的食谱了。"

"反正如今吃沙拉的时候只放醋。"茉莉道，"我这个岁数，最怕的肯定是胖和丑。"

"你还年轻，依然漂亮。"念完这句王朔小说里的台词，我非常后悔。这话我对茉莉搪塞过，对姚睫也敷衍过，还对许许多多的异性都说过；说时油嘴滑舌，根本不过脑子。我对女性只能说些隔靴搔痒的套话么？这让我怀疑自己是否曾真心对过谁。这种怀疑真让人悲哀。

茉莉却习以为常，她仿佛从来也没认真思考过我说的话。我们等着勤勉的安徽小老板把油饼放进塑料袋，便拎着它们往回走。在路上，茉莉问我过得怎么样，我说还那样——一个忧心一切现状却又无所事事的社会贤达。她说，不是精神层面，是生活。我说，那更没什么好说的了，吃不好也饿不死，和大多数中国人民一样。

然后，她又问了 b 哥和另外几个熟人，我尖酸地讽刺了所有比我过得好的家伙。茉莉放心道："你的心理也还挺健康的，起码活力十足。"我也想问问茉莉过得怎么样，但想想还是作罢。我觉得自己没那个资格——她过得好，我自取其辱；她过得不好，我难逃其咎。而茉莉也根本不说她自己，转而又问起了姚睫："你跟那姑娘认识多久了？"

"不长，也不短。"

"你挺喜欢她？"

"……算是吧。"

"什么叫'算是'啊？又没人逼着你喜欢或者不喜欢别人。你老这么含含糊糊的，弄得我连当初你对我说过的那些话都不敢相信了。"

"我说过什么话么？"

"没说过我就嫁给你啊？我有那么贱么？"

我想了想，又说了一句挺伤人的话："就算我说过，真也好假也好不都无所谓了么？"

"你这么认为？"

"我是说，咱们应该向前看。"

"这不用你提醒，我早就向前看了。"茉莉强硬了一句，好像要生气，但表情随即又柔软下来。每当看到她这种样子，我都会很伤感——她本是个外柔内刚的人，但却习惯了迁就我。就连现在也是如此。

我沉默了一会儿，茉莉幽幽地、好像自言自语一样："看得出来，你是挺喜欢她的。"

"是吧。"

"你一贯喜欢这样鲜亮、稚嫩的'果儿'。"

"你怎么知道她稚嫩？"

"从睡觉的表情就能看出来。"

"你也很鲜亮……"

"可我从来不想当一稚嫩的人。你当年看走眼了。"

"是你看走眼了，没看出我是个废物。"

"不，那时候我就喜欢废物。"

"这个品位——还敢说自己不稚嫩呐？"

茉莉笑了一笑，也沉默了下去。我觉得我们的"对话"无法进行下去了，便问起她"正事"来："你那么忙，找我一趟肯定有事吧？说吧。"

茉莉在我们家门口站定，告诉我她此行的目的。她的姥爷这半年身体状态很不好，家人和医生都认为他将不久于人世。但是他们叫茉莉回来，除了想让她见亲人最后一面，还有一个很有文化使命感的目的：老人家收藏了许多字画，最有名的是一张明代仇英的《母鸡翻草图》；而在此弥留之际，这些画儿的归属就成了问题——是分给亲属，还是交给国家？如果上交，那么应该是捐还是卖呢？捐又捐给哪个机构呢，是他老人家供职了一辈子的那家研究所，还是收藏条件更好的博物院？

这个问题，对于茉莉全家很重要。倒不是钱的事儿，而是她们家都是比较轴的人，习惯于把一切事情搞得清清楚楚。再者说，她姥爷"文革"的时候为了保护《母鸡翻草图》，曾经中过红卫兵的七伤拳，此后一到阴天就咳血。老人为了那些画儿遭过大难，此时画儿就成了心里最大的一块石头。茉莉妈妈他们自然请示过老人，但比较难办的地方在于，她姥爷偏偏患上了老年痴呆症，连亲人也认不得了。见到自己的女儿，他都会和善地问："你是谁呀？是谁让你来伺候我的呀？"茉莉他妈只好说是上帝派来的。儿孙满堂的老寿星，竟然自以为满目没有一个亲人。而如果不是信任的人，又怎么能把稀世珍宝托付给他呢？

老人知道自己快死了，也为这事儿着急，总在病房里喊："茉莉她妈妈呢？叫茉莉她妈妈来，我有重要的事。"

茉莉她妈妈哭笑不得地说："我在这儿呢。"

老人则坚定地说："你不是。"

日子长了，指望不上女儿了，老人又喊起外孙女来。而在此之前，她妈妈和舅舅已经把家里的七大姑八大姨、远的近的沾边儿的人都叫到床头来过了一遍目。谁想老人一概不认识，就是不吐口。茉莉就成了全家最后的希望。昨天晚上，她一下飞机，就径直去了病房。她妈妈还把她的头发扎起来，束成了一个马尾巴；这是茉莉高中时候的发型，为的是让姥爷能记起她来。可是茉莉小心翼翼地挪到了床头，老人家却笑嘻嘻地说："小姑娘，你的香水真香呀。"

那一瞬间，全家真是有了幻灭感。他们本想私下作价，把画儿定给博物院算了；但看着老人焦急地等人来交代后事的样子，又不忍心。这个时候，有人忽然想起一个已经不是亲戚的亲戚来，那就是我。也有人立刻提出异议。倒也不是说我是个混蛋、和她们家已经恩断义绝，而是对我不抱期望："他来家里统共没有十次，怎么可能记得他？"

还是茉莉不死心："那时候姥爷挺喜欢跟他说话的，俩人还聊《红楼梦》呢。"

于是她小憩一下，还没倒过来时差就来找我。而说了此事之后，她又说："我不强求人，你要不愿意见我们家人，那就算了。"

我自然说："离婚的时候不是说过，买卖不成仁义在么？这点儿忙我怎么可能不帮的。"

茉莉谢了我，便面色轻松地和我进屋吃早饭。这时姚睫已经醒来了，正在卫生间刷牙洗脸呢。茉莉走过去，对她说："你好，我是茉莉。"

姚睫满嘴白沫，叼着牙刷、弯着眼睛对茉莉笑笑。我只好替她介绍："这是姚睫，睫毛的睫。"

几分钟之后，我到厨房热好牛奶，和两个女人坐在餐桌旁吃油饼。姚睫问："你们要出门吗？"

我含糊地点点头，茉莉却说："你也一块儿去吧。到我们家坐坐，就算认识了。"

姚睫看向我，我不置可否地说："随你吧。"

没想到她还真去了。我们开上 b 哥的捷豹车，她们两个坐在后座，相互之间友好得像一对姐妹。姚睫很羡慕茉莉在工作领域取得的成绩，问了她好多大公司里的事儿。我在前面说："你也好好努力，将来当一人民买办。"但是俩人倒都不怎么爱理我了，反而把我晾起来了。

那天见了茉莉的家人，气氛远远比我想象中要好。她的舅舅和表哥本来特别看不上我，当初坚决反对茉莉和我结婚；但此时却也有了一笑泯恩仇的大度，并为以前嘲笑过我而道歉。茉莉的妈妈是个重点中学的特级教师，此刻对我更是亲热。因为女婿不是女婿了，她反倒记起我的许多好来，说："那时候，家里有重活儿就都是你干，现在还麻烦你，多不好意思。"

看到姚睫，她还拉着她的手说："他这个人，优点缺点都鲜明，总的来说，还是优点多。"

听到这个定论，我说："您说得很客观。"

在这个过程中，姚睫倒是随遇而安的样子，跟谁都彬彬有礼地打招呼。别人一定把她当成了我的女朋友，她也没解释什么。而茉莉呢，她一直抿着嘴，把嘴唇抿得极其薄，一张脸儿也绷得没有了血色。

看到茉莉的表情，我主动提出："我们去看看姥爷吧。"我想的是，假如老爷子鬼使神差地认出我来，那我就赶紧帮助这家人了了那桩心事。过去净惹人家生气了，此刻有了利用价值，就得上赶着让人家利用一下。但也可以料想，十有八九的可能性是，茉莉的姥爷见到我后形同路人。如果是那样的话，我也应该赶紧滚蛋。他们家处于非常时期，想必并不愿意和我这个不伦不类的"女婿"过多纠缠。

知识分子家庭礼数多，大家又坚持着客套了几句才开了各自的车。跟家人在一起，茉莉就不能坐我的车了，她上了她爸爸的那辆本田。而她表哥其实是个满脑子都是钱的俗物，他看见我开着捷豹车，眼睛很诡异地闪烁了一下，忙不迭地跑过来问我："现在在忙哪摊儿事？"

我指着车说："给乡镇企业家当司机。"他就"哦"了一声，既失落又满足地走掉了。

身为一个在明史方面建树颇多的老专家，茉莉的姥爷经过"有关部门"特批，被安排在了一家著名医院的高干病房里。我们拐到院落的一角，在一幢不起眼的小楼底下停了车，轻手轻脚地走进别有洞天、近乎奢靡的走廊。几个面目清秀，神色比寻常护士和善得多的小姑娘纷纷给我们让道，低声对茉莉的爸爸说："首长好。"她爸爸叫住一个穿淡粉裙子的护士长，问了几句情况，然后把我们引到老爷子的病房门口。大家围着门站了会儿，一致注视着我。那种孤注一掷的期望，让我觉得自己像一个即将上场、多半会被揍得稀巴烂的拳击手。临进去的时候，茉莉的舅舅又想把茉莉拉到我身边，让她和我并排进屋。他一定认为，这么做能帮助老爷子记起我来。但茉莉的妈妈叹了口气，失落地说："不必了，连茉莉也认不出来了。"

看来没有人真的对我抱有希望，他们只是在尽人事，然后就可以坦然地接受天命了。想到自己其实是帮不上忙的，我忽然感到内疚起来，不仅对于这些曾经的"亲人"，更是对于茉莉。此时的茉莉，看起来就不像早上刚见面时那样惊艳了。她的妆化得非常好，但只要多看几眼，便遮不住缺乏血色的皮肤、隐隐蔓延的鱼尾纹了。她平静的表情下，藏着深刻的倦意。那副倦容不光是洲际飞行造成的，还是长久以来操劳、怨恨的结果。对于她的风霜，我难逃其咎。

这时，茉莉的爸爸拍了拍我的肩膀说："看看姥爷去吧。"他把事情说成了"我想看他"，倒让我心里安稳了一点。我就轻敲了两下门，然后推门走了进去。高干病房就是不一样，一个单间的面积足有 50 平米之大，收拾得一尘不染，床的后面是一扇一人多高的大飘窗。在我们这个国家，只有少数老人能在这种环境下心安理得地等死。当然了，对于行将就木之人，这种额外的尊严并没有什么实际意义；他们大多数已经没有心力考虑自己的待遇是否"达标"了。

茉莉姥爷的状态倒还好，起码安静。他背后垫了两只垫子，默默地靠在床上。几年没有见面，老人此刻给我的第一印象就是：他"缩"了。在印象中，他还是一个颇为高大、魁梧的老头儿呢，若不是脸上那股子文气，说是一个老拳师也有人信。而现在，老人显得非常之小，小得像是被抽干了身体里所有的水分。因此，他的胳膊上插了一根管子，正在把水分一滴一滴地补充进身体。老人仿佛一段干肉，被放在古代的祭台上。别人围在床边站好，静默垂首，好像正在为迟早会到来的遗体告别仪式进行彩排。

而我想起自己的任务，只好硬着头皮上前两步，说："您好。"

让我颇为吃惊，茉莉姥爷的神志非常清楚，说话也字正腔圆的，此刻还像很多老范儿的北京人那样带着"戏腔"："你也好。"

我说："您……还好？"这就是身体方面的问候了。

"还好还好。"他说，"就是快死了。"

尽管孝子贤孙们通通在场，但我还是没憋住，"扑哧"一声笑了出来。这老头儿即使变成了如此模样，但仍然是"这老头儿"。记得过去，他就是一个特别爱"逗"的人，而且说得上是个不大不小的"玩家"，好像和王世襄还挺熟。当初茉莉非要和我结婚的时候，她们一家人都不同意，他一样也不同意；只不过别人是嫌我玩物丧志，他却是嫌我不够玩物丧志——第一次登门拜谒的时候，他正在小院儿里抖空竹呢。看见我来，便叫我也抖；我不会，他就不满意了："这小子怎么这么笨？"我不光空竹不行，养蝈蝈、雕葫芦也一概不行。对于老北京人的那一套提笼架鸟的把戏，我一贯持有本能的排斥态度，觉得那也是一种"伪民俗"。

我的一窍不通让茉莉的姥爷非常失望，但是他一直特别疼爱外孙女（虽然这时已经认不出她来了），就对我说："你好歹给茉莉争点儿面儿啊。"

我一想，他所说的"面儿"指的不是封妻荫子，而是斗鸡走狗，这个"面儿"还是可以争的。于是我说："别看我不会抖空竹，可是我还会滚铁环呢。"

再次登门的时候，我就带上小时候玩儿的铁环，给老头儿滚了一番。他沉吟道："有点儿意思了。"

我一鼓作气，又说："我还会骑自行车。"

他说："找一猴儿训俩月，它都会骑自行车。"

我说："我不光会骑得快，还会骑得慢。"

这也是我上学的时候练就的本领。我可以踩着蹬子，让车以蜗牛的速度前进，而且稳稳当当的也不倒。这让茉莉的姥爷大开眼界，又说"有点儿意思了"。后来，他才知道我会拉小提琴，还是童子功，就埋怨我："你怎么早不提梵婀玲的事儿。"说着，老头儿找出一把人家送的琴来："弄两下，弄两下。"尽管我的左手已"废"了多年，但仍然心甘情愿地为老头儿拿起琴来，拉了几支不难的曲子。此后，他们家人再聊起茉莉和我的婚事来，他一拍大腿，问茉莉她妈妈："你们怎么就不能顺着孩子的心思呢？"

尽管那时候家里人已经把他当成了一个糊涂虫，而茉莉跟我结婚，说到底还是她一意孤行的结果。但是后来我们离婚的时候，茉莉的舅舅他们怕她伤心，不敢太数落她，便背地怨起老头儿来；说得好像是他因为一个玩儿，就把外孙女推进了火坑。这么说来，老头儿倒替我背了个黑锅。

结婚以后，因为茉莉特别忙，我跟着她拜见姥爷的次数并不多，但是每次都很乐呵。这老头儿除了本专业以外，在其他方面也涉猎甚多。记得有一次，他偷偷把我叫到里屋，塞给我一本线装的书，说："绣图大字全本。"

我还以为他给我的是一本《金瓶梅》，并想以此作为我们的"新婚教育读本"呢，但翻开一看，却是《牡丹亭》。我说："没什么意思。"

他挤眉弄眼地说："发挥一下想象力，也挺黄的。"

还有一次，他和我聊起《红楼梦》来，问我："你最喜欢里面谁？"

我说："最喜欢薛蟠。"

他大怒起来："你怎么这么恶俗？"

我说："那是您的旧观念。纵观《红楼梦》，里面有几个不装孙子的人？也就薛蟠了。贾宝玉和林黛玉不装吗？我看装得很呐。他们都是极其自恋，特别在意别人怎么看自己的人，和现在的知识分子没什么两样——只有薛蟠是一个后现代主义的反文化英雄。"

这么一说，老头儿居然又翻开《红楼梦》，把里面关于薛蟠的段落重读了一遍，然后对我说："你说得有道理。"

后来他还鼓励我用这个视角写一部《薛蟠日记》，作为红学研究的"蹊径"。有一段时间，每次见到我，他都问："你的《薛蟠日记》怎么样了？"我信口胡诌，他还真认真，弄得我也哭笑不得。

但是后来，老头儿突然又拽住我说："对茉莉，你可不能做薛蟠。"老头儿往昔的形象，在我的记忆中猛地鲜活了起来。而看见眼前这副枯干的皮囊，不禁让人伤感。我一直觉得，茉莉当年看上了我，是受了她姥爷的影响，否则谁也不信她会嫁给我呀。

我心里一热，往前探探身子说："您老别想得那么绝，离死还远呐。"

老头儿的眼睛转了一下，任性地说："我其实是有点儿活腻歪了。"

这时，茉莉的舅舅小声插了一句："您认识他是谁吗？"

老头儿眨巴眨巴眼睛说："对了，他是谁呀？"

全场静默，亲戚们你看看我、我看看你。对于他们，这个结果恐怕是意料之中的；但想到最后一个希望也告吹了，仍不免感到失落。而我呢，则只有惭愧的份儿了。

还是茉莉的妈妈通人情，她对我说："见一趟也不易，再聊会儿？"

我想了想，说："算了吧，让老人家歇着吧。"

说完，我就慢慢往外走去，茉莉家的几个亲戚也无声地跟了出来。但就在这个时候，大伙儿突然听到床上的老头儿"咯咯"笑了一声说："赵小提，你要走呀？"

此话一出，实在有石破天惊的效果。茉莉的妈妈大睁着眼睛四处乱看，却又不知道该说什么了。后来茉莉告诉我，这还是她姥爷半年来第一次把名字和人对上号儿呢。屋里登时充满了唏嘘之声。

事不宜迟，茉莉的爸爸又把我拽到床头确认道："您认出他是赵小提了吗？"

"早认出来了，我逗他玩儿呢。"老头儿得意地说。

茉莉的舅舅过来，指着自己的鼻子问："那我呢？"

"你谁呀？"

"您不是在逗吧？"

"没逗没逗，我真不知道你是谁了。抱歉啊。"老头儿说。

连亲儿子都认不出来，却记住了一个早已断了关系的混蛋姑爷。让人怀疑，老头儿这辈子打算特立独行到底。亲戚们自然有些讪讪，茉莉的妈妈打圆场似地说："缘分，也是缘分。"茉莉的爸爸则小声进行起科学分析来："老年痴呆就是这样——越是常见的人，越记不住。"我看看他们，意思是事不宜迟，赶紧把"正事儿"办了——谁知道老头儿能记住我多久呢？

茉莉的妈妈凑上前，小声对老头儿说："这不有一亲人了么？您憋在心里的事儿，该说就说了吧。"

老头儿问："我闺女、儿子他们呢？怎么光叫他来了？"

茉莉的妈妈眼圈一红，只好说："都忙。跟他说也是一样的。"

老头儿只好叹口气，向我招招手。我走过去，而其他人则在外面围了一圈，屏息肃立。

"你们都是公证人啊。"老头儿先对那些不认识了的儿孙们说。

众人点头，他才转向我："我那些个画儿，其他的都是"文革"结束以后收进来的。当初收，也花了钱，现在干脆再卖给博物馆得了。价钱让茉莉妈他们商量去——别太低，低了他们不知道珍贵；也别太高，高了人家不买了。卖得的钱，两家均分。这么着，算我对公家和自个儿家都有了交代了吧？"

我点头："您想得周全。"

他压低声音，神秘地说："不过这说的是其他的画儿，仇英那幅《母鸡翻草图》除外。"

我说："那幅您单说？"

"那肯定得单说。"老头儿道，"那幅画儿呀，给茉莉得了。"

我不知道身后的人脸上有没有变色。要知道，老头的收藏里面，最名贵的也就是这一幅。此时给了茉莉，她的表哥会作何想法？

但我仍然说："我清楚了，回头我亲手交给茉莉。"

老头儿忽然"嘿嘿"一笑："你知道我为什么给她么？"

我说："她不会把画儿卖了。"

"这只是其一，其二呢……"老头儿又转了转眼睛说，"现在也告诉你得了——那画儿其实是假的。"

我一哆嗦："您不是还为它给打吐血了么？"

"是呀。那时候，我们家传下来的字画都烧了，唯有这幅没舍得。也不知道怎么走漏了消息，红卫兵就上门来打、抄，让我交出来。一回两回我愣扛着，可三回四回谁受得了啊……我打小可没受过罪……我倒也没什么，就是怕耽误孩子。"老头儿的眼神迷离了一下，忽然又笑，"思来想去，我就把画儿挖出来，交出去了。是北京八中的几个孩子当着我的面儿烧了的。"

"那您手里这幅……"

"没跟你说么，假的呀。"老头儿说，"不过我造假，不是'文革'为了骗别人，而是为了骗自个儿。我太想念那画儿了，就按着原样画了一幅，心里告诉自己：这是真的这是真的……天长日久，也就跟真的感觉差不多了。到外面跟人家说去，也是'文革'的时候舍命存下来一幅仇英……可哪儿敢拿出去让行家看呀？一直藏而不露，就是这个原因。不过也挺有意思，因为我后来收别的画儿没怎么打过眼，他们反而更信我有一幅仇英了……"

我对这个好玩儿的老头儿眨眨眼："现在留给茉莉当念想？"

"留给茉莉当念想。"老头儿说。

"听明白了。"

老头儿嘴一撇："那时候真傻，要是早画一幅假的交给红卫兵，他们哪儿看得出来呀？破四旧嘛、抄家嘛，完全就图痛快……结果我倒只剩下幅假的了。"

我跟老头儿相视一笑。

坠在心尖儿上的石头就这么落了地。我趁老头儿闭目养神，回头看了看茉莉和她的亲人们。茉莉舅舅他们还停留在目瞪口呆的状态中，想必在为那幅画儿是假的而感慨。她的表哥表情尤其复杂——既遗憾，又庆幸。这倒让人觉得那画儿还是假的好——若是真的，这孙子没准真会跟茉莉打起官司来。那样的话，这个体面人家的面子可就扫地了。还是茉莉的妈妈对我点点头，意思是"行了"。

可是我刚要转身离开，床上的老头儿忽然又说话了："赵小提。"

我赶紧折回去："有什么事儿您说。"

"你跟茉莉……好好儿过。"

他说得轻描淡写，一如"人艺"话剧里的主子吩咐下人。但为了突出这话的郑重性，老头儿又加了一个语气助词："——啊？"

老头儿虽然认出了我，但是一定把我和茉莉离婚的事儿给忘了。或者他们家里人怕他不高兴，根本没把这事儿告诉他。我心里"咯噔"

一下，仿佛什么热气冲天的东西往嗓子眼儿涌了上来。我答应他说：
"哎。都好好过。"

这个时候，房间里就响起了哭声。是茉莉。从刚才起，她就
一直在抹眼睛、擦鼻子，泪水汩汩不断。而现在，老头儿的话让
她再也压抑不住了。她的哭声由小到大，一开始还是嘤嘤的，到
后来就成了放任自流的、小女孩才有的那种痛哭。她妈妈过去拍
拍她的背，说："别吵着姥爷。"她也不听，只是号啕。在我印
象里，茉莉可从来没有这么任性过；她从来都特别善于压抑自己
的感情，也特别知道什么时候该做什么事情。现在就哭，无疑是
不妥的——老头儿还没死呢。家里人只好开门，把茉莉拉出去。
跟着出门的时候，我回头看了病床一眼，却看见老头儿已经睡着了。
他脑袋歪着，脸上还挂着调皮的笑。茉莉的哭，也许他压根儿没听见。

而来到外面，我又被茉莉一把抓住了。她眼泪汪汪地伸出手，
拽着我的袖子，把我推到墙边，然后用脑袋抵住我的肩膀继续哭。
我看见她的眼泪像泉水一样无穷无尽，把妆都弄花了；我还感到
她抡起小拳头，一下一下地打着我的肩膀。就这样不知哭了多久，
她也不说一句话。

她家里人刚开始还挺体谅，随着时间越来越长，就有些不耐
烦了。茉莉的舅舅皱着眉头说："这丫头，太没出息了。"他也看出，
茉莉的哭不光是为了姥爷了。而抓着前夫哭起来，对于一个成功
的女性来说，无疑是有损尊严的。茉莉的爸爸也轻声说："茉莉，
别不懂事儿。"而她妈妈则把脸扭过去，也抹起眼泪来。

此时此刻，恰恰因为茉莉的家人都在说她，我却突然涌起一
股要保护她的欲望来。啊，自从我和茉莉认识，就没有真正保护

过她；我一直都在装疯卖傻、浑不讲理地逃避这种责任。而茉莉呢，也从未向我提出过此类要求。她居然觉得这是"不好"的。我迟疑了一下，终于抬起手来搭在茉莉的肩膀上，半搂住她。我抚摸着她的背和薄薄的肩胛骨，对她说："没事儿，咱们什么都不用怕。"

茉莉就把肩膀缩起来，两只胳膊撑在我的肩上，埋着脸抽泣。很多女同学都羡慕她一直这么瘦。在她们嘴里，茉莉的瘦虽然不是风情万种的，但却格外能代表"她这种女性"的威严——她们把茉莉看成了一个"穿普拉达的女魔头"。其实茉莉之所以瘦，是因为她背负着比寻常女人更多的东西。虽然你也可以说，这是她自找的，可她是真真切切的不容易。茉莉在我怀里哭得身子都软了，我便耐心地搂着她，让她尽兴。

但又过了很久，我忽然想起姚睫来。姚睫在哪儿呢？她明明是和我们一起来的呀。我抬起头，在走廊里扫了一圈，也没看见姚睫。她走了吗？是在茉莉哭之前就走了，还是在茉莉正哭的时候走了？我突然感到这个站满了人的走廊特别空荡。

天安门

那天我一直把茉莉送回了她家。忙碌了一整天，结果总算圆满。她妈妈和舅舅两家人便带着如释重负的表情，邀请我一起出去吃饭。我想了想，还是拒绝了："我想回去歇会儿。"

茉莉的妈妈笑着摸了摸我的脑袋，说："谢谢你，过去可没看出你这么好。"在那一刻，我几乎怀疑她想认我当干儿子。

而我出门的时候，茉莉还把自己关在房间里，不知是在继续哭，还是已然哭得虚脱了，正怔怔地看着天花板发呆。我敲了敲门说："茉莉，我走了。"屋里面没声音。她妈妈跟过来，朝我使了个眼神，似乎示意我推门进去。但我还是说："茉莉，我走了。"然后我就走了。

我开着车回到大院儿，看到姚睫并不在，有了一点心慌。我便拿出手机拨她的电话，许久也没人接。进家门等了会儿，她没回来，b哥却骂骂咧咧地来了："该办的都办了？"这厮歪着眼，看着已然收拾整齐的沙发说。我不知道他在说什么，却愣愣地点了点头。他立刻说我是"禽兽"，又问我有没有"久旱逢甘霖"的感觉。我忽然心神不宁地揪住他，让他立刻给四合院打电话，看看姚睫在不在那里。b哥被我的神情吓了一跳，说："难道你对她用强了吗？"

好在他打了电话，没过一会儿就有人接了。那个气哼哼的小妹子告诉我们，姚睫就在小院儿里。我说："让她跟我说话。"

小妹子扯着脖子干号了两嗓子，然后回复："她说特累，想歇着。"

我放下心来，把自己扔到沙发上。不知道为什么，我忽然也感到了累：那种无论身体还是灵魂都被抽干了似的累。想到姚睫，我会累；想到茉莉，我也累；想到茉莉的姥爷，我仍然累。而b哥这厮不知昨天晚上又干了什么缺德事儿，也在长吁短叹地说累。最后我们总结："活着就很累。连地球都很累，每天还要自转。"

基于这个结论，我们决定狠狠地休息一段时间。那几天，我们把所有的窗帘都拉上，关了手机，拔了电话线，一直瘫软在漆黑的屋里。吃喝全部叫外卖，电视一天到晚开着却没人看，只是为了确定外面的世界如常地存在着。假如派出所进来检查，一定会认为我们是一对准备殉情的同性恋人。我不再想任何与自己有关系的人，只是默默地躺在床上养神。还真别说，这种方法是很有效的。也不知过了几个白天和黑夜，一股生机从内心滋长了出来。我站起来跳了跳，恍惚感到自己又像20岁时那样充满弹性了。

那天下午，我重新打开手机，想给姚睫打个电话。但是拨号之前，几条短信先挤了进来。是茉莉发来的。她告诉我，她姥爷已经过世。老头儿享年87，去世的时候极其安详，睡了就没再醒。根据老人生前遗嘱，丧事一切从简，昨天就举行了追悼会。而茉莉给我打电话，却找不着我。

我开车赶到茉莉姥爷家时，一切后事已经基本料理完毕。茉莉的亲人们身穿黑色的西服，正带着倦容围坐在一起淡淡地说话。不时仍有她姥爷的生前好友以及学生、同僚上门来慰问，客厅里摆满了百合花。

茉莉的妈妈把我从一群黑衣人中间领出去，带到一间偏房门口，说："你陪陪茉莉。"然后她迅速离开，倒好像葫芦里装着什么药。她是希望我和茉莉重归于好吗？还是茉莉有这样的想法？我只好像几天前一样敲门，轻轻说："茉莉，我来了。"半晌无人应声，我又说："茉莉，我来了。"正在一筹莫展之际，茉莉给我开了门。出乎我的意料，她的脸色并不很差，甚至可以说相当清爽：没化妆，只抹了些保湿的东西，太阳穴上蓝色的青筋隐隐可见。她一定又哭过，但大约是尽心尽责地陪着家人落泪，并没有像那天似的把内脏都哭伤了。她姥爷是喜丧，走得又如此恬静，他们家的人也就坦然了。

"我在……扎头发呢。"茉莉侧侧脸，把脑袋后面一个圆圆的"鬏"展示给我看。

"怎么梳了个宋氏姐妹的发型？"

"他们说这样庄重。"

"真不好意思，前两天特别忙，没赶得及过来。"

茉莉抿着嘴，饶有兴致地看着我。我立刻无地自容地笑了。过去和她在一起的时候，我就从没"忙"过，这些年也没有。但是过去，我不会对她说谎——理直气壮地在家赖着，而现在，我张嘴就说瞎话。

被"照"了几秒钟之后，我自己招了："我在家闭关修炼来着。"我和她并肩出去见客。一个据说"小时候抱过茉莉"的大叔分别拉着我们俩的手，啧啧赞叹了一番，连说"真好，真好"。他又问我："小伙子在哪儿工作？"

我说："无业。"

茉莉补充道："这是我前夫。"

我们说的都是实话，但却险些把对方的鼻子气歪了。一屋子人也讪讪的，不再有人主动跟我们搭腔。过了一会儿，茉莉对我耳语："咱们出去走走吧。"

"我请你吃饭。"我说，"怎么着也算接个风。"

茉莉的长辈也没拦着她。从很小的时候起，她因为做事特别有主心骨，就已经获得了在家里来去自由的权利。对于她在外面忙活的事儿、交往的人，她父母都非常放心。但现在看来，这种信任反而耽误了她——她自由自在地蹦到我这个火坑里去了。

老头儿的旧宅在"激情的二环路"以里，是文化部名下的几间平房，出门走一小段，就是"理性的平安大街"。现在正逢旅游旺季，路的两侧停满了双层大轿子车，所有以"烤鸭""涮羊肉""炸酱面"蒙骗外地乃至外国顾客的馆子一律爆满。我们开着车，沿街走了几公里，也没找到一个清静地方。茉莉说，她记得上学时的一个周末，我曾经骑着自行车来城里找她，把她带到"百花深处"胡同口的一家小吃店，很香。我依照她的记忆，艰难地掉头、穿胡同，好容易蹭到那里，却发现小吃店早已拆了，变成了一个专卖"特体裤子"的服装店。

"算了算了，干脆老莫吧，那儿肯定有地儿。"我说。

茉莉说："那还不如新侨呢，俄餐太腻。"

我依言往崇文门方向拐去，边开车边逗了她一句："还是你们城里的妞儿有品位。"

"一想到你们部队子弟那种故作没落贵族的矫情劲儿，我就不想去老莫了——那儿现在还充斥着各种'革命时代的拖油瓶'吧？"茉莉反击我道。

我惊喜道："你什么时候说话也这么刻薄了？"

"在国外回想你说过的话，琢磨琢磨就学会了。"茉莉说。

听到她这么说，我就不言语了。我们很快穿过长安街，把车停在著名的新侨饭店门口，上去找了位子。茉莉熟练地给自己要了鳕鱼，又建议我吃"六成熟的新西兰小牛排"；因为我开车，她只给自己的海鲜配了一杯白葡萄酒。平心而论，新侨的西餐不错，比斜对面那家虚张声势的"马克西姆"还要好一些。我们一声不吭地埋头吃着饭，席间只有刀叉和盘子轻轻碰击的声音。跟肉有仇似的吃饱了，我感到和茉莉之间有根一直绷着的弦"叭"的一声断了，整个儿身体也松弛下来。借着烛台上的火苗点上颗烟，我眯着眼睛，在一片朦胧中打量着对面的这个"丽人"。

"我变样了么？"茉莉故意坐直了问我。

"更绰约了。"我说，"要想俏，三分孝。"

"你这个玩笑开得有点儿……"

"你姥爷要是听见了，肯定会乐。"

"……算你了解他吧。"

茉莉吁了口气，垂眼看着自己在高脚杯里变形的影子，出起了神。我想，按照友好的前任夫妻见面的"惯例"，我应该问问她过得怎么样。说起来，我在这方面做得非常差劲，对她在国外生活的了解几乎等于零。假如我是个有心人，是可以从很多朋友、熟人那儿了解她的情况的。但我没有。因为不管她好还是不好，我都会产生亏欠她的感觉。然而，不闻不问反倒让我亏欠得越来越多了。

后来，还是茉莉率先开口了："你这些年还真是没怎么变样。"

"老喽。"

"不显。"

"我现在是一离异男子了——准中年。"

"离婚这种变化还用说么？"茉莉不满地指责我，"你谈话的态度不真诚。"

"我说的是离婚对我造成的心理影响——触及灵魂的那种。"我又翻着白眼想了会儿，尽量让自己的态度"真诚"起来，"啊，我明白了。过去我是怀揣着一颗内疚的心混日子，离了婚之后就混得没有心理负担了。"

"这么说还是我成全了你？"

"我谢谢您呐。"

茉莉被我逗笑了，但随即神色更加凄然。她向我说起这些年在国外的生活来。我仍然没有主动问她，但是看得出来她很想找个人说一说，而这个人最好是我。

至于细节，倒没什么需要赘述的。那只是一个聪明得冒傻气、好强得近乎神经病的中国女人在异国他乡的奋斗史——而这种人的生活基本上是千篇一律的。如果我翻开一本同类题材的励志书

（比如《曼哈顿的中国女人》），再把其中主人公的名字换成"茉莉"，完全可以认为那就是给茉莉写的传记。当然，情感上的差别也不是没有。看别人的时候，总觉得那些女性倨傲的外表下藏着一股洗刷不掉的贱气，其急欲洗掉祖上三辈儿那两腿泥的迫切心情，和进城做了婊子的村妞儿也没什么本质的不同。但茉莉毕竟是我的前老婆，我是了解她的；她并不是为了所谓"资本主义国家优越的生活条件"和"蔑视原有种族的资格"才把我踹了，心急火燎地跑到国外去的。至今我仍然认为，她仅仅是出于一种病态心理：事事都要拔尖儿，迷恋于"奋斗"本身的过程。当她在旧环境里已经无可奋斗之时，便涌起了一种到新的环境里白手起家的冲动。这种病态心理在我们这个时代非常常见，也有其积极意义（推动了历史的车轮滚滚向前嘛）；病人们也不会将它看作是"病"，而是美其名曰：追求。

尽管茉莉说得一嘴中国人意义上的好英语，但是刚到美国的时候仍然难以避免地不适应、被歧视。她发奋图强，为了融入那个社会的主流圈子吃尽了苦头，其结果也可谓功德圆满。她拿到了一家知名大学的学位，在当地找到了工作，刚开始是小公司，后来终于进入了一个庞大的、历史悠久的期货公司。一般中国人在那种和邪教教派非常相似的家族企业里很难做到管理层，但是我的前老婆突破了这个瓶颈，给祖国人民争了光。现在她已经可以这样支使她的白人助理了："到楼下买一杯拿铁，然后送到我的办公室里来。"

茉莉在纽约租了高级公寓，又在长岛买了好地段的房子，在居住范围上把自己和中国人、黑人、墨西哥人彻底分开了。她周末要去参加公司的实际拥有者举办的酒会，把车钥匙扔给门童的潇洒劲儿就像电影里的美国女人一样。她在酒会上认识了库斯先生，一个投资银行的副总裁。女同学们传她"嫁了个老头儿"，那其实是恶意十足的诬蔑。那个德国裔男子仅大她五岁，秃顶倒是略有些；但在西方人眼里，这恰恰是性感的标志——可以参见意大利总统贝卢斯科尼。西方人的秃顶的确比亚洲人漂亮得多，这个不服也不行。

"那个纳粹的全名叫什么？"我问她。

"杰克布·冯·库斯。"茉莉说。

"就不缝裤子，好一个君子坦蛋蛋的名字。"

"别逗了，冯在他们国家代表贵族身份。"

不过说到这里，茉莉的讲述终于出现了一个小小的"神来之笔"。我本以为她会详细介绍一下与那位贵族苗裔的爱情故事呢——东方公主与秃顶王子什么的——但她随即就说："他想跟我结婚，我没答应。"

"为什么？嫌胸毛扎人？"

茉莉撂下刀叉，作色道："你再这样我不跟你说了。"

"好吧。"我眨眨眼，"我承认我吃醋了。"

"陈年老醋也吃？"

"对男的我从来就没大度过。"

"那我要告诉你，我没答应他是因为你，你肯定特满足吧？"

"这说明咱们余威还在……"我继续逗着闷子，但心跳却快了几下，满心惶然起来。茉莉说的不会是真的吧？我在烛光中看了她一眼，随即感到空气都凝固了。茉莉突然换上了一副冷静、肃穆的表情，感觉就像在谈判。我突然想起来，在大学，她答应我的"示好"时，也是同样的表情。

"没错，就是因为你。"茉莉的脸绷得紧紧的，声音里却有藏不住的凄凉，"你承认你吃醋就好，我也承认我后悔了，后悔当初和你离婚。"

"茉莉，咱们能不能——"

"听我说完。"

"好吧……你说。"我躲着她的眼睛，坐在沙发椅里的身子矮了半截。

但茉莉的话仍然源源不断地钻进我的耳朵里来："这两天我一直在犹豫，应不应该把心里想的事儿告诉你……我知道如果我说了，肯定会有人觉得我贱。不过那天，姥爷的话让我下了决心——他不是让咱们'好好儿过'么？过去我没好好儿过，现在我必须得补救一次……就像我当初要是不出国，就觉得对不起自己；现在我要是不说，一样会觉得对不起自己。我自私吧？我就是这么自私，我觉得世界上要是还有一个人能容忍我的自私，那就是你……"

我叹了口气，问她："你是什么时候开始后悔的？"

"几年前，刚一下飞机就后悔了。不过那时候，我以为自己只是舍不得你，对人生地不熟的环境不适应罢了。但后来，那边的生活上了正轨，工作也越来越好了，我的后悔反倒越来越强烈了。我想把自己变得忙点儿、再忙点儿，忙得没时间瞎琢磨就好了。但这招儿刚开始管用，后来就不灵了……只要身边没人的时候，我都会想起你……有人说，人得等过了 30 才明白生活里图的是什么。这话过去我不信，我自以为比别人聪明，早早儿就找对了生活的目标——什么事都要做得比别人强，仅此而已。但后来才知道，我真是太傻了，太幼稚了。而让我后悔得再也受不了的，居然是缝裤子——哦不，库斯先生。他向我求婚的时候，说准备把职务辞了，把公司的股权也转让给别人，买一套乡下的小房子和我在那儿混日子混到老。我当时真是惊呆了，问他：你折腾了这么多年，就图这个啊？他说：是啊，就图这个。工作是为了实现价值，而他最喜欢做的事情就是晒太阳混日子，'如同浸泡在子宫的羊水里'——这是他的原话。可是这时候我就问自己，我的生活图的是什么呀？混日子？也许我再老点儿，也会想混日子，可我希望陪着我混日子的人不是他——是你。"

"可是我已经……"

"别拿姚睫来搪塞我。"茉莉说，"我问过她了，你们不是一对儿。"

"你什么时候问过？"

"那天你跟我父母打招呼的时候，我悄悄问她的。"

"你的心可真细。"

"我也不想弄伤别人。假如你跟她成了，我决不会跟你说这些话。"茉莉优雅地拿起酒杯，喝了一口，但我看到她的手都在抖。

我只好抬起眼睛，直视我的前老婆："好吧，那你有什么好建议？"

"跟我去美国，或者我回中国，这都无所谓……只要你还喜欢我，我们就在一起，好么？"

我的灵魂仿佛脱离了身体，在饭店的天花板上盘旋——同时看到"自己"僵直地和茉莉对视了一会儿，然后摇了摇头说："不。"

说完这话，我以为茉莉会再次哭起来，可是她没有。她只是靠到椅子上，闭了许久的眼睛，仿佛在养神。然后，她睁开眼睛问我："因为你喜欢姚睫，对吗？"

我重新凝视茉莉，慢慢地说："我的确喜欢她，可我不会跟她在一块儿。我已经不想和任何人在一块儿了。"

"为什么？"

突然之间，我也有了掏心窝子的冲动。那些每次见到姚睫都会想到的事情，我原原本本地讲给了茉莉："你们都说我是个好人，那我就姑且认了，按照这个荣誉称号说下去吧……我确实在乎你，现在也在乎姚睫，我在乎我喜欢的任何一个人。可是因为在乎，我有点儿不堪重负了。我既怕伤了你们，又怕让你们失望，而我天生就是会让人失望的。咱们且不说挣钱养家这些俗务，就说精神层面吧——一个本来和我素不相识的人，她的生活突然就和我息息相关了，我得负担她的喜怒哀乐、伤春悲秋、美好理想、残酷现实……这让我觉得可怕。我顾自己还顾不过来呢，哪儿还有本事去顾别人？而且我有资格让别人把希望寄托在我身上吗？我可没那么恬不知耻。为什么有的动物永远离群索居——老虎豹子什么的？它们不是不喜欢同类，它们只是把同类看得太重，以至于自己无法负担了。"

茉莉瞪大了眼睛，仿佛第一次认识我："我从来没看出你是这么想的。"

"以前没这样，那是因为我少不更事。"我继续坦白，"是咱俩的婚姻让我变成了这样一个人……当然也不能全怪你。也许是随着岁数越来越大，我就懦弱了。"

"你有勇气孤单到老么？"

"一个人的事儿，再怎么着都好说。说得残酷点儿，人与人之间的爱恋关系也挺耽误进步的，它会阻止我们变成伟大的人……

"你呢，充其量是一独身主义者，你还打算变成什么样的伟人？"

"你别看不起我。我虽庸庸碌碌，但也有我的追求。"

"说给我听听。"

"那就是：不当一个俗人。听着简单可是中国那么多人没几个能做到的我跟你说。我孤身一人可以活得身轻如燕，当人人都在钻钱眼儿的时候我可以去钻别的眼儿……有人可能会把我当成一条蛔虫，可我觉得蛔虫也比财迷心窍强点儿。说得再具体点儿，我可以想干嘛干嘛想说什么说什么想去哪儿去哪儿——中国人现在挺自由的，之所以觉得不自由那都是自己'作'的。"

"又把自己说成当代英雄了。"茉莉看了我一会儿说，"你这人就这样，哪怕当混蛋也要当出点儿英雄主义的崇高意味来。"

"你可以说我意淫。"

"不，我爱你爱的就是这个。"

不知不觉间，茉莉的神色就没那么凝重了。我们的"摊牌"活动已经结束，她眷恋而饶有兴致地瞅着我，就像当初刚认识我的时候一样。

"我真幸运，在你形成完整的思想体系之前认识了你。"

"……不过这也是你的不幸。"

"我只是同情姚婕，她要是爱上了你，那可真亏了。"

"不不不，不必为她担心。"我说，"姚睫那么年轻，她比我们都小得多，她的家也不在北京——恰恰如此，她有权力比我们生活得更真诚、更自由。她有麻烦的时候我愿意帮她，但我不想成为她的羁绊。"

茉莉沉默了一会儿，忽然问："可姚睫要是喜欢上你了呢？她不是我，我还有别的更重要的事儿干。而对于她这种小姑娘，情感可是生活里的第一要素——别不信，我看得出来。"

"你看错了。"我几乎如释重负地回答，"姚睫早就爱上别人了——那人我也认识，长得坚韧不拔，堪称知识分子中的一员猛将。"

那天晚上，我和茉莉一边絮絮叨叨地谈着人生，一边又要了两瓶红酒。在我的醉眼中，茉莉的面容越发清晰。她浑身充满了与命运搏斗的力量，她身着盛装却又让人想起默默无言的长跑运动员。

"说开了就好了……"茉莉颤颤巍巍地与我干杯，"我能理解你。"

"我说这些话是不是太残酷了？"我问她，"你姥爷又刚去世……"

"他老人家就不是一俗人，你这么做是对他最好的纪念。"

服务员走过来，挂着国营饭店特有的、既客气又嫌恶的表情告诉我们，他们要打烊了。我们结了账，从饭店出来，"地铁二环"已是一派华灯初上的景色。在我们小的时候，北京的"前三门子"还是一片遭人鄙夷的地方。从有皇上的时候开始，这儿就住满了引车卖浆之流；著名的"龙须沟"在不远处揭露着旧社会的臭，歌颂着新社会的香。每当夏天的雨季，南城的立交桥下仍然会泛水，水里漂浮着熄了火的汽车和各种小动物的尸体。解放后的一大进步在于，尸体的种类越来越少，死孩子肯定是杜绝了。直到我上中学，还在崇文门往南的那片胡同里见过赤着上身、胸前挂着俩面口袋骂街的老太太。现在好多了。大批不明就里的斯文人被从全国各地连哄带骗地安置在此处；一进北京就能混成"城里人"，他们还觉得占了便宜呢。当然，随着人口成分的变化，"前三门子"也变得越来越体面了：到处都是新建的商场和写字楼，仅存的几条胡同也被当作旅游景点保留了下来；老市民们一边窃喜地算着升值的地价，一边臭骂政府"不懂保护文化"。

我和茉莉都两腿发软，相互搀扶着往城市的最中心走去。那里的灯火不同于别处的灯火，那里满眼都是政治的霓虹。从崇文门走去天安门，你必须知道"北在哪里"。我们没走大道，而是从一条小街绕过了曾被老一代顽主扬言"装四个轮子推走卖了"的前门楼子，转瞬看见了无比恢宏开阔的景象：历史博物馆、人民英雄纪念碑、主席纪念堂……啊，不管它们象征着什么，我仍然为那巨大的象征能力而感动。广场上的人依旧很多：外地游客、武警战士、等着明天早上升旗的团委干部……五一节快到了，工人们正在空地上搭台子，装扮一个什么露天展览；大团绽放的迎春、串儿红已经由园林局的大卡车拉过来，准备列队。这一路走来，茉莉一直搀着我的手，傻笑着。到了大会堂门口，她干脆说："脚疼。"然后就脱了高跟鞋，赤足在水泥路上走，两只鞋在半空中甩来甩去的。

一个巡逻的武警战士驻足，警惕地注视我们，我嬉皮笑脸地对他说："就是喝多了——没冤情。"

那小伙子严肃地说："请你自重。"

经他这么一说，茉莉反而唱起歌来了，引得我也口齿不清地跟着哼哼起来，胡言乱语却不知唱的是什么。我敢说，她这些年从来没有如此不像样儿过。也许是看见天安门仍然大红一片地戳在那里，她的心里就踏实了，也敢撒娇要赖了——尽管从政治身份上讲，她此时已经是个美国公民了。

茉莉笑了一声，突然就抱住了我。我感到她的脸埋在我肩膀上，一只腿轻巧地翘了起来，半个身子的重量坠在我身上。除了嘴没对嘴，我们的姿势像极了二战结束后的那一记"世纪之吻"。他们是露水情缘，我们是离散夫妻，但这一抱之后，大家都要天各一方。

"你还记得第一次说喜欢我，是在哪儿么？"茉莉在我耳边神秘地问。

"在哪儿？"

"就在天安门。"

"我怎么那么不会挑地儿。"

"哪儿有，挺浪漫的。"茉莉说，"当时有个什么活动——90年亚运会好像是，我参加了团市委组织的游行，一群积极分子举着熊猫盼盼载歌载舞。刚走到广场边儿上，你就和几个野小子骑着自行车过来抢我们的熊猫……"

我回忆着往事："得手了么？"

"熊猫得手了，不过人没得手。你拎着熊猫往前骑了几十米，

突然折了回来，跟我说想'交个朋友'。然后，你就被老师抓走了，你们那伙儿人就你一个落网的。"

"咱们那时候才刚上初中吧……我已经出落成一个豪杰了。"

"后来咱们在大学再见着的时候，你又找我搭讪，没觉得我答应得太快了么？那是因为我一直记着你呢。"

"这就叫：不是爱风尘，似被前缘误……"

"也不知道你将来会不会把我给忘了。"

那晚一直晃荡到洒水车开过，我们才返回新侨饭店门口取车。回去的路上，茉莉已经安静了下来，默默地揉了会儿脚，穿上高跟鞋。车停在她姥爷旧宅门口的时候，她彻底恢复了端庄、冷静的姿态，笑笑对我说："过两天我就回去了。"

"走好。"我说，顿了顿，又问，"你会怎么过？"

"一个人照样能好好过，接着奋斗呗，为美国人民多做点儿贡献。也幸亏你不想和我在一块儿了，否则我可能到头来又会后悔放弃工作了。"

"美国人民应该感谢我。"

"你呢，打算干点儿什么？"

我惭愧地叹了口气："原先说的咖啡馆一直也没开起来，要不我先干干这个？"

"你不提我都忘了。"

"可惜多半会亏本。"

"好歹本钱不是你挣的，亏了就亏了，先干起来就好。"茉莉的表情轻松起来，"手上一忙，心里不慌。有点儿事儿干总比闲着好——钱还够么，要不要我再给你追加点儿投资？"

"那肯定不用了。太大了我还应付不过来呢。"

"还准备用我的名字命名？"

"对，茉莉咖啡馆，挺好听的。"

"让人心里暖洋洋。"茉莉笑道，"好像我和北京还有联系似的。"

"本来就有嘛。"

我们靠在捷豹车宽大的皮座椅上，看着车灯射出的几乎是固态的光柱，饶有兴致地聊了会儿开咖啡馆的事儿。茉莉给我描述了纽约几家名店的装潢、菜品，又承诺回去之后给我拍些照片寄来。我和她一样起劲地说着这个光打雷不下雨的计划，心里明白：我们只是想营造出一种友好的、双方都心安理得的气氛，然后告别。告别时的心情将影响我们此后的生活。

终于，当我们周围的空气变得舒缓、清澈的时候，茉莉拉开了车门："得走了。"

"这次真走了？"

"讨厌，说得跟我粘着你似的。"她打了我一下，然后说："赵小提，你好好儿过。"

"你也好好过。"

我看着茉莉娉婷地走进院落深处，忽然感到那扇院门犹如国界般不可逾越。茉莉所到之处，对我而言已经是异乡了。

令人惊异的是，我明明在和茉莉道别，却也在当天晚上和姚睫失去了联系。虽然能够大致猜测到个中缘由，但光看这个结果，仍然会让人感叹命运的奇妙。生活里总是藏着隐秘的、遥相呼应的因素，简直像一场被设计好的戏，别人都看过剧本，只有你是不明就里的"本色演员"。

我对茉莉说过，自己不会和姚睫生活在一起，这是真心话。但是那晚，我仍然觉得心里空落落的，特别想看看她那张桃儿脸。我没有回家，而是前往 b 哥的小院。路不远，开车的话没几分钟就能赶到。路过一家 24 小时营业的便利店，我停车下去买了几个三明治，给自己的深夜造访找到了借口。胡同里的路灯仍然亮着，但给人的感觉却是漆黑一片。我像个盲人一样摸索着，找了好半天才攥住四合院的门环，轻轻叩了叩。

两分钟后，院里传出近乎声嘶力竭的嚎叫："谁呀？"

我对 b 哥那个胖乎乎的小老乡说："我，赵小提。"

"找谁？"

"当然是姚睫了——她睡了吗？"

"她不在。"院儿里斩钉截铁地说。

我的头懵了一下，又重复了一遍："我找姚睫。"

"说了不在。"门陡地打开，露出小妹子胖乎乎的圆脸。很有趣，我本来将信将疑的，但一看到这张脸，就知道她说的是实话了。她的脸上带着恐怖片里才有的惊悚表情，显然是独守着一座鬼里鬼气的大宅的结果。

"她……去哪儿了？"

"走啦。"小妹子的口吻仍然很像一个二百五。

"走哪儿了？"

"没说。"

我急了："你傻呀你？一个大活人要走也不问问？"

小妹子委屈起来，这才把姚睫离开的经过说得有条理了："就是前两天吧，她一直在打电话，问租房子的事。我问：你要走呀？她也不告诉我。到今天，她把东西都收拾好，背着大包出门了。我又问：不告诉那俩王八蛋一声吗——那俩王八蛋就是你们俩——她就说，别告诉他们啦。"

　　"然后你就答应了，没告诉我们这俩王八蛋？"

　　"谁在我跟前我就答应谁呗。答应了就要遵守约定。"

　　我看着这个小妹子，非常想揪住她的耳朵，拽离地面两尺，看看能不能把她脑子里缺的那根弦拽出来。但是一张嘴，我却一个"喷口儿"笑了出来："行行，你做得很好，我表扬你。"

　　"谢谢。"小妹子听不懂好赖话，真挚地说。

　　我掉头离开的时候，她又在后面跟了一句："你再帮忙给我那老乡带个话呗。"

　　她说的是 b 哥。我问："什么话？"

　　"让这王八蛋快点回来，这里大黑夜的就我一个人，害怕。"

　　"吓死你。"我落井下石地说。

　　"你还真是个王八蛋。"

　　我一边沮丧地和小妹子对骂着，一边回到车里，拿出手机给姚睫打电话。她关机了，看来是真"走"了。至于为什么走，我也是能够理解的：假如她喜欢我，茉莉的到来让她觉得自己是个局外人；假如她不喜欢我，就更没必要和我这样一个家伙胡搅在一起了。她还年轻，还有能够像画卷一样展开的新生活，而我已经是意志消沉的代表了。对于姚睫的走，我很支持、很赞成，我觉得有志青年就应该这样——假如她是 21 世纪的林道静，那么我比余永泽要通情达理得多。但是我心里仍然很落寞，这感觉比当初茉莉离开我的时候还要真切。此后的几天，我又开始重复过去的习惯，隔三岔五就会拨一次她的电话，听到代表中国移动的那娘们儿沉稳地告诉我"您拨打的电话已关机"之后，我的心里就会踏实下来。等到下次再难受，就再打一遍，然后再用劝过自己无数遍的道理自我开导一番。

直到有一天，电话通了。我反而像闯了大祸，赶紧按了取消键。隔了十来分钟之后，姚睫回了过来："……有事儿么？"

"没事儿。"我说，"就是问问你怎么样。"

"挺好的。"她说，"我离开北京了，在青岛找了个工作。"

"做什么？橱窗设计么？"

"你说对了。"

"恭喜你。"

"谢谢你。"

"你……好好过。"

"好好过。"

然后，我们不约而同地道别，挂了电话。再见到那张桃儿脸，已经是几年以后了。

北太平庄

在大多数男人眼里，我这种人肯定算得上是一个标准的无耻之徒：不求上进，混吃等死，寄生在一个勤劳的国度却热衷于以最尖酸刻薄的言辞来侮辱那些勤劳的人——借此显示自己的卓尔不群。这30多年，我的生活基本上由三个部分组成：啃老、吃软饭、充当流氓资本家的帮闲。

还好，极少数聪慧、美好的女性是了解我的。对于她们，我也不惮于袒露心扉：鄙人其实还怀揣着一个幼稚的、个人英雄主义的理想。身为凡人，在当今的世道，我固然没能力也没机会上马安天下，提笔定乾坤，但理想本身并没有什么值得嘲笑的。在不危害社会、也不伤害别人的前提下，我希望自己过得潇洒一点儿——其中包括执意单身。姑娘们已经给了我足够的欣赏和宽容，我也不能耽误人家呀。

作为一个卑微的个人英雄主义者，我的潜意识还隐隐期望日子不要像眼下这样平庸、烦琐，希望生活里能够有点儿小刺激。

非常幸运，在和茉莉、姚睫都断了线之后，我的期望实现了——也差点儿把我给毁了。

在此后的一年多里，我发扬了难能可贵的、对于本人来说简直是奇迹的实干精神，把"茉莉咖啡馆"开了起来。这毕竟是我答应了茉莉的事情。因为我拒绝和她一起生活，伤了她的心（茉莉很坚强，没有表现出来这一点，但我感受得到），所以开店这事儿对我来说就有了近乎赎罪的意味。这一次，我没有瞻前顾后，以"尚未考虑周全"为借口拖延下去，而是说干就干，迅速在北太平庄附近的一条胡同里租了一间门脸房。那地方挺安静，地处北京师范大学的北门外，不临街却也足够显眼。房主是一个退休的会计师，曾经帮助一家来路可疑的公司上了市并从中斩获颇丰，如今刚在昌平买了套别墅，准备养老了。

"我也不指着房租赚钱，就希望找个踏踏实实的主儿，别一天到晚给我找事儿。我们对门那家，上个月刚被警察……"那个长得很像菲律宾前总统夫人马科斯的富婆抬了抬金边眼镜说。

我对她说："您是担心我收容妇女卖淫么？放心，我没那么野的路子。"

尽管一再声称"不在乎那俩小钱儿"，但房主还是把价钱一口咬定在每年12万，一分钱不能再少，而且还得一次付清。她告诉我说，这边"就是这个价钱"，如果便宜了我，会在其他房主中激起公愤的。这时我就能理解对门那家发廊为什么会铤而走险了，光给客人洗那些法律允许洗的地方，猴年马月也洗不出那么多钱来。但想想南锣鼓巷和平安大街的价格更贵，而这边挨着学校，客流还算密集，我就一咬牙答应了。我大概估算了一下，假如在上客的点儿没有空桌，翻台也稍微频繁一点的话，还是有得赚的。咖啡虽然不是一个你想涨价就涨价的东西，但眼下的毛利还是比汽油高点儿。

茉莉留给我的"启动资金"总共不到30万，这在当年还是一笔挺大的钱，很多人挣到这个数儿就开始琢磨纳妾了；但放在这两年的物价里衡量，也仅仅够当个小业主的。我租下房子，到务工市场找了几个冒充江苏师傅的安徽人，让他们按照纽约一家咖啡馆的样式装修。装修的图纸和照片还是茉莉本人从大洋彼岸寄过来的，以她下班后常去的一家东欧人开的咖啡馆为样本。如此赤裸地翻版人家的创意，我觉得非常不好意思，但茉莉写信坚持建议我这样做："这样一来，我再到美国的这家店时，就会觉得自己身在北京。"这话又让我伤感了一会子，并且再次体会到了茉莉人在异乡的孤独。我甚而预感到，茉莉又会对我倾诉些什么了。但是茉莉毕竟是茉莉，她仅仅感时伤怀了这么一小下，就不再理我了。直到我把装修好的图片发给她这个"出资人"审阅，她才回了一封简短的信，对我表示欣慰。她很忙吗？她决意忘了我这个人吗？假如是这样，我也对她表示欣慰。

安徽工匠的复制能力极强，他们把两间中国平房活生生地装修成了北美风格；就算找不到原版里那么大张橡树原木的吧台，他们也有本事用大芯板贴皮仿造一个。当然，面积的缺陷是没人能弥补得了的。茉莉给我看的那家咖啡馆足有200平米，我的连人家的四分之一都不到，因此到头来只能求其大意。由于规模所限，我们也就不算是彻头彻尾的抄袭了——"具体而微者也"。

刷完最后一层漆之后，我去买了一台长相酷似某种刑具的多功能咖啡机，此外还有厨房里的全套用具。这时我才想起来，想要经营某些类型的进口饮料，还得到有关部门办个许可证；而这个过程的繁琐程度，几乎比再开一家咖啡馆都费劲。橱窗后面的经办人翻着白眼对我说："早干嘛去了？等明年再说吧。"无可奈何，我只好采用了最简单粗暴的办法：托 b 哥找了个卫生局的熟人，给丫塞了几千块钱。没三天，证儿就下来了。万事俱备，我只差两个面貌纯良的服务员。原来的意思是打算让 b 哥那个胖乎乎的小老乡在我这儿干的，但是我刚提出这个建议，已经搬回小院儿住的 b 哥就愤怒地说："那我怎么办？"

说得好像这两个人已经开始通奸了似的，而在外人看起来，他们一定是在通奸——否则怎么就无缘无故地住在了一个院子里？许多邻居甚至风传小妹子是 b 哥买来的呆傻性奴。依照 b 哥这人以前的生活状态而言，假如不取消流氓罪的话，把他抓进去关个十年八年也不冤枉。但这一次，我可以作证，他和小妹子还是很干净的。因为有一天早上，我到他那儿吃早饭，听到他在破口大骂一个叫"陈勃"的人："你妈的陈勃，我操你妈陈勃。"

"打丫陈勃，"我接过小妹子递过来的油条，起哄道，"对了陈勃是谁啊？"

b 哥深沉地对我解释："晨勃是一种生理现象。"

接着，他晃了晃手里的日本色情杂志："苍井空也帮不了我了。哥们儿瘘掉啦。"

"恭喜你。"

"共勉吧。"

我的看法是，b哥裤裆里的那东西早年作孽过多，因而被上苍收去了腾挪变化的能力。他则自然而然地将病因归咎到做噩梦这件事上。他认为，噩梦严重地伤害了他的精神系统，导致了他的阳痿。于是，b哥按照公共汽车车身广告的指引，跑了好几家男科医院；中西医都试过了，有一阵吃虎鞭就像吃萝卜一样，但是一点好转也没有——还是软的。而男人一旦确认自己是一个阳痿，就会自觉地羸弱下去——尽管这厮仍然能吃得下两海碗烩面，仍然能抡着砖头追打邻居家的狗；但在潜意识中，他已经是一个不可救药的病人了。他开始哀鸣、瘫软、往额头上贴狗皮膏药，成天躺在摇椅上长吁短叹。天气刚刚转凉，他就往身上盖了条大红毯子。"以后我要用一个残疾人的标准来要求自己了。"他对我说，"上下两根管子，上面的吃流食，下面的排尿。"这样一个状态，身边自然离不了一个随身伺候的人了。而考虑到此人财大气粗，一般人还真不能胜任；谁知道哪天就谋财害命，把他药死了呢。只有那个小妹子比较合适，说她傻也好，有慧根也好，总之绝不像个贪财的人。这两人居然过出了相依为命的味道。

而我咖啡馆招来的两个服务员，说来也是因为缘分。一个男孩是个跛子，他原来干的是送水工。我见到这孩子的时候，他正骑着一辆三轮车，拉着几桶矿泉水从胡同里穿过。因为腿一条长、一条短，车也就骑得一下快、一下慢。快到街口的时候，侧面来了一辆汽车，把三轮车撞翻了。水桶破裂，路面登时成了一片汪洋，而这男孩还在一步大、一步小地追逐一只幸存的水桶。那辆汽车的前灯被撞裂了，司机跳下来揪住他，逼他给水站打电话、索赔。水站问了问车灯的价钱，当机立断把男孩开除了。司机认为自己吃了大亏，气急败坏地要揍那孩子，被我拦住了。我给了司机几百块钱，问男孩愿不愿意当服务员。男孩表示，他一定会勤学苦练，掌握在颠簸中把盘子端稳的技术。

另一个女服务员，以前是保姆，伺候一个七十多岁的离休老干部。那老头儿因为下巴合不上，常年流口水，所以必须在胸前罩一副围嘴，模样非常返老还童。而就是这么一个老头儿，每次保姆经过他身边的时候，都要雁过拔毛地摸上一把——有的时候摸屁股，有的时候摸大腿。小姑娘一叫，他却又要做出和蔼的模样："怎么啦，脖子里钻进虫子了吗？"有时还要一脸严肃地抖抖手里的《参考消息》说："不要打搅我思考国际形势。"然而，这还不是保姆受不了的原因，令她最终崩溃的是那家老太太的态度。当这姑娘向她控诉的时候，老太太一边看着电视剧《激情燃烧的岁月》，一边嗑着瓜子通情达理地说："男的上了年纪，也就这点儿本事啦。我是看开了，没什么意见，你多担待担待就行了。"

小姑娘担待不了，就卷了铺盖卷从干休所跑出来，坐在路边哭。正好我回部队大院的家里搬几幅装饰画，就把她一起带了回去。

咖啡馆开张的时候，倒是声势浩大。甭管关系好不好，我把以前的同学朋友全请了过来，招待那帮孙子白吃白喝了一顿。马流氓还找了几个真假难辨的记者，煞有介事地举着相机拍摄，说会登到《精品购物指南》的"美食休闲版"上。后来我在那报纸彩页的肉山肉海里找了仨月，也没找到"茉莉咖啡馆"的名字。这种场合里的亮点自然还是b哥喽，这厮居然真的坐着轮椅来了，由那个愣磕磕的小妹子推着，频频向群众招手。旁人问我这是谁，

我都回答："中国瘫联副主席。"

托了这些狐朋狗友的福，头一段时间生意还算不错。我虽然并不精通咖啡的门道，但是恪守了起码的职业道德，决不用"雀巢"的速溶产品冒充"哥伦比亚"来骗人。每天晚上一开窗，都会有一些已经在后海喝高了的路人嗅着香味儿进来歇歇脚。另外一些顾客，就是师范大学的学生了。他们来这里约会、过生日、临近考试的时候还会霸占一张桌子，摊开课本，通宵抱佛脚。尽管学生常常点最便宜的软饮料，但是我也从来没轰过他们，反而还请他们吃奶酪蛋糕。而比较大单的买卖，还得数一些小公司的包场。b哥和马流氓都给我介绍过一些，有的是做产品推广，有的是工会组织的"扑克牌大赛"。有那么两次，一个曾经在中俄边境窜来窜去的二道贩子居然把"招聘会"也开进了我的咖啡馆，面试那些漂泊在北京的俄罗斯野模，弄得满屋子都是香水和羊膻味儿。

"真应该给你们准备一钢管儿。"我打量着"娜塔莎"和"冬妮娅"们白晃晃的大腿说。

"我们这次要五个，明天就装车皮，拉到广东的夜店。"那个改行贩卖人口的家伙说，"男人越矮的地方洋马越吃香。"

当然，我这儿承接的大部分公共活动还是比较高雅的，比如说出版公司的新书发布会，或者某青年诗人的朗诵会什么的。那种场合，来的都是一些劲儿劲儿的年轻人，男的带黑边眼镜，女的披头散发头上插朵大红花，俨然台湾女作家三毛或泸沽湖女作家杨二车娜姆。干这行的姑娘们特别喜欢这样介绍自己："我注定是孤独的女子、容易受伤的女子、执迷于文字的女子……"

"一看就是那种智商较低，很容易遭到诱奸然后被抛弃的女

242

子。"b哥坐在轮椅上笑眯眯地点评她们。

"这么大岁数的人了也不厚道点儿。"我指责他。

"你好像厚道多了。"

"我这是在商言商。"当一个"女子"朗诵完一段只有句号没有逗号、大喘气风格的抒情散文后，我使劲儿鼓掌，还带头管那姑娘要签名。

"你的笔名一定是安妮宝贝吧？"我问她。

"不不，没那么有名。"那姑娘紧张地揪着自己的蜡染裙子，"我的笔名叫'开封洛神'。"

"开封好开封好，再不开就沤馊了。"

那段时间，我母亲打过来好几个电话，希望我到海南去住些日子，把明年的春节也陪着他们一起过了。我则大大咧咧地回绝她："你儿子现在忙得很，当老板了。"

我母亲劝我："可别投机倒把，也别让人骗了。"

她又详细地问了我很多琐碎的问题，比如多少钱进货，多少钱零售，每个服务员多少钱工资，等等。我烦躁地一言以蔽之："我又不是蠢货。"

为了证明我确实走在发财的路上，当她提起想在海南换一套更大的海景房、在那边养老的时候，我毫不犹豫地把手头所有的现金奉献了出去。后来想想，当时那么做无疑是太托大了，那种自信得近乎轻狂的劲头简直像个刚开始"创业"的大学生。但我的孝心总算得到了回报，我母亲专门给我打电话，沉吟了一会儿说："我们是不是应该……"

"别提谢，咱们多少年的交情了。"

"不不，我和你爸爸商量，是不是应该对你道个歉。你小时候，我们确实表现得专横了一点，直到你结了婚都一直反对你想干的事儿……"

她突然这么说，让我鼻子一酸。我说："别说这个了，还是我混蛋。您想让我干的事儿，我也不是不喜欢……只不过现在都晚了……"

"现在挺好就行。"

但是没过太长时间，我就很自私地心疼起那笔孝敬给父母的钱来。事实再次证明，我连当个爹妈眼里的好儿子的能力都没有。咖啡馆的生意只好了不到半年，随即急转直下。当入不敷出的时候，我发现自己已经回天乏力了。

生意不好的原因非常简单：我的咖啡馆开业之后，正好赶上"星巴克"和"科斯塔"在中国展开了一轮势头强劲的扩张。过去它们只在国贸和王府井等核心区域的大商场开店，现在则逐步渗透，颇有在数量上赶超"肯德基"之势。连我们那条胡同的斜对面，都盛大开张了一家"星巴克"连锁店。尽管很多人费尽心力地向国人指出，"星巴克"只是一家低档的、工业化的连锁企业，丝毫不能"彰显一个城市新贵的品位"，但就连我都觉得这种说辞没有说服力。平心而论，我得承认人家的咖啡比我这边好得多——不光配方专业，而且成本控制得非常成功。巴西咖啡豆我卖100块钱一包都亏本，他们却还有得赚。在跨国巨头的挤压下，附近几家小资情调的店面纷纷倒闭，转眼变成了"庆丰包子铺"或"哎呀呀女生用品专卖"。我搞了两次"买一送一"的活动，又开辟了"20元随便喝"的项目，但也无济于事，只能像一个迅速过气儿的婊子一样哀叹："门前冷落鞍马稀呀。"

会计师房东前来视察时，一眼就看出了我举步维艰的现状。她劝我"船小好掉头"："这种装模作样的咖啡馆都在鼓楼那边扎堆。你在这边搞，再怎么折腾也没什么人气儿，不如趁早干点儿别的。你缓得过来的话对我也好，亏了本的门脸没人愿意租。"随后，她向我推荐了"服装出口转内销""红茶绿茶铁观音"等几个项目，还说自己认识不少供货商，可以介绍给我。这位阿姨倒是好心，但却被我毫不犹豫地拒绝了。"哥们儿是一知识分子，"我说，"不风雅，宁赔本。"这个态度把她气得够呛，说我"榆木脑袋""咎由自取"。

我也没再多解释。只有熟人才知道，这家店不是为我自己开的。假如说当年咖啡馆还是我梦寐以求的玩具，那么经过了后来那场婚变，它就成了我对茉莉的最后一个承诺。我仿佛也有了和茉莉一样的强迫症了，好像不把这件事折腾到山穷水尽的地步，自己就是一个全没心肝儿的人。我已经没钱没业没媳妇儿了，再没点儿心肝，那不如直接去死好了。b哥主动提出给我注点儿资，把最艰难的时刻撑过去，也被我粗暴地拒绝了："别的事儿我能吃你的、用你的，这个事儿不一样。"

当然，我打定主意硬撑下去，也不是毫无理智。希望寄托在两个因素上：第一，"星巴克"这样的连锁店在哪儿都有，咖啡的品种也比较模式化；如果我能开辟出"一招鲜"，兴许能抢过来一小批顾客。第二，据说临近的一条街道快改造了，到时会变成正经八百的餐饮一条街。如果能熬到那一天的话，我们这边的客流无疑会大大增加，就是卖狗屎都能赚钱。

本着这个想法，我找到了以前曾经"使用"过我的那个平面模特。我记得她曾经给一家云南的咖啡厂拍过广告，至今仍有几张"大脸"照片屹立在通往大理和丽江的高速路口。假如能以较低的价格拿下那类产品的代理权，店里的生意或许会有转机。云南咖啡的品质虽然远不如南美货，但是好歹比较少见，在北京卖起来，短时间内想必能招徕一些旅游爱好者。

"哟，我还以为你把我忘了呢。"那姑娘接了电话，抑扬顿挫地责怪我。

她这么一说，我都不好意思谈买卖的事儿了。我只好打个哈哈说："一直特想知道你过得怎么样，又怕打搅你的家庭生活。"

"家庭生活挺正常的——正常的单亲家庭。"她脆生生地说，"早知道那人那么操蛋，还不如当初找一流氓呢，比如说你。"

"您过奖。"我说，"你先生不像那种人呀……"

"知人知面不知心。跟你说那人太没劲了，都结了婚了还什么都要明算账，恨不得买盒避孕套都得 AA 制；人还口口声声跟我说，国外回来的人都这样……"

"然后就……"

"然后就没买避孕套，然后我就怀孕了，然后他就趁我大肚子的时候到外面乱搞去了，然后我就把房子存款都扣下让他净身出户滚他娘的蛋了，然后我儿子小名就叫 AA 了。"

我耐心地听她骂了半个钟头街，然后才在商言商地问她代理云南咖啡的事。单亲妈妈很痛快地答应了："包在我身上。那公司的经理睡过我，欠着我一笔肉债呢。"

在她的指引下，我给云南那位从未谋面、但有着同靴之谊的农场主打了电话，很快以两万多块钱的低价拿到了"西城区独家代理权"。而再给单亲妈妈打电话致谢的时候，她则直截了当地说："现在我的肉债转嫁到你身上了。虽然是三角债，但是并不乱。你想想，他欠我的、你欠他的，所以你又欠我的了……"

"你的意思是？"

"我儿子睡了，你过来让我使用使用你吧。"她开心地说，"我刚洗完澡，香着呢。"

我小小地激动了一下，并不是为她那身咯吱咯吱洗干净了的肉，而是为了时过境迁，人家却仍然看得起我。这是不是说明：我虽然是一个老男人了，但却并未大幅贬值呢？让人欣慰。

但我顿了顿："还是算了吧……肉债能用钱偿么？等我店里的生意好点儿，给你买个包儿得了。"

"怎么啦？看不上孩儿他妈了？"她不满地说，"要不就是……有伴儿了？"

我说："有伴儿了。"

电话那头儿静了一会儿："……有伴儿好呀，你也早该有个伴儿了。她干什么的？"

我也犹豫了片刻，接着说："刚毕业没两年的学生，挺上进的，在宜家商场当过售货员，同时自学橱窗设计，还爱好电影……"

"多好呀。"单亲妈妈的声音甜蜜起来，仿佛正在评价一部滥情电视剧的大结局，"这样的人最适合你了。"

"何以见得？"

"又单纯又独立，肯定还挺会照顾人的吧？"

"也没你说的那么好。"

"别身在福中不知福了你。"

"谢谢你这么捧她。"

我们像老朋友一样又寒暄了几句，最后我说："问 AA 好，等他再大点儿我给他买玩具车。"

挂了电话之后，我点上颗烟，趴在咖啡馆的吧台上数着过往的女青年：一个姑娘两条腿，两个姑娘四条腿……颇有几个面色白嫩，带点儿"婴儿肥"的，但却不像姚睫那样，一眼就能让人想起平谷大桃儿……我骤然忧伤了起来。从下定决心开咖啡馆到现在，已经过去了一年多的时间。因为忙，我成功杜绝了那种与"三张儿多的老爷们儿"不相称的小情小调。而现在是怎么了？我居然清晰而尖锐地想念起姚睫来。要知道，就是当年茉莉出国之后，我也没有这样挂念过她呀。姚睫当初说在青岛找了份儿工作，现在干得怎么样呢？她适应那边以牛羊肉和贝壳蛤蜊为主的饭菜么？她会不会找个高大黝黑的山东小伙子当男朋友呢？她还会想起董东风或者——我么？再构思一个俗不可耐的意象，她会不会一个人到栈桥去看海呢？

因为想她，我的鼻子直发酸。那个跛腿的服务员小伙子向我汇报库存的咖啡不多了，才把我从莫名其妙的忧伤里唤醒。"把剩下那点儿打五折处理了吧。"我说，"咱们换个地方进货。"

又一个拆迁工地

为了支付进货成本、员工工资以及各级管理部门的苛捐杂税，我把那辆雪佛兰卖给了一个专卖盗版光盘的河北农民。那人因为租房租到了电影学院附近，活活被熏陶成了业内的佼佼者。他不光对各位电影大师的代表作、历届"戛纳"的获奖电影如数家珍，甚至还能张嘴"长镜头"、闭嘴"蒙太奇"地和顾客们进行艺术探讨。作为一个在"电影圈儿"里混久了的人，他也不可避免地沾染上了许多专业人士的恶习。比如有一次，我挑了一摞好莱坞科幻片，他却深深地皱着眉头用叹息的口吻对我说："这不是艺术。"至于我的破车，这位仁兄也自有用途。随着或大或小的"影视城"和"拍摄基地"在华北平原上遍地开花，大批有志青年被发配到那里做场记、摄像和群众演员；这些人对于艺术电影的需求无疑是巨大的，而工作地点通常又没有宽带，无法从网络上非法下载。盗版盘贩子审时度势，果断地放弃了城里的零售业务，把几千张光盘塞进了后备厢，开始了他"送文化下乡"的奔波生涯。打听到他这么跑一趟的收益时，我也不禁自惭形秽：比开咖啡馆赚钱多了。

用卖车的钱进了一批云南咖啡，又给两个服务员补交了半年的社会保险，我的小店也得以苟延残喘了。不出所料，很多去过一次丽江就能回味半辈子的小白领慕名前来，喝着我们的新咖啡说："就是这个味儿。"为了投其所好，我索性在店里张贴了密密麻麻的云南风景画，又花200块钱买了几十斤洋铁皮，冒充"银器"摆在柜子上。店里一天到晚放的音乐也不是小提琴曲了，而是许巍的《蓝莲花》。

有一天，一个身高一米八、体重180、肩膀上裹了一副大披肩的姑娘盯了我一会儿，说："我在丽江的'四方街'见过你。"

我可从来没有去过那地方。疑惑地不置可否之后，我跑到卫生间去照镜子。结果我发现自己变得又黑又瘦，两颊都深深地塌下去了，乍一看好像嘴里没了牙。这无疑是长期操劳的结果，被人认作是一个奔波在高原上的"驴友"也不意外。

就这么勉力维持到那年秋天，夯地基的声音隆隆传来，我便眉开眼笑地过去观摩首都建设。早就听这片儿居民风传，隔壁那条街将要被规划成几栋全新的写字楼，现在谣言终于要变成现实了。钉子户们和拆迁公司的明争暗斗已经持续了很久，其间上演的不乏跳楼、喝农药乃至抱着煤气罐子冲击房管局这样的好戏。但随着房地产价格新一轮暴涨的预期在全社会达成了共识，拆迁款也一路飙升；眼瞅着将要造就一胡同的千万富翁，人民群众的怨气也就烟消云散了。开工这一天，居然没有人来闹事；在铲机挠儿机组成的机械方阵前，赫然只站了一个胖老头子。初冬将至，他却只穿着一件粗布对襟小褂，一身瓷实的肉被小北风吹得"半江瑟瑟半江红"，酷似一个旧时天桥上的"练家子"。围观的闲杂人等纷纷被他的气势镇住，期待着他表演一出"喉头戳铁枪"或者"胸口碎大石"。但是群众猜错了，胖老头子固然要献艺，却不是武戏。只见他"哗啦"一声，从缅裆裤里掏出硕大的一对竹板来，"啪啪"一打，开始说唱：

> 打竹板，庆拆迁，
> 百姓喜迎奥运年。
> 大高楼，真好看，
> 设施一应都齐全。
> 看北京，容貌变，
> 千年古都换新颜……

字正腔圆的开篇刚刚唱完，忽然又从各种车辆后面冲出一群老太太来。她们把自己抹得红的红、绿的绿，抖扇子的抖扇子、转手绢的转手绢，一发随着竹板的节奏舞动起来。胖老头子夹在中央，更加显得红光满面，一路 RAP 下去，还说到了上海合作组织、反恐战争的形式以及党的十七大。

直闹腾了十来分钟，才从街头跑过来一个小姑娘和一个小伙子。小姑娘举着个话筒，小伙子扛着台摄像机。不用问，这自然是北京电视台的某个"咱老百姓的节目"了，女记者娇嗔地喊道："大爷大爷，从头来。我们还没拍呢，您就说上了。"群众看得嘻嘻哈哈的，又有人揭发，这些老头老太太根本不是本地居民，而是拆迁公司从南城那片的"老年活动中心"雇来的："密云县统一改建化粪池的新闻里，也见过这帮老的。"而工地上的宣传队则丝毫不为所动，保持了良好的台风，一直说啊跳啊，等到女记者说"够了够了"，才笑眯眯地退场。

随后便有个大喇叭宣布开工，一阵汽油味儿飘过，奇形怪状的机械纷纷动了起来。因为是破土之日，喜庆的气氛非常重要，所以每辆工程车上都装了扩音器，播放的又是那一曲《北京颂歌》：

> 灿烂的朝霞，升起在金色的北京
> 庄严的乐曲，报道着祖国的黎明
> 啊，北京啊北京……

在这恢宏壮阔的音乐中，我则没出息地打着小算盘：如果能够咬牙坚持到商业区成形，咖啡馆的生意一定会有决定性的改观……好在房租交了三年的，离到期还有挺长时间，在此期间如果再使使劲儿，应该能撑得下去……而这么算计了一会儿，我的脑子突然空白了起来：好像什么都消失了，只剩下理直气壮的歌声在耳边无穷无尽地盘旋。但我却并不感到烦躁，反而有了一种前世今生之感。上一次听到这首歌曲是在什么时候呢？也是在拆迁工地的现场啊。那天姚睫无家可归了，我一路上都在琢磨，应该把她带到哪儿去……

就在这种神思恍惚的状态中，我出了事儿。出事儿的原因，倒也不是高空坠物或者被机器掀起来的碎砖乱瓦砸着了，大概是我眼花了吧。在街对面的人流中，我依稀看到了一张熟悉的脸——

又白又亮，挂着笑，那么像桃儿。

我的心登时狂跳起来：那是姚睫吗？她不是说到青岛去了么？难不成又回来了？我自己都没有想到，重新见到她会有那么激动。我和她之间到底藏着什么样的一种情绪呢？按理说，茉莉才应该是在我心里留下烙印最深的女人呀，我毕竟爱过她、伤过她，她也爱过我、伤过我，我们在一起生活了那么多年……可是姚睫，这个至今仍不算多么熟识的姑娘，她只要一出现，就能让我眼里的世界变了模样——如此晴朗、明媚、新鲜。啊，这不是我一直想要的世界吗？姚睫真神奇。

我再次觉得自己亏欠了茉莉，同时不由自主地往街对面走过去。那个"姚睫"已经转过了身，往不远处的立交桥方向走去；穿过那桥，就是地铁站了……我加快脚步，想叫她一声；但嗓子里就像塞了什么东西，再也发不出声音来……然后，我眼前一花，随后感到自己迅速变矮，最后平视的东西竟然是一个路人脚上穿的"匡威"牌运动鞋。大团黑暗涌进我的眼睛，随后是脑袋。我在头顶上的一片惊呼中不省人事了。

这起事故对于北京这么大的城市来说，真是普通得不能再普通。那个下水道井盖，不知是因为拆迁改造的需要被暂时移开了，还是被哪个犯了酒瘾的小混混卖到了垃圾站，反正已经消失很长时间了。稍微有点儿眼力见儿的人无不绕道而行。而根据目击者的描述，我就像丢了魂儿，愣愣磕磕地直奔那个大洞而去，旋即消失。

事故的后果对我个人来说倒是非常惨烈。那个洞穴是口枯井——用崔健的话讲，那真是"越深越美"——径直摔折了我的一条腿，下半身也麻木了好长一段日子。好在紧邻工地，救援非常方便。民警居然叫了一辆挖掘机来，又找了两个小伙子钻到井下，用钢丝绳把我捆得牢牢的。上面问下面："好没好？"下面答上面："好啦。"然后挖掘机一用劲，那个两米见宽的大勺子便高高地扬起来、扬起来，我便像一只肉粽一样被吊到了半空中。这真是一个工业文明的奇观。因为这一景，我这个寻常的倒霉蛋也有了新闻价值；两个路过的记者掏出相机，"咔嚓咔嚓"地拍起照来。非常巧，这则新闻被登在了马流氓工作的那家报纸上。新闻的题目则引用了侯宝林大师的名言：我掉沟里了。幸亏当时我已昏厥，脸耷拉着并未上镜，否则丢人可就丢大了。

不过也幸亏上了报，我的医疗费用才有了着落。b哥和马流氓带着报纸，气势汹汹地去找那条街的施工单位算账，一口咬定是因为拆迁才造成的井盖遗失。那个部门刚开始并不认账，但是架不住这俩人死缠烂打；兼之拆迁问题变得越来越敏感，已经禁不起北京市民再折腾了。于是，单位便派了一个工会主席，拎着几斤香蕉来看我。我一边往嘴里塞着香蕉，一边含混不清地和那个胖男人讨价还价。腿折了倒是小事儿，关键是身体半边麻木这个症状，当时显得很可怕——拍了好几次片子也找不出病因。医生就笼统地说，可能是脊椎受到冲击所致，并建议我开始阅读吴运铎、张海迪、桑兰等人的传记。这种不负责任的态度让我很焦虑，拍着床板对工会主席狂吼："去给我买轮椅去，我要电动的那种！"

我这种疯狂的样子也把对方吓坏了。他们为了息事宁人，答应承担我的治疗费用，并且同意给我在北京郊区找一家疗养院，调理一段时间。马流氓还建议我一口咬定现金赔偿，但施工方也实话实说了："我们这儿的资金基本都搭进拆迁款里去了——你不知道北京的穷人如果有机会乍富，要起价来会有多么疯狂。你要是非得要钱，那就只能上法院了，而且得由你举证，真不好说打得赢打不赢。"

听他这么说，我琢磨了一下，确实也有道理。于是，我便坦然地泡起了病号，同时忐忑地琢磨自己什么时候会突然瘫痪。腿上还打着石膏，我便被人用轮椅推到了城市北边的那所疗养院。这地方是我自己挑的。

当初治疗董太太的那个医生看到我，吃了一惊："你怎么会变成这样——给我根儿烟抽。"

"世事多变。"我掏出烟来递给他，"现在媳妇儿还管你抽烟呢？"

"女的就是死性，你跟她们没法儿讲道理，哪天把我逼急了——"他点上烟，恶狠狠地长吸一口，"哥们儿就改抽白面儿去。"

询问过我的情况后，他大为不解地说："你怎么选了这么一个地方，我们这儿以前是胸科，后来加了精神科，骨科护理一点儿经验也没有。"

"别的地方我也不熟，你们这儿环境不错。反正我也就是养着，隔三岔五喝个骨头汤就行。"我又指指自己的脑袋，"而且你不觉得，我的精神其实也有毛病么？来这儿挺合适的。"

"这年头儿谁脑袋里没病啊。"医生说了句饱含哲理的话。

疗养院面积不大，但因为地处偏远，又靠着凤凰岭景区，因而景色幽静。到了夜晚，更能给人深邃之感。说来我跟这地方还真是有缘分：最早来这儿看 b 哥，后来是董太太，如今自己也终于光荣入院了。我甚至隐隐感到，上天有意安排我在这里终老。

因为开咖啡馆，我这两年的日子过得挺忙叨，一下子闲下来还真不适应。需要坐轮椅的那些日子，我整天闷在屋里，像个老干部一样一边看报纸，一边对护士小姑娘发牢骚：

"他们这样做是要出大乱子的……这个问题，我不是没有指出过……"

"归根结底，这还是一个领导权的问题……不管上台的是黑猫白猫，耗子的日子反正是从来没好过……"

"为什么贪官都是情妇揪出来的？我们国家是不是应该立法，给每个局以上干部配备情妇——作为监督机制？"

护士小姑娘很同情我，认为我的脑子也摔傻了。她在心情好的时候，会推着我在院子里溜达两圈，呼吸一下新鲜空气；心情不好的时候，则会完全把我忘了，连饭都懒得送。

腿好了一点，腰也没那么麻了之后，我就摆脱了轮椅，借助双拐在疗养院附近转悠起来。北京北部多山，公路上有很多上下坡，对于一个残疾状态中的人来说，行路之难可想而知。但是我锲而不舍，常常耗时一整天，一步一步地"走"上几公里，看一眼苍翠的燕山山脉，然后再缓慢地挪回去。在空无一人的公路上，我的形象一定显得特别坚韧不拔、特别有信仰。有一天，我正在撑拐，一辆满载乘客的旅行大轿子车从后面缓缓开来，车上是一群花花绿绿的年轻人。他们看见我，大惊小怪地咋呼了几句，又开始集体大合唱："他说风雨中这点痛算什么……"我仰头骂他们，他们则把水果皮、饮料罐向我扔来。大轿子车渐行渐远，一路歌声仍在飞扬："至少我们还有梦……"

拄拐漫游把我的腋下磨出了一层老茧，也充分锻炼了我的肱二头肌。虽然这让我在很长时间内都显得头重脚轻，但是除此之外，我实在没什么事情可做。出了那起事故，我已无法拖着半残之躯去维持那个半死不活的咖啡馆了，对这事儿的态度也不得不豁达起来：既然我曾经把它开起来过，对茉莉、对自己都算是有了个"交代"，那么又何必在乎能开多久呢？我这么劝自己：事实已经证明，我在这方面并不在行，死皮赖脸地强撑着也没什么意义；我已经强迫自己学会了"尽人事"，现在应该发扬长期以来的另一个优点了，也就是"听天命"。

跛腿小伙子打电话来，问我还要不要继续开张。我说："随你们便吧。你们要找着好工作就走人，顺便帮我把'店铺转让'的告示贴上。"

过了几天，果然有不少人打电话来，表示有意接手店面。这些家伙有开服装店的，有做办公器材专营的，也有卖音响器材的。由于看中了那块地方的"发展前景"，不少人还甘心出高价转租呢。但这个时候，我却又钻起了牛角尖，对他们宣布：我的条件有两个，一是不能改变经营类型，还得接着开咖啡馆，而且名字必须得叫"茉莉"；二是店内的装修摆设一概不许改变。

这个要求在那些生意人看来，无疑是精神出了毛病。"您图什么呀？"一个浙江二道贩子愤慨地问我。

"不图什么。我脑袋被磕坏了行么？"我干脆地回答他。

就连房东也替我着急。她先委婉地表示，我是一个不折不扣的大傻逼；然后又对我晓以利害：如果再不出手，等到三年的租约合同正式到期，肯定会血本无归。而到那时候，房子将由她来找下家，她可不会帮我保留什么"茉莉咖啡馆"。

"那我也认了。"我执拗地说，"我就得把这个招牌挂下去。"

这么说的时候，我的感觉相当悲壮：茉莉啊茉莉，你看到了么？鄙人虽然无能，但也可以成为一个持之以恒的人。甚而，这已经不是我对茉莉的承诺问题了，而是我那小小的个人英雄主义的又一次迸发：哥们儿就是死扛到底了，怎么着吧？这年头，聪明人满街乱窜，有几个敢撞南墙的啊？有几个能够为了非功利、无理性目的折腾到山穷水尽的啊？现在起码有一个了——我。

因此，当房东直接说出"你是一个大傻逼"的时候，我还觉得挺光荣的。

刚开始住院的时候，还有不少隔三岔五人来看我，很多在咖啡馆赊过账的家伙都假惺惺地给我拎来了香蕉苹果大鸭梨。后来听说我不想开店了，他们便像商量好了似的集体消失，留下了一抽屉白条儿。到最后，能够来一趟的，只剩下了 b 哥和他的老乡小妹子。就连马流氓都从报社捞了个外派香港的名额，满嘴鸟语地拍屁股走人了。

说实话，每当看到我的老朋友 b 哥，我就觉得应该住在这间疗养院里的人其实是他——这人才是不折不扣的精神有毛病呢。自从开始做噩梦，他已经搬了好几次家，捐了几十万功德钱，还把国内有点儿名气的神棍轮番请来做过"法事"。但是到头来，噩梦不仅没有好转，反而愈演愈烈了。他甚至患上了睡眠恐惧症——常常困得口水都流出来了，还要一杯一杯地给自己灌咖啡。因为他知道，只要一闭眼，迎接他的就是老虎凳、辣椒水。长期的折磨让他眼泡肿大、面色干黄、双手发抖，而且就连说话也逻辑不清了。和他待在一块儿，我们常常是坐在花坛上，一人夹着一颗香烟，像痴呆一样望着远山。有人说，男人越老越爱怀旧，这话的确是真理。大学时一块儿干过的那些烂事儿，被我们翻来覆去地念叨了无数遍，嘴上都长茧子了。

"哲学系那个师姐，穿得真是太骚了……"

"是啊，那时候真应该按了她。"

"那次揍咱们系学生会主席的时候谁先动手的？"

"肯定是你，你擅长飞腿。"

毫无激情，琐碎不堪。这样的回忆也让我再次意识到，自己这小半辈子过得是多么琐碎、无聊、下作。当年我们就是一对百无聊赖的难兄难弟，现在一个发了财、一个离了婚，荒唐事也都经了不少，到头来却还是一对百无聊赖的难兄难弟。生活是多么让人绝望啊。而在我们干巴巴地说着车轱辘话的时候，那个小妹子便冷着眼、无限鄙夷地看着我们。这个眼神真是太恰当了，我觉得我们就应该被人唾弃。

有一天，她突然吼叫了一声："真没劲。"

"什么没劲？我们没劲吗？"b哥笑着点上颗烟，"你算是说对了，我们本来就没劲。"

"不光是你们没劲。"

"那还有什么没劲？"

"北京也没劲。"

"对对对。"b哥难得开朗了起来，像发现了一个真理似地说，

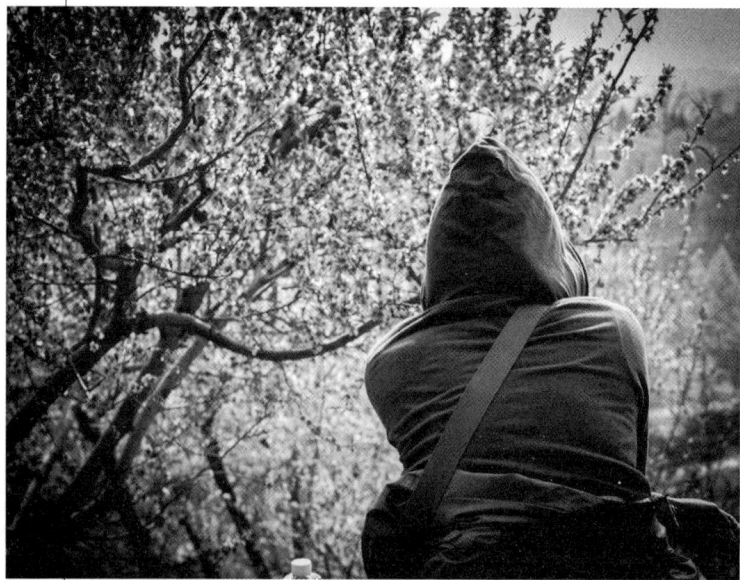

"是北京这个地方没劲，我们才变得没劲的。哪天逼急了我也走……"

"走哪儿？"我问他。

"还用问走哪儿么？喂马劈柴，周游他妈世界去。"

"你说真的？"

"真的。"b哥说，"我是有点儿待腻了。"

我嘴上打个哈哈，心里却忽然感到一阵茫然：茉莉走了，董东风走了，姚睫呢？"掉沟里"那天，我应该是看错人了，她早就走了吧。就连我父母，都已经在海南住了几年多没回来了。现在b哥也动了这种心思，他如果走了，我在这个地方还有能说得上话的人么？巨大的、拥有一千多万人口的北京，对于我来说竟然要变成一座空城了。

"人去城空"的念头让我倍感失落。尽管我自认为不是"怡红公子"那种情感上的群居动物，喜聚不喜散的倾向并不那么极端；但面对如此凄凉的前景，却也难以自禁地痛苦起来。我并没有众叛亲离，却落了个孑然一身，冤呐。但让我没想到的是，抑郁的精神状态反而加剧了我的孤独。这是一个恶性循环：我因为害怕孤独而抑郁，却又因为抑郁而不想与人交往了。或者说在潜意识中，我正在锻炼自己适应独自一人的生活——就像有些人怕死怕到极致，往往会主动选择一劳永逸的自杀，因为他们不想再担惊受怕了。这个世界上有很多离群索居的人，他们也都像我一样，曾经有过咧着嘴傻笑的好年月。而在这些孤独者中，有些人是慢慢磨砺而成的；有些则是突然决定与原来的生活断绝关系，其过程类似于佛家的"顿悟"——我想我应该属于后者。

刚住进医院的那段日子，医生有时值夜班，常会找我来杀两盘象棋。现如今，我主动结束了这种定期的手谈活动："我想睡觉了。"就连ｂ哥再来找我，我也总是沉默以对。那年入冬之后的某一天，ｂ哥干巴巴地在我的房间里静坐了半个小时，突然问："你是不是烦我了？"

"没有。"我鼓足劲儿，像过去一样嘲讽他一句，"你的口气很像一个失了宠的同性恋。"

ｂ哥很认真地告诉我："这半年，你的性子变了不少。"

"也就是沉默寡言了一点儿吧……"

"不止沉默寡言，"他悲哀地说，"简直是了无生趣。"

"你算是说对了。"我说，"我累了，折腾够了，觉得什么都没劲了。"

"我得劝你一句：自负人生二百年，会当击水……"

"别用励志讲座上的套话忽悠我。"我反而认真地劝起ｂ哥来，"我承认我是消沉了点儿，不过我犯法了么？我谁也没招、谁也没惹，并未触犯任何公序良俗啊。谁告诉你生活必须积极的？你太幼稚了你，简直像个高中团支部书记……当然了，想活得出彩儿也是你的自由，你不是想出门上路看看广阔天地么？要走赶紧走，千万别被我带坏了。当心点儿，精神病也传染。"

事后想想，ｂ哥也许是受了我这番话的刺激，才变成一个职业旅行家的。由此上溯十几年，让我们来总结一下此人在北京的生涯吧——可以分为三个阶段。第一个阶段，他是一个从河南农村来的土流氓，怀揣一腔雄心壮志，浑身上下洋溢着力比多；他像没头苍蝇一样四处乱碰，涉足过好几种存在着一夜暴富可能性的行业，也糟蹋过相同数量的姑娘。第二个阶段，他终于如愿以偿，变成了一个厚颜无耻的资本家。可惜这个时候，他的身边就没什么姑娘了，只剩下一堆破鞋。有一次，我在一个酒吧听过北京地下音乐界的"配乐诗朗诵"，其中有这么两句：

> 厕所里躲着戏果儿，洋酒就着鸭脖儿
>
> 小明星大模特，陪着老 b 坐在雅座儿

写得真是太贴切了。那一瞬间，我觉得歌儿里的"老 b"就是我亲爱的 b 哥。而第三个阶段，这厮却出人意料地摇身一变，成了《在路上》里的超凡脱俗之士。只不过与他同行的并不是吸毒酗酒的嬉皮士，而是一个肉乎乎、傻乎乎的河南小妹子。上路之前，b 哥问她："你说去哪儿？"

小妹子说："先到俺老家。"

b 哥就开上他的捷豹车，开始了疯狂的全国漫游之旅。他们先到了河南新郑龙王乡，去听小妹子的舅姥姥背了段儿毛主席语录；然后 b 哥过家门而不入，转道南下，经湖北湖南进入广东，再从广东前往云南。这一路上，他们没走高速，没去任何景点，住也只住荒村野店。用 b 哥的话说，他只想看"人和人过的日子"，连照片都懒得拍。

这无疑是最不功利的、为了旅行而进行的旅行。在湘西的山路上，他们被一伙儿车匪路霸用弹弓打碎了前挡风玻璃，一路狂飙被风吹得嘴都歪了才侥幸逃生；在广东，他们经历了一次长达三天的大堵车，因为一座刚修好的大桥居然被风吹倒了；到了云南，

捷豹车因为忘了换机油而趴了窝，附近村里的老乡就用牛把他们拉到了县城。

坐在牛拉的汽车上，b哥给我打了个电话，让我听窗外人和牲畜叫响成一片的声音："这他妈的就是人民，这他妈的就是生活！"

听得出来，他非常激动，甚至已经热泪盈眶，一副"终于找到人生意义"的口气。但我却听得索然无味，对他说："哪儿的人民都是人民，谁的生活不是生活。"

"不要这么扫兴嘛。我还得跟你分享一个好消息。真是怪了，自从开始上路，我就不做噩梦了，睡得特别香。现在才发现，我天生就应该是一个在路上的人……"

"恭喜你。"我由衷地说，然后又道，"我也跟你分享一个好消息吧：他们正式怀疑我精神出了毛病。"

"这么晚才发现？"b哥有点无所适从地嘟囔，"我早看出你不正常了。"

根据医生的判断，我眼下的精神状态已经属于典型的抑郁症先兆。他用科普工作者的口气，向我普及这种"疾病"的相关知识："其实也没什么丢人的，要按西方的观点，相当一部分中国人都是'神经病'。只不过咱们这个国家没有关注精神健康的传统，越有毛病的人活得越他妈的坦然……当然了，现在提醒你也绝对有必要。因为这病一旦发展到深层次，也属于不治之症。就在前一阵，我的一个女病人差点儿从20层楼上跳下去。她根本没经过深思熟虑，纯属突然发作就不想活了，据说当时头脑完全没有意识，痴痴傻傻地往窗户旁边走……幸亏她们家的猫趴在阳台上。她踩了猫尾巴，猫叫了一声，才把她'叫'了回来。还有一个男病人就得手了，只不过还连累了别人，把老婆孩子外带一个保姆都宰了……"

在医生的理论里，大部分死于自戕的文化名人身上都能找到精神疾病的影子：屈原、陀思妥耶夫斯基、贝多芬、海明威……尤其是海明威。医生认为，此人毕生都在有意识地和抑郁症做斗争，《老人与海》也完全可以被视为一部"自欺欺人的心灵鸡汤"。只不过这碗劲道十足的补药虽然激励得一代青年直流鼻血，但最终却没能救得了他自己。

"你要这么说我还挺光荣的。"我说，"不过我还有一个问题：按你们的标准，什么样的人才叫没病啊？比如说满街那些想钱想瞎了眼的——你们觉得他们精神特健康么？"

"那得具体情况具体分析，进了传销组织的那些人可能也是偏执狂……不过有一条，人家热爱生活，这就相对健康……"

"你要这么说，在病人和傻逼之间，我宁可当前者。"

一定有很多病人和医生强词夺理，因此人家根本懒得跟我矫情。不跟一个精神病讲道理，这恐怕也是医疗工作者的职业准则。而不用他明说，我也知道在他眼里，我的"致病原因"是什么了——肯定不是掉沟里被磕坏了脑袋这么简单，而是积少成多的社会因素：离婚、失业、一事无成还频频遭人鄙视、自己想干的事儿从来就没实现过……总之，我也承认自己是一个不折不扣的失败者、被生活抛弃的人。

"还是说点儿有用的吧。既然得了病，你觉得我应该怎么办？"我问他，"直接死去还是合法地吸毒——你能给我弄到麻醉品么？"

"远没到用药的份儿上。"医生说，"我觉得你应该赶紧从这儿出去，回到社会上，多认识点儿人，像模像样地把日子过下去，没准很快就自愈了。"

就这样，他们先宣布我是一个轻微精神病，然后又不负责任地把我从医院赶了出去——因为施工方结算的医疗费用已经到期。记得回家那天，刚好下起了入冬以来的第一场雪。北部山区的雪势尤其大，我背着一只帆布包走到医院门口，看见不远处的"凤凰岭"已经白皑皑的一片了。夏天，有不少人都走这条路去山里游玩或者到大觉寺喝茶；而眼下却静悄悄的，路面就像一条缎子。我抽了颗烟，缓缓地往山下的村口走去，到那儿去等公共汽车。我的脚印成了雪面上唯一的痕迹。

9字头的公共汽车走走滑滑，花了近两个小时才把我拉到城里。和郊区相反，北京市内的雪景是那么乱：满地泥泞，高楼的墙体斑驳，路边经常可以见到撞扁了前脸的汽车。考虑到这种天气，地铁里一定挤得要命，我在五棵松转乘了缓慢得多的1路汽车。回到公主坟的家里，已经快要天黑了。走进家属院的铁栅栏门时，一个上了年纪的邻居阿姨推着自行车，颤颤巍巍地走过来。我帮她把自行车搬过门底下的铁杠，她说谢谢，我也懒得答茬。

"什么时候出来的？"她突然问我。

"今天刚出来……"我极不情愿地开口。经过这几个月，我几乎丧失了和不熟的人说话的兴趣。这个发现并未让我沮丧，但却让我伤感。

"出来就好，毕竟还年轻，路还长着呢……"那位阿姨忽然好奇地盯着我在疗养院蓄出的一头长发，"咦，你怎么没剃光头啊？"

"我为什么要剃光头？"

"你不是——是他们传的啊……说你被抓进去了。"

"哦……"

"真的假的？"

"那就是真的吧。"

"犯什么事儿了？"

"反正不是流氓罪。"

老太太又执拗地看了眼我的脑袋，很不满地说："那为什么不剃光头？"

我只好说："改政策了，犯人不用剃头了。"

她又兴致勃勃地问："那标语呢，标语换了么？还是'坦白从宽，抗拒从严'么？"

"也换了。"

"换成什么了？"

"人民罪犯人民爱，人民罪犯爱人民。"

"这个逻辑不通啊……"那老太太认真地摇着头，走了。我的心情却更加索然，倒不是因为被谣传成了一个罪犯，而是由于另一个发现：以前这么信口开河地跟人"逗"，我满心都是肤浅的快乐，而现在却觉得一点意思都没有了。我只感到特别累，不想说话。

跟这个家已经阔别了几个月，再走进门，一切都已生疏了。我看着落满灰尘的桌椅电器，心里不禁生出恍若隔世之感。冰箱里的存货自然是不能再吃了，阳台上的两斤土豆也发了芽，长成了一丛茂密奇异的植物。我却也没心思收拾，又出门去买了一包方便面，回来用开水泡着吃了。吃着吃着，我突然就哭了起来，想起自己小的时候，曾经跟父母在这套房子里说说笑笑，也曾经因为练琴时走神而被揍得满地乱爬……再后来，茉莉和我在这儿婚前同居的时候，还遭到过左邻右舍的抗议，"我们这儿可都是体面人"云云……然后就是 b 哥和姚睫他们这些人了……如此漫长的岁月，在我眼前竟像走马灯般掠过。而现在，他们都成了水中幻相，可望不可即，只留下我孤零零地站在时光的河岸上。

此后的很长一段日子里，我继续过着与世隔绝的生活：虽身处闹市，却不与外界建立任何形式的联系。每天黎明，我绝早醒来，趁着街面上没有人，便到雾气蒙蒙的社区公园去溜一圈儿、喊两嗓子，然后在上班的人出门之前回到家里躲起来。待在屋里的时候，我有时看两眼电视球赛，有时把以前看过的书重新翻翻；后来又从储藏室里翻出来一堆 20 世纪 90 年代的文学刊物——《十月》《当代》《花城》什么的——没头没尾地瞎看。记得以前，我是多么迷那些姿态锐利的"青年作家"啊。而现在，这拨儿人纷纷变成了腰围三尺粗的"文化人"，一个个在官方协会操控的分赃现场（他们管这个叫"评奖"）上蹿下跳。对于深谙"在什么年纪就该干什么年纪的事儿"这个道理的聪明人，我特别羡慕。

刚开始，我还能知道当天是几月几号星期几，但是很快就把日期的概念抛在了脑后。鲁宾逊在荒岛上鬼混了十几年，到最后还能给野人起个名字叫"星期五"呢；我仍然身处文明世界，却这么容易就浑浑噩噩到了如此地步。可见我是多么适合当一具行尸走肉啊。独居越久，时间就越好打发。到最后，连电视和文学

杂志都不需要了，因为我已经练就了一个新本领：能够盯着任何一个毫无意义的物件发呆，有时候自己感到只是一眨眼的功夫，实际上却已经过了几个小时。那些物件，有的时候是一只烟灰缸，有的时候是阳台上一盆枯萎的花，有的时候甚至是摆在卫生间窗台上的一卷手纸——后来我差点儿没能从马桶上站起来。这个过程表面上很像佛家的打坐功夫，但我知道其实不然。高僧入定，心里是清亮澄明的，而我则是一片死灰。两者区别大了。

过到后来，我干脆就连人话也不会说了。我母亲把海南的新家装修好了，才给我打来电话；而我攥着听筒，居然半天也迸不出一个字。

"喂——电话断了吗？"母亲口气里仍然带着乔迁新居的喜悦，嗔怪道。

"没有。"我努力发音正确。

"是不是好久没给你打电话，你怪我们了……"母亲有点儿伤感地说，"我们也挺忙的嘛。什么时候到海南来，咱们一起住一段时间。你店里没事的时候……"

"倒闭了。"

"什么倒闭了？"

"咖啡馆倒闭了。"我释然地告诉她。

"那你缺钱么……"

"不缺。"

确实，在这种生活状态下，我的日用消耗也低得惊人，过得"环保"极了。每天的饭食，仅仅是早上从副食店带回来的两三个馒头、一小包凉菜或豆制品。也不开火，饿了就打开塑料袋啃两口；还有很多天完全就是粒米未进，却也轻飘飘地熬下来了。水电则占了老小区的便宜，无须提前购买；只要在收费员上门的时候假装没人在家，就能厚颜无耻地拖欠下去。刚回家的时候，我把屋子里的零钱全收拢起来，再加上存折里的一点零余，也就是1000多一点——靠这点数目，竟然熬过了冬季。收缴有线电视费的人比抄水表的更执着一些，在家门口堵了我三天，可怜巴巴地告诉我说全楼就差我一户了，收不全扣奖金。我打开门，指着电视说："真没钱了，你们把它搬走吧。"

那年的春节，又是我一个人过的。只不过那天晚上，我既没有饭局，也没有酒喝。因为电视被抵了债，春节联欢晚会也没得看。我关了灯，站在黑漆漆的窗前，看着一束又一束的焰火在夜空里绽开、熄灭，周而复始地把人间照亮了一瞬，心里却不知为何有了一丝温暖。也许孤独到头就是温暖吧。我管不住自己的脑子，不禁又想起了几年前的此时此地，倒像转了世的人回忆自己的前生……当时我可没预料到自己会认识姚睫……那是在元宵节前后吧，她来面试，脸像桃儿，脖子上挂着一副手套，兜里揣着一本晦涩的诗歌理论著作……我跟她什么也没有，但现在想来，居然像经历过一场恋爱。

转眼就是另一个春天了。

新疆

在万物惊蛰之际，我又重新被卷入了社会生活。

非常幸运，我手上宽裕的时候预交了全年的电话费，因此咖啡馆的房东还能顺利找到我。她语重心长地说："这是你最后的机会了……"

"没关系，还有小半年就到期了吧？到时候您就可以撤招牌换装修了。千万别提前动手，小心我讹诈您。"

"你都奔四张儿的人了，说话怎么这么不识好歹，跟个叛逆期的孩子似的。我可是好心帮你……"她口气轻蔑地说，"你运气好，有人想接手你的咖啡馆了——俩小姑娘——装修什么的她们也挺喜欢，愿意保留。只不过究竟该折多少钱，你们得面谈。"

我可从没想过装修还能折出价钱来："有这好事儿？"

"我也觉得她们有点儿傻，"会计师房东说，"傻得房租我都不好意思跟她们提价了。你知道，我又不靠那俩钱……"

经过房东在中间牵线，我和续租方约在咖啡馆见面。那天，我提前到了地方，先被一屋子灰尘呛出几个喷嚏来。隔壁那条商业街已经打好了地基，到处都贴满了招商广告，带动得周边区域也充满了繁荣的预期。原先和我一样经营不善的几间店铺早已改弦易帜，重新开张。新冒出来的买卖也生意兴隆，只剩下我这一家挂着厚厚的布帘，给大好形势抹黑。

在对方没到之前，我先打开门窗换了换气，又擦了擦桌椅；随后从柜台后面找出半袋咖啡粉，煮了一壶咖啡。慢慢喝着咖啡的时候，一个肩膀瘦削、头发挑染了几道黄的女孩走进门来。她的眼睛很亮，嘴显得有点大，长相颇有西南少数民族的风格。

"喝一杯吧。"我指指咖啡壶对她说，"糖和奶都过期了，只能做美式黑咖了。"

果不其然，那女孩说话带有明显的南方口音。她以近乎凛然的口气对我说："咱们先谈正事。"

这姑娘也许认为喝了我的咖啡，在"谈判"中就会处于劣势吧。她那幼稚的样子让我很想笑。我又给自己倒了一杯，懒洋洋地说："你这个习惯很好，以后也不要喝陌生人给的饮料，留神'西班牙苍蝇'之类的……"话没说完，我就后悔了。这种没分寸的话很容易会把对方惹怒。毕竟不是谁都像姚睫那样，刚一见面就跟我聊什么"阿克西妮娅的淋病问题"。我们当初怎么就没有一点儿障碍呢，这就是所谓的投缘吗？我稍微走了下神，旋即被大嘴女孩尖刻的声音唤了回来。

"是不是你们北京人都这个德性？"她说。

"什么德性……"

"拿无聊当有趣，自以为聪明其实什么都干不好。"

"你说得也太绝对了。"

"反正你的咖啡馆开得不怎么样。"

尽管早已承认自己在这方面很失败——以及在所有方面都很失败——但我仍然被她的口气搞得愠怒起来。我瞪了她一眼，她立刻回瞪了我一眼。然后，我压抑着情绪说："那你说说，要是你的话怎么开？"

"不告诉你。"女孩翻了个白眼，倨傲地说，"反正你学也学不来。不跟你废话了，直接聊价钱吧，先让我看看你这装修质量怎么样……"

说完她把我抛在一边，一本正经地满屋子查看起来。出乎我的意料，这姑娘对室内装潢相当懂行，随手敲一敲，就能知道吧台和门廊用了何种规格的板材。屋子里有两根电线走得不合理，也被她一眼发现了。

"这什么漆呀，还没怎么磨就开始掉色了……还有地板，你用的是哪个老单位淘汰下来的旧货吧，这种东西结实归结实，不过夏天特别不防潮……灯也不好，你这个灯还不如'宜家'卖的呢……肯定图便宜，找了个野鸡装修队吧；我得告诉你，你让那帮人蒙了……"

我又烦躁起来："你要想压价就直说。"

"本来就该压价，装得不怎么样嘛。"女孩轻蔑地说。她随即开了个价格，倒也合理，比我预期的还高呢。

对于转让费这事儿，我的态度本来是无可无不可的。我总算做了一件一直声称要做的事儿，顺利地把前老婆留下的本金赔了个底儿掉，这对我而言已经算是功德圆满了。况且房东的说法没错：

要是错过了"这一拨儿"，就只能眼睁睁地看着她把房子收回去了，一分钱都落不着。但看着眼前这姑娘神气活现的样子，我又忍不住想跟她置置气了。

"最少再加三万。你说我装得不好就不好啊……"我气哼哼地说，"再说临街已经在开发了，明年这片儿地方就是黄金地段……"

"那我明年再租好喽——钱可就进不了你的手了。"女孩也很明白我的软肋在哪里。

我嘴硬地说谎："想租这房子的人多着呢，也不差你这一个。"

这么针锋相对地斗了几句嘴。我本想再说点儿什么，却突然感到自己的脑子已经很累，甚至有苍蝇"嗡嗡嗡"的声音在耳边响起来。毫无疑问，那段漫长的"闭关"导致我的社会生活能力大大下降了。

我疲倦地挥了挥手，点上颗烟，不再看她："算了算了，话不投机就算了。"

"随便。谁求着你啊。"

我赌气把烟碾在咖啡渣子里，再回过头去，却发现那女孩已经走了。看着空空荡荡的店面，我登时就后悔了：所谓"最后的机会"就这么给错过了。人家好歹还愿意继续开咖啡馆呢，品位没准儿也不俗，我那点儿心血不至于说毁就毁了……我自责：这么大岁数的人了，抑郁症都得上了还这么幼稚，怪不得干什么都干不成呢。

而正在懊丧，门口的阳光暗了一暗，那个大嘴女孩却又转回来了。她脸上还带着怒色，以一种打发叫花子的口气说："成了成了，不就三万么，也没多少钱的事儿。"

我立刻想回她一句：嘴大口气也大。但这次总算学聪明了，我几乎卑躬屈膝地说："就是，咱们双赢、双赢……"

那女孩盯了我一眼，嘟囔道："没什么大不了的呀……"

"什么？"我不知道她是不是在评价我——突然来了这么一句，多少让人有点意外。

"我是说三万块钱。"

"您大度。对了，还有店名……"

"接着叫'茉莉'吧。"女孩似乎对什么事情很失望似的叹了口气，"茉莉挺好的，香。"

没过两天，我和那个名叫欧阳艳的女孩签了合同，拿到了不大不小的一笔钱。事成之后，她立刻给别人打了个电话，低声说："成了……钱也给了……"

"你还有别的合伙人吗？应该让他也过来看看。"我把存折揣到大衣内兜，有点幸灾乐祸地说，"不过不满意也晚了。"

"他特忙，交给我全权代理了。"

"听着像是男朋友给你开着玩儿的吧。"我又忍不住揶揄起来。据我所知，咖啡馆这个行业和演艺界的相似之处就是：女青年背后多有"大金主"在力挺。

"随你怎么想。"欧阳艳似乎一句话也懒得跟我说了。

而把咖啡馆"盘"出去没两天，居然又有一位故人上门来找我了。

当时是个下午，阳光很亮。窗外的土地上，虽然还只有稀稀拉拉的一片草梗，但柳树的枝条却已经软了，冒出了绿芽。北风已停，老太太们正在太阳底下大声聊天，歌颂自家孙子、声讨自家儿媳。我叼着颗烟，持久不懈地望着茶几上的一堆垃圾食品包装袋发呆。

凭借转让咖啡馆的钱，我的生活水平好转了一些，但却仍然懒得出门，就连电视也没再买一台，任由柜子上那个缺口赤裸裸地空着。

有人敲门的时候，我压根儿没反应过来。那响声明明钻进了耳朵，我却感到它并没发生在自己家里。直到半分钟以后，敲门声停了，我才醒悟过来似的跑过去开门。门外并没有人，一只花猫从拐角处"嗖"地窜出，鬼魅般不知所终……难道幻听了吗？我快快地回到沙发上，睡了一觉，醒来时已经将近黄昏了。这一天又要打发过去了。就在这个时候，门又响了。这次我没再迟疑，尽量快地站起来去开门。一个高大的男人站在门外，是董东风。

我愣愣地看了他一会儿，不知道应该怎么跟他打招呼。几秒钟之后，还是他先开口了："你还好吧？"

我说："董老师好。"

"饭点儿也没出去，现在日子过得挺闲？"

"对，没什么事儿……"

说了几句话，我才从那种不知所措的状态中缓解过来，把董东风让到屋里。三年没见，他已经老多了，额头上的皱纹特别深，让人想起高原地带的沟壑；脸也糙了不少，想必是新疆的日照风吹所致；过去那头长发也剪短了，这倒让他显得比原来有精神了。

我把脏乱的衣服从沙发上团起来扔到一边，问："您什么时候从新疆回来的？"

"回来两三天了……来办点儿事儿。"他从上衣兜里拿出一包烟来，打了几次火才点上，"明天的飞机，还得赶回去。"

"什么事儿这么着急？"我突然感到一阵心慌，企图遮掩心情似的又站起来，给他找杯子倒水。

"不喝了。"董东风对我摆摆手，"我就是顺便看看你，看一眼就走……"

　　我又重复了一遍刚才的问题："您回来办什么事儿？"

　　"办手续。"

　　"什么手续？您要彻底调到新疆的学校去？"

　　"那个呀……已经办完了，两年前就调了。"董东风抽了口烟，缓缓说，"这次回来是办销户。"

　　"销谁的户？"

　　"我太太。"

　　"她怎么了？"

　　"去世了。"

　　我感到时间停滞了不知多久，眼前的董东风却像一尊雕像，石化、被风沙吹平了面目、长出苔藓、皲裂、碎裂……终于又变为了原封不动的那个人形。

　　"怎么会……"我结结巴巴地说。

　　"是去年九月去世的，因为后事都是在那边料理的，所以北京这边的手续也一直没办。心脏出了问题——心肌梗塞，到了新疆才发现的。那边的医院建议她回北京看病，她弟弟也说可以帮忙联系国外条件更好的医院；可她不同意，就一直拖下来了。"董东风被烟呛了一口，喉结大幅度抖动了一下，"我现在很后悔，当初应该不听她的，强行把她带回北京来的……可是你不知道，她到了新疆之后就像变了一个人，精神非常好，干什么事儿都很高兴。我们都舍不得那种状态……"

　　"你们当初要是回来了，现在也许会更后悔……"

"我也只能这么想了。"

我们又沉默了一会儿，董东风却率先笑了笑："她心情不好了那么多年，走前的两年却快乐得像个小姑娘，这应该算好事儿吧？"

"那肯定。"我想象着董太太坐在轮椅上、笑得艳若桃花的样子。啊，她的身后是我只在油画和摄影作品上才见过的西部碧蓝的天。

我说了句套话："我还是很难过，也替您……"

"谢谢你。"董东风也回答了一句套话，忽然又露出兄长般的、责备的表情，在我的肩膀上捶了一拳，"你现在怎么变成这副样子——这些年，你一个人过？"

"对。我前老婆回来过两天，后来又走了。"

"怪不得这么没精打采的。"

"是生活……"我惭愧地敷衍道。

"别这样，想想那些有意义的事儿。"董东风忽然抬起头，望向组合柜的顶端，"你会拉小提琴？"

我也看了看柜顶那只落满灰尘、外表已经干得裂纹四布的琴盒，点了点头："十几年没碰过了……"

"如果真是闲着没事儿，也可以捡起来么。"董东风的表情忽然轻松下来，"以前就听说你有这么一手。"

我忽然像惊觉了什么似的说："您过去……听谁说的？"

"姚睫。"

这还是几年以来，我第一次听人说起她的名字呢。那感觉就像迎面吹来了一股清风，视野之内忽然亮了一些。但想起这名字是从董东风嘴里说出来的，我心里又尖锐地痛了一下，一个悬而

未决的问题重新从脑海里升起来：送董太太去新疆的那天，她说要和董东风"说开了"，他们究竟说了什么呢？在那之后，姚睫就再没对我提起过董东风这个人。她是从那时候起决定彻底"忘"了他吗？我恍惚了半晌，突然很想抽自己两个嘴巴：姚睫早已从我的生活中消失了，而董太太也已经去了另一个世界，我居然还在这里琢磨那些陈年旧事。真他妈的蠢。

我恍惚着，听到董东风说："能再求你个事儿么？"

"您说。"

"再过半年，就是九月份，是我太太周年。到时候我想在这边举行一个追思仪式，希望你能来为她拉一支曲子。"

我答应了。

那天晚上，董东风硬把我拉到外面吃了顿饭。喝下几个月以来的第一口啤酒时，我被呛得直咳嗽。席间，他以一种"凡事都看开了"的中年人的口吻，劝我提起热情、好好生活。他还说，他也有过意志消沉、觉得什么都没劲的阶段，但是"过去也就没事儿了"。那种口吻倒很像中年妇女之间交流更年期的经验，说得我一阵一阵地想笑却又笑不出来。

临走之前，他又重复了一遍请我为追思会拉琴的事；看到我点了点头，他才转身离去。我目送着董东风在黑暗中的背影，忽然想起一件事：我以前从来没请董东风到家里来过啊，也没告诉过他这个地址。他是从哪儿知道的？而且这次来找我之前，为什么不像从前那样打个电话呢？我的脑袋已经迟钝、木讷得不愿多想此类问题了，然而左手却像发生了奇怪的化学反应一般、总觉得闲不住似的别扭。有一种冲动又回到了我的身上。

望京

就这样，在阔别 20 年之后，我再次拿起了琴。我背着那只德国仿制的"斯特拉迪瓦里"去了琴行，请人帮我修复它。在问过我这些年是如何保存这把琴之后，老师傅心疼地叹息道："没准已经废了。"

我想想自己的手也废了，便坚持着对他说："您再看看。"

没想到，琴身竟然没有大碍，仅仅是金属件锈了。老师傅分析，可能是二十世纪三四十年代的德国工匠考虑到现代社会保存乐器的困难，便在关键部位特别选用了经久耐耗的材质："算你运气好。很多仿造意大利琴的工匠本身都是高手，有些人擅长音色，有些人擅长花纹……做你这把琴的人挺特殊，专门在坚固耐久上下功夫。"

他又问我这把琴哪儿来的，我如实相告。刚解放时，我妈妈那个乐团接收了一批国民政府进口的外国乐器；到了改革开放初期，单位经营不善，就把琴卖给个人了。在国有资产流失的大潮中，我们家也就占过这么一点儿便宜。

"你妈妈真是个识货的人。"

很可惜，我妈妈看人的时候可没那么识货。她曾经一口咬定我天生就是"国交"首席的料，但眼下我却成了一个废物——而且是自己把自己给"废"了。如果我告诉她当年我的左手是怎么受的伤，她会怎么想呢？

几天之后的一个上午，我怀着紧张的心情把琴背了回来。那位老师傅还免费送了我一个新琴匣。刚一进家门，我便小心翼翼地拉上客厅和厨房的窗帘，把大团明媚的阳光挡在了屋外。光线幽暗可以帮助我消除胆怯。我抽了颗烟，又像有洁癖一样洗了两遍手，然后才慢慢打开琴匣；看着新装上的一组琴弦，竟有一阵眩晕之感。

更没想到的是，我那被连打带骂磨出来的童子功，时隔将近20年，居然没有消失殆尽。有段时间近乎疯狂的酗酒，也没让我的听力过分退化。总而言之，"琴感"还有。

当琴弓在弦上蹭出第一个音的时候，我简直就像第一次射精一样哆嗦不止。

那几天，我像入了迷一样没日没夜地在房间里拉琴。毫无疑问，如今的技巧和当年已经不可同日而语。原来打着哈欠也能拉得溜熟的一首练习曲，现在却磕磕巴巴的。有的时候才拉了两个小节就忘谱了，还得现翻乐谱。邻居一定以为楼里搬进来一个心不甘情不愿被家长逼着考特长班的"琴童"——就像当年的我一样。

当然，更大的困难还来自左手中指。从外表看，它完好无损，但只有我知道这根指头有多么乏力、疲软、不听使唤。那次粉碎性骨折，不光给指骨留下了阴天下雨就会作痛的旧伤，大概连神经也出了问题。许多次，我脑海中已经响亮地奏出了一个音符，但中指仍然悬在琴弦上方，胆怯地迟疑，仿佛大脑的指令并没有传达过去……在年轻的时候，我曾经很多次粗野地对自己讨厌的家伙竖起这根指头。现在才知道，这是多么可笑啊。

但饶是如此，我心里的喜悦却仍是语言无法形容的。

小提琴的音色，在我的耳中已经变了，和当年完全不一样了。并不是由于老师傅修琴的时候重新调试过，也不是由于 36 岁的耳朵和 16 岁时的不同，而是那琴声仿佛忽然具有了生命。技巧拙劣、手感退化，但每一个音倒像有了无穷的内涵：失落、伤感、温情、欢喜……或许这些情绪以前就有，但我却从未听出来过，但现在整个儿世界都变了。这是岁月的力量吗？中指折断的我，居然自以为是个合格的琴师了。

在此后的几个月里，我磕磕绊绊地恢复了基础的演奏技术——和专业琴手自然没有可比性，甚至不如那些背着琴盒去"考级"的孩子们熟练，但应付简单的曲目已经不成问题。记得小时候，不管我拉得多么精巧入微、天花乱坠，母亲请来的那些赫赫有名的老师总会说我"感觉不对"。什么都对，就是感觉不对。这个问题也曾深刻地困扰过我，最终让我灰心丧气，对拉琴这事儿完全丧失了信心——现在居然奇迹般地解决了。眼下，就算我拉得"什么都不对"，但自己却坚定地相信：感觉对了。

夏天临近结束的时候，我居然背着琴走出家门，到外面去卖

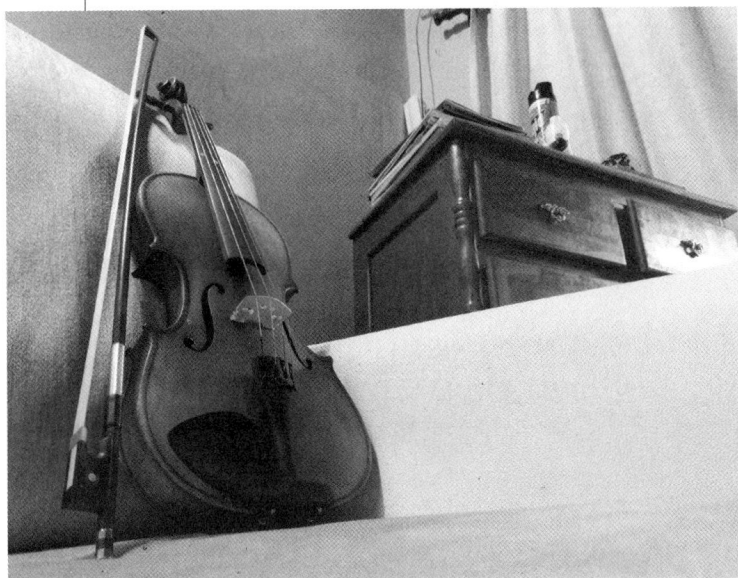

艺了。

走上这条道儿也属机缘巧合，那个接手我咖啡馆的大嘴姑娘欧阳艳忽然打来电话，想请我帮忙联系一下云南咖啡的供货商。她的口气依然是颐指气使的："突然想起来，你这人还有点儿利用价值。"

我把厂子的电话给了她，让她自己去打，一漏嘴又多说了一句："他们的'小豆'性价比不错，不能说有多好但口感很独特……原来店里就有半袋存货，请你喝你不喝，我给搬回家来了。"

欧阳艳来了兴致，命令我到店里给她炮制一番。我决定不惯她这种毛病："我又不是你爷们儿，伺候不了那么周到——"

出乎我的预料，她的口气软下来："那我到你家喝去，好不好？"

"很久没有女性对我提这种要求了。"

"照照镜子就会知道，不会有人想勾引你。"欧阳艳说，"我只是发扬三顾'茅房'的精神而已。"

第二天早上，我翻出闲置很久的咖啡机煮了一壶。本想自己也喝一杯，忽然想起咖啡壶连刷都没刷，内壁上积满了灰尘，便用心险恶地笑着，把存货都留给了欧阳艳。半个小时后，她骂骂咧咧地光临了我的"茅房"，先是抱怨老小区停车位太少，还有狗往轮胎上撒尿，然后又惊讶于我家的破烂程度："多么典型的北京穷人家庭——怎么连电视都没有？"我没好气地用绵白糖和奶粉给她调好咖啡，让她自己在客厅里独自哑巴："厕所里有'知音'杂志，你要无聊就自己拿来看。"

然后，我钻进卧室关上门，打开昨夜放在床头柜上的琴盒，继续练习。就这样很快忘了时间，直到欧阳艳在外面"砰砰"踹门：

"自己在屋里听洋曲儿，假装什么高雅呀你……"

我给她打开门，她看见我手上的琴，眨巴了一下眼睛："哟嗬，孝心可嘉，亲自充当背景音乐。"

我略微有点不好意思，好在欧阳艳随即撤开了这个话题，和我探讨起了咖啡的品质。用她的话说，东南亚咖啡纯属"旁门左道"，只有我这种毫无品位的外行才会把它作为主打品种推出；而"懂门道的人"则会将其和南美咖啡豆混合，做出特殊的风味。不得不承认，这姑娘在经营咖啡馆方面的确像个内行；怪不得我那家濒临倒闭的店铺，到了人家手上就起死回生了。我脸上装作不屑，暗地里也只好心服口服。那天欧阳艳又把我损了一顿，然后就得意扬扬地走了。我被她气得够呛，但又劝自己：这么大岁数的人了，不要和小姑娘争口头上的短长。我已经到了逢人就认怂的年纪了。

没想到当天晚上，欧阳艳又给我打来了电话，说的却不是咖啡的事儿了："你现在靠什么为生？"

她怎么关心起这个问题了？我如实相告："靠您赏我的那笔转让费呐，小姐。"

"那不坐吃山空吗？还有心思在家拉琴？"

"坐吃山空有什么不好，吃空了再说。"

"哼哼……"欧阳艳鄙夷地干笑两声，"典型的北京男人，百无一用还学人家有钱人愣充风雅。"

"你跟北京人有那么大仇么……"我本来想说一句"是不是被始乱终弃过"，但想了想还是忍住了，"当寄生虫也是我的自由、甚至是对社会的贡献，比起那些勤奋地乱窜、无孔不入的家伙，我这种人起码不会让世界变得更差——你还年轻，不懂这个道理。"

欧阳艳更加尖刻地"切"了一声说："我只知道人要不靠卖艺挣饭吃，那到饿极了的时候就只能卖身了——很遗憾您姿色欠佳，这辈子恐怕没有吃上软饭的希望了。"

"你怎么知道我没吃过，我当年……"说到这儿，我忽然感到非常好笑，便又耐下性子对欧阳艳说，"您到底想说什么呀？要是您觉得把我说成一泡狗屎就特有满足感的话，那您的心理也太不健康……"

"没什么，就是给你找一活儿干。"欧阳艳语速飞快地打断我，"作为你帮我忙的回报。"

"什么意思？"

"我店里……还有几家宾馆大堂想找拉琴的。"

这个提议让我措手不及，愣了半分钟。按理说，我本该再说两句硬气的话，诸如"咱们只卖身不卖艺"之类的，但又想了想存折里的数字儿，顿感底气不足。这几年来，我的经济状况基本是只出不进，以前那些猥琐的小财路全都断了个干净。如果不是运气好，及时把店卖了，就真得喝西北风了。而且就是卖店的钱，也不够我鬼混多少日子的了——万一有个头疼脑热，极有可能成为在"有关部门"看来存心给大好形势抹黑的"路倒儿"。

"这个提议对我这种老派的艺术工作者来说，是很难抉择的……"我吞吞吐吐地捏着电话听筒。

欧阳艳在那边直接骂了句脏话："事儿逼。"然后就挂了电话。

我以为她对我失去了耐心，登时极其失落，而且整个儿晚上都在犹豫要不要向她主动请缨。好在欧阳艳虽然嘴上不留情面，行动上还是给我留了个台阶。当天夜里，她又把电话打了过来。

咖啡馆大概即将打烊了，她打着哈欠说："我帮你谈好了。"

"什么？"

"价钱啊。"她说，"有两家宾馆给的多点儿，我们店面小，只出得起人家一半的价格……"

"钱倒不是事儿。"我眉开眼笑地说，"关键是群众执意要求我出山，这种盛情不好推辞……"

"自备西服，试用期一个礼拜，干不好滚蛋。"她简短地说完，挂了电话。

在20年前，我是多么厌恶小提琴这种乐器啊，厌恶得宁可把自己的生活变成一摊臭狗屎，也不愿意再摸它。而现在，在眼瞅着就要孤独变老的年纪，小提琴不光成了我的慰藉，而且还成了我的饭碗。人生真是充满戏剧性。也不知道我那一心想培养出大师的母亲看到儿子现在的状态，会有什么感想。

靠手艺吃饭也让我的生活重新恢复了规律的状态。每天早上，我伴随着穿透窗帘缝的第一道阳光醒来，下楼沿着林荫道慢跑两公里，再到大院儿对面的早点铺吃饱喝足；然后回家洗漱干净，穿上那身起了球的"顺美"西服坐车出门，到白石桥附近的一家日资饭店，与一个还在师大音乐系上学的小伙子合奏两个小时。中午吃过饭店提供的份儿饭，我可以到商场转转，或者去动物园看看猴儿，然后从西直门坐地铁到建国门附近的一家会所，给一个四重奏小乐团补缺——他们的提琴手意外怀孕，飞到广州找孩子他爹算账去了。因为与人合奏的都是纯粹的背景音乐，那些科班训练出来的年轻人完全是"混一天算一天"的态度，因此也没人挑剔我技巧不熟练以及左手中指乏力的致命缺陷；相反，他们还对我那股子陶醉的劲头儿相当好奇。除了演奏舒伯特、莫扎特的清浅曲目，他们有时还会即兴邀请我来一段炫技的游戏——很遗憾，我现在无法跟上他们的节奏——大家嘻嘻哈哈地笑作一团时，常惹得饭店的管理人员侧目而视。

而到晚上，我便回到北二环，去"茉莉咖啡馆"独奏。很多顾客居然记得我是那儿的前任老板，纷纷请我喝一杯。几瓶啤酒下肚之后，我就在微醺的状态中拉琴——旁若无人、不管不顾。欧阳艳要求我只拉那些群众喜闻乐见的通俗歌曲，比如《又见炊烟》和《九百九十九朵玫瑰》之类的。但我拉着拉着就跟自己较上了劲，想试试如今是否还有能力挑战那些以技巧复杂著称的曲目——帕格尼尼的《无穷动》或者《柴可夫斯基D大调小提琴协奏曲》的独奏部分等。这样的努力无疑会以自取其辱告终。当我的琴声断续得连自己也无法忍受、不得不瞪着左手发呆的时候，群众则会报以一阵善意的哄笑。在他们眼里，一个不自量力地勇攀高峰的老男人是多么可爱啊，简直就像一条在大狼狗身后蹦跳着、想要干人家的京巴。吱吱扭扭的声音把欧阳艳也吵得受不了了，这个刁蛮小娘们儿就会叉着腰，像一只茶壶一样挪过来，让我"不要破坏在座各位的好心情"。在座的人总是笑嘻嘻地说："我们听任他破坏我们的好心情。"

而和新来的客人们混了个脸熟后，我发现这些人都有某些微妙的共同特点：男的常戴着黑边眼镜，瞪着一双既无辜又神经质的大眼珠子；女的十有八九是抽烟的，爱穿男式卡腰衬衫；无论男女，都透露出一股子衣食无忧、自视清高的文艺腔。他们凑在一起高谈阔论，张嘴"高迪"、闭嘴"川久保玲"，有时还会为了某个艺术字眼儿争得面红耳赤，但随即又搂搂抱抱地和好了。好像都是些"时尚圈子"里的人。而在咖啡馆里，他们聊得最多的一个名字叫做"凯丽"。凯丽跑到哪里去了，这么长时间也不在自己的地盘上露脸；凯丽现在也庸俗化了，居然会为"电臀"牌牛仔裤这种浙江乡镇企业的产品出谋划策，真是想钱想疯了；凯丽又发神经了，不喜欢人家，干嘛要闹得那么僵呀，有人追还不是好事……

也有人会直接问欧阳艳："凯丽从来不来这间店呀？"

"忙得很喽。"欧阳艳语焉不详，"当初开店，说是想给朋友弄个地方聚聚，店开起来又一天到晚加班……又跑到广州去了……"

听起来，好像那个叫"凯丽"的人才是咖啡馆的真正买主，而欧阳艳是她在北京的助理和闺蜜。有两次，欧阳艳还用"凯丽"威胁我说："给你工钱是让你唱曲儿的，不是让你锯木头的；哪天老板偷偷过来听见，当场把你赶出去。"很可惜，我对那个风头十足却神龙见首不见尾的"凯丽"毫无兴趣。越神秘的女人就越有魅力，这是年轻人才会有的感觉；而我早就老喽，老得对一切圈子和人都没有好奇心了……

唯有那么两次，我透过咖啡馆的毛玻璃，恍惚看见对面的奶酪店里似乎有一张光洁、明媚的脸，忽然就怅然若失了。姚睫还在北京么？假如她路过这里，会不会听见我在拉琴呢？

就这么过了一个夏天。到了蝉鸣渐弱、人们纷纷穿上薄外套的时候，董东风给我打来电话，请我履行几个月前的约定。在那个本该百感交集的场合，我再一次见到了姚睫——她的新名字已经叫做"凯丽"了。

那天清晨，我提前给欧阳艳和那两家饭店的大堂经理打电话请完假，然后背着琴盒出门。在明亮的秋光里，我坐在公共汽车靠窗的座位上，看着北京的天一寸一寸地高了上去。国庆节快到了，园林局的卡车正把不计其数的花盆运往天安门。一些体格健壮的学生则骑着山地自行车，撅臀探首地和长安街上的汽车比赛。

董东风告诉我的地址在北四环望京地区一栋新建的写字楼里。最早的时候，那片地方就是一片农田，后来也不知怎么搞的就成了在京韩国人的聚居地，街上的烤肉馆数都数不过来，连商场里的价签也是中韩双语的。

因为附近仍在大兴土木，公共汽车在广顺南大街就再也挪不动了。司机索性打开车门，让乘客们钻到摩肩接踵的车流里各奔东西。我奔向路边的时候，差点被一辆"甲壳虫"撞上。那司机是个戴着大墨镜的年轻女性，躲在贴了膜的前挡风玻璃后面，受了惊吓似的看着我发愣。我向她摇摇手，示意是自己不对，然后匆匆走了。"望京"这边的市政规划风格诡异，不仅路名独立成章，找不出与城内其他干道的联系；而且很多街道都是斜的，适应了"走正道儿"的北京市民到了这边多会迷路。我在韩国特产"真露"烧酒的广告牌下踟蹰了好一会子，最后决定向外宾问路。一个穿拖鞋、戴棒球帽的小眯缝眼胖子热情地说："跟我走吧。"

20分钟之后，我被好客的韩国朋友带到一栋亮闪闪的写字楼门口。因为已经过了上班打卡的点儿，大堂里空空荡荡的。我按照董东风给的地址，乘电梯到了15楼，很快就在走廊的顶头找到了"北京第八年设计工作室"的招牌。这公司的名字挺有意思，室内装潢也与极其标准化的写字楼形成了鲜明的对比：连接上下两层的原木楼梯、铺着大块圆地毯的阳台、安置到墙角的电脑桌……阁楼顶上还开了一扇巨大的天窗，把切割得整整齐齐的方形阳光投射下来，仿佛在屋里摆设了一个坚实的结晶体。头顶传来城市上空的鸽哨声。

屋里并没有什么人，只有两三个长相极嫩的小姑娘、小伙子正在布置会场。说是"追思会"，却也没搞成一派惨状，只是在厅里放置了一张巨幅照片，上面是董太太没坐轮椅时的模样。那个时候，她还年轻，大概只有20出头吧？梳着80年代风格的两条麻花辫，手里展开一本厚厚的书，靠在湖边的树上对着镜头笑着。妈的，岁月啊。

我正在照片前愣着神，董东风从楼梯上走下来，招呼我："赵小提。"

他也没有为今天的"仪式"换上正式的衣服，还穿着那件洗得发白的牛仔衬衫。我放下琴盒，有点不好意思地说："董老师，我是不是来早了……"

"没有没有。"董东风说，"说是她生前的朋友，但我也都不熟，倒觉得自己是个外人，所以想让你早来会儿……谢谢你带琴来。"

我接过他递上来的皱巴巴的"红塔山"香烟，点上之后再次环顾四周："这地方不错，怎么找的？"

"一个……朋友的公司。"他有点尴尬似的介绍说，"你知道，我已经调到外地，不算咱们母校的人了，所以也不好意思向原来的单位借场地……就是这个追思会，我也觉得没什么必要办，都是那朋友帮忙张罗的……"

"朋友"两个字从他嘴里说出来，既像刻意加了重音，又好像轻描淡写地一笔带过。而在我的印象里，董东风是个孤僻的人，以前没听说过他还有什么热心肠的"朋友"呀。

我笑了笑说："这朋友不错呀，人好，混得也不错……"

"也不知道他今天来不来——太忙。"

董东风说完，叫我上楼和他一起喝茶。我们抽着烟，聊起这几年来各自的生活：我在北京的日子，他在新疆的日子，还有董太太最后的那段时光。我比他小了十来岁，过去在他面前还像个孩子，而现在却已经是两个同样沧桑的老男人在闲扯了。我不由地感慨：这几年，老得真够快的。

有心无心地聊了会子天，来宾也陆续到齐。大多是些保养得相当好的中年人：有董太太上学时的同学，有董东风的同事，还有以前大学家属院的邻居。董太太的弟弟还在国外，没法过来。房间里人声嘈杂起来，"追思会"也就顺理成章地开始。大家在厅里松松散散地围成一圈儿站好，董东风致谢，说了些真挚而客气的套话，随后是亲朋好友轮流发言。

按照说好的方式，在那些人说话时，我在窗角拉琴。不得不承认，这幅景象多少显得有点儿"傻"，但看看照片上的董太太，我很快也就自然了。曲目是我自己选的柴可夫斯基《A 小调钢琴三重奏》里的小提琴部分——鲁宾斯坦去世之后，柴可夫斯基写下了这首挽歌。在《日瓦戈医生》里，拉娜的母亲去世时，男主人公在沙龙上听到的大概就是这首"如泣如诉的三重奏"。有人在回忆共同的童年，有人在追述逝者坚强的性格，还有一位大学

出版社的副总编表示抱歉——他曾经希望将董太太对比名著译本的笔记作为学术著作出版，但一直没有实现。在这种场面里，往事自然纷至沓来，时光也像折纸一样被反复折叠，最终与当下重合。气氛感伤但不凄惨，人人脸上都挂着近乎坦然的惆怅。因为大家都忙，很多人说完话就离开了——临走前和董东风握一下手，还有人对我点点头。我则尽量表现得无动于衷，把眼睛从琴弦上抬起来，看看董太太的照片，或者望望远处……

就在又一次目送某个中年男子离开时，我在这家公司的门外看见了姚睫。

也不知她的模样变了没有，变了多少，反正我一眼就认出了她。我认得她的身条儿、站立的姿势以及脸上明媚的气息。但我随即有点失落：她好像是故意躲在走廊里，不让屋里的人发现她。我能看见她也是因为独自一人身处角落，目光恰好可以沿着大厅的对角线抵达她所处的位置。她为什么不直接进来呢？是因为不想见我吗？这么琢磨着，我手上乱了一下，拉错了一个音。姚睫登时察觉到了什么，转身往外走去。那一瞬间，我的身体好像被冻住了，骨节间"嘎嘎"作响。但几秒钟之后，我已经在毫不自知的状态下放下琴，在众目睽睽之下追了出去。

她悄无声息地往电梯间走，我不紧不慢地在她身后跟着。她的背影和走路的方式还是那么轻巧，只不过下半身裹在一条红色的薄呢裙子里，步子也没有以前那么急了。说起来，我还是第一次见到姚睫穿裙子呢。哎呀，这个姑娘以前都没穿过裙子。

当她按下电梯按钮时，我不由地站住了，琢磨着要不要在电梯门打开的那一刹那跟上去。但此时，忽然有一票人吵吵嚷嚷地从我身后涌过来，是同楼层一家广告公司的人要下楼去开会。他们人很多，走到电梯口，把姚睫围在了里面。她在人群里摇摇头，侧身蹭了出来，走进了旁边一道写有"紧急通道"字样的木门。

这楼有十几层高呢，她打算步行下去吗？我等了一会儿，直到那伙儿人都被塞进了电梯，才跟着走进了"紧急通道"。这里面别有洞天：阴暗、冷清，没打腻子的水泥墙上画满了"涂鸦"，不知是哪个年轻人的即兴之作。楼梯里回音很大，我下意识地蹑手蹑脚往下走去。

然而才下了两层楼，我就站住了：姚睫正靠在墙上，仰脸看着我呢。她似笑非笑的，手上还夹着一颗烟。她没有露出吃惊的神色，我也不知道自己是什么样的表情。我们就这么一上一下，在阴冷的楼道里隔着十几阶楼梯对看着。我们已经有三年多没见了。过了好一会儿，我才开口说话："姚睫……"却被楼道里的回声吓了一跳。

姚睫抬起胳膊，对我招招手。我慢慢朝她走下去，同时仔细打量着她。她究竟变了吗？是变了：无论是发型、衣着还是嘴上的唇膏，都远比过去要考究得多，每个线条都是那么精致。说来也是，姑娘大了嘛，二十五六了，哪儿能老像刚毕业时那么邋遢……不过有一点很让我欣慰，她的脸仍然让人想起一枚桃儿，既没干瘪、也没熟得汁水四溢，还是那么光洁、明朗。我看着她的感觉，甚至有点像在看自己刚长大的女儿。

那台阶真长……我好像走了很久才站到她面前，又等了一会儿才为我们的对话开了头："好久不见呀……"

"是好久。"她说着对我眨眨眼。

"你怎么抽上烟了？"

"累啊。有时候得熬夜。"她说着，把薄荷味的"沙龙"牌香烟向我递过来。

我拿出一颗，又从她手上接过一只小巧的"都彭"打火机点上："比起很多夜猫子，你还算脸色不错的。"

"脸色好吗？我都开始画——皮了。"

"这也是必经之路。"我被她的俏皮话逗得笑了一下，随后问，"刚才怎么不进去？"

"气氛有点儿压抑……我不太受得了这个。"

"你好像对这地方很熟。"

"对，我在这儿上班。"

我重新打量了她一番：对呀，眼前的姚睫是一个不折不扣的上班族啊，浑身上下透着自食其力的姑娘特有的优越感。董东风说的借他场地的朋友，就是姚睫吧……他们是一直都有联系，还是也才接上头儿？我不由得这么想，同时有一个声音在提醒自己：琢磨这个干嘛呀？

"白领丽人呀……"我又对她笑了。

"别骂人。"

"真是夸你呢——对了，你也看见了吧？我重新拉琴了。过去跟你说我有这门手艺，不是吹牛皮吧？只不过功力大减，还是没完全捡起来……"

姚睫撅了撅嘴："过去就没觉得你说假话。"

我们忽然沉默了下来，你一明我一灭地抽了几口烟。又过了半分钟，姚睫转过身去，把烟头捻在垃圾桶上的烟灰缸里："要不……找个地方坐坐？"

"好吧。"我说。

我们前后脚从楼梯间出来，重新走进电梯。在短暂的失重过程中，她的肩膀颤动了一下，短发上似有一缕流光掠过。她并没有看我，我也只是站在她身后，盯着她肩胛骨处微微的突起。她的小红衬衫亮得耀眼。从写字楼大堂走出来，我仍然跟着她，被她带进了大厦后面的停车场，走向一辆橙色的"甲壳虫"。这不是来时险些撞到我的那辆车么？这么说她早已看见我了……当时为什么没叫我？我疑虑着，心里忽然有一种异样的感觉。很快，那种感觉就被证实，随即严重扩大化了。当我们钻进汽车时，一个女孩从车前走过，笑着对姚睫摆摆手："凯丽姐……"

我的喉咙像被什么重物狠狠撞了一下，连呼吸都急促了，却说不出话来。这么说，那个欧阳艳本来就和她认识？是姚睫不出面地租下了我的咖啡馆？甚至我后来重新拿起小提琴，开始卖艺为生，也是她的……安排？姚睫却不动声色，以女孩间很俏的方式对车外的姑娘挥了挥手，然后开车出了停车场。秋天明媚的光影从她脸上掠过，却让我越来越看不清她了。

"你现在话怎么少了？"在一个宽阔的十字路口，她一边打方向盘，一边问我，"过去多贫一人啊。"

"是生活……"我不咸不淡地敷衍了一句，然后把话题转向她，"你的变化倒很大。"

"没什么变化。"她短促地说。

我敲敲"甲壳虫"的中控台："这么说，就有点儿装……"

"也就是找着份儿工作而已，没什么。"听得出来，她虽然这么说，语气里还是带有明显的快乐甚至是得意，"刚才看见那姑娘，她有一辆宝马呢，那就不光是'找着工作'的结果了……得是找着个男人。"

这种说辞更让我觉得自己没地儿放了。而姚睫则略微兴奋起来，一直到我们在北二环的那条胡同下了车，坐进"茉莉咖啡馆"，看着笑而不言的欧阳艳送过两杯茶来，她还在滔滔不绝地说着这几年的经历。

她的北京

姚睫告诉我，她一直都没离开北京。

那个晚上——就是她终于下定决心从四合院里"逃"出去的那个晚上——她反复告诉自己：她来北京，可不是陪着两个无聊的男人（也就是我和 b 哥喽）混日子的。她拿出从宜家商场"顺"来的大号购物袋，把自己可怜的几件衣服塞进去，然后背上米老鼠包，就算全套家当带在身上了。为了不吵醒 b 哥的那个小老乡，她轻轻地推开房门，像做贼一样走过院子。墙上的野猫咻地窜过，踩得葡萄架子一阵轻响。

可是当她小心翼翼地去拨那大门的门闩时，却突然被人从背后拍了一下。姚睫登时吓了一跳，"嗷"地叫了一声。回过头去，那个小妹子也"嗷"地叫了一声。她们互相吓了一跳。

"你要走呀？"小妹子说。

"是呀。"姚睫说。

这个小妹子的脑袋很有意思，她也不问人家为什么走，而是径直问："你走哪儿？"

这倒把姚睫问住了："我也不知道。"

小妹子没有一点担心的样子："那走好。"

姚睫突然想笑，然后拉了拉她的手："帮我个忙好不好？"

"干嘛？"

"别告诉那俩人我走了。"

"哦，反正他们来的时候也能发现。"

"赵小提这阵肯定挺忙的……等他发现，我可能已经在外地了。"

她和小妹子说好，相互嘿嘿一乐。但是姚睫开门的时候，小妹子却哭丧着脸抱怨起来："就我一人在这大黑屋了。"

原来她害怕了。说来也是，她还是个孩子呢，比姚睫还小。

姚睫说："怕什么？"

小妹子说："黄鼠狼。"

姚睫拍拍她的肩膀说："你舅姥姥不是学习毛泽东思想的标兵吗？没跟你讲过唯物主义么——黄鼠狼成不了精。"

小妹子只好点点头，然后姚睫就迈了出去。她快步走出寂静、清凉的胡同，穿过巷口的大槐树时，风吹树叶刷刷响，在黑夜里恍惚是在下雨。而当她走上大街，看到水银泻地般的灯光时，脚步便慢了下来，时间却好像流逝得快了。才出来几分钟，她便感到小院儿里闲散的生活恍若隔世了。

姚睫对我说："那真是一个适合逃跑，适合夜奔的时节啊"。

一辆空荡荡的、被街灯照得通体透明的夜班车驶了过来，她想也没想就上了车，坐稳之后才开始琢磨起来到底该去哪儿。离开北京回家乡去？这是一个切实的选择。前两天姚睫从宜家商场下班的路上，顺便去看过几处出租的房子，条件好的根本租不起，租得起的又不像个人住的地方，房产中介爱答不理地对她说："北京就这样儿。"此处已经无法容身，她待在这儿干嘛呢？前两天她妈妈给她打电话，说成都小姨上班的那所学校在招老师呢，不妨回去参加一下考试。姚睫的专业虽然不对口，但好歹是北京的名牌大学，给孩子们上上自然课、美术课想必还是应付得来的；拿份儿旱涝保收的工资，一年还有两个假期，这个前景听起来不错……

"可不知怎么的，一想到要离开北京，我心里就特别凄惨。"姚睫又对我说。

至于凄惨的原因，也不是因为没混好就不好意思回去——作为一个女孩儿就这点好，没人会在这方面给你太大压力——而是因为她对北京已经太熟悉了。18岁来这儿上学，这时候都23了，整整五年呢。这五年里，她用过功也逃过学，做过梦也撒过谎，住过豪宅也钻过狗洞，讨厌过一些人也喜欢过一些人……她想：就这么不清不楚地离开了吗？

"这姑娘，别出神了，到站啦。"烫了一头波浪卷儿的售票员大姐喊她。夜班车开得快，才刚过一会儿的感觉，已经到终点站了。

"这是哪儿？"姚睫问大姐。

大姐哭笑不得地说："你要去哪儿？"

姚睫想：我要是回四川你们的车开得到吗？她便又问了一句："这是哪儿？"

大姐叹了口气："正义路，这儿是正义路——你没看天安门就在那边么？你拎着大包儿是要去北京站吧？往南再往东一绕就是。"

看来"天意"是让她走。她叹了口气，下车。大姐一边打着哈欠，一边在后面提醒姚睫："小姑娘家家的，大晚上去车站留点儿神。那儿乱！"

姚睫便懵懵懂懂地往南走。算了算了，既然都到了火车站，那就索性回家算了。迎面而来的都是些刚下火车来北京的人，他们背着大包小包埋头前进，并不看这城市的夜景。他们仿佛明白这儿不是他们的家，因此刚一下车，就打消了自己的好奇心。因为走得太急，姚睫的肩膀撞到了一个矮个子男人的身上；这人真有劲儿，把她撞得原地转了半圈儿。在一片天旋地转中，她仿佛看到西北方向有一团艳红而璀璨的灯火……那不是幻觉，那是天安门。这一撞忽然让她动了一个念头：说来也真可笑，来北京几年了，她还没去过天安门呢。每次经过，都是坐着公共汽车一扫而过。她想：都要走了，去看看天安门也未尝不可吧。姚睫就揉了揉肩膀，掉转头，加入了往北的人流，朝天安门走去。

"也就是在那儿，我又看见了你，还有茉莉。"姚睫对我说，"巧么？咱们之间，总是有这么巧的事儿。"

我听她这样说，也有了一种奇妙之感。那天晚上，我和茉莉的确在天安门。我们说着往事，却不由自主地进入了姚睫的往事。

刚开始，姚睫在广场上踢踢踏踏地走，无所用心地这儿看看那儿看看，并没有见到我们。一对新婚夫妇大晚上跑到这儿来拍照，新娘子穿了身板儿板儿的西服套裙，让人以为是大会堂里溜出来的服务员；新郎则在烦躁地催她："快点儿快点儿，广场边上不让停车，一会儿该让警察给拖走啦……"还有一些学生打着红旗，正在趁夜里人少排练集体舞——她走到了广场的北端，抬起头，恰好看见了我，还有茉莉。我在长安街边站着，抱着我的前老婆；而茉莉的脸伏在我的肩膀上，跷着一只腿，两只脱下来的高跟鞋在手上一晃、一晃。姚睫还看见路上的汽车驶过，把我们照得一明、一灭。我们三个人在辉煌的广场上静默着。

姚睫呡了口茶，对我说着当时的景象："我当时想：他们重归于好了吗？看起来是吧。"

"可是我们并没有……"我看了看她说。

"当时就是这么觉得的。"她撇撇嘴，好像有点不满似的，"抱都抱了。"

姚睫的语气让我心里一悸。我只好闭嘴，在这个以我前老婆命名的、我开的、后来又被她买了的咖啡馆里，听她继续说着往事。

姚睫大大咧咧地承认，那天晚上，她莫名其妙地激愤了起来：你们好了就好了，干嘛要让我看见呢？而我呢，本来应该不在乎的，为什么心里却有什么东西炸开的感觉？她不知是因为恨我，还是恨她自己没出息。而她能做的只有逃跑，再跑远一点。回家去，她的心里只有这一个念头了。姚睫神魂颠倒地背着包儿，快步往北京站的方向跑去。妈的，再见啦，天安门。而那个晚上后来的事，就都像梦里发生的了。她撒开腿在北京的街头飞奔，也许边跑边哭，也许没有哭，反正也无所谓——流了眼泪，被风吹干了，也等于没流。跑到火车站，她冲开盘踞在门口的人群进去买票，那个疯狂的样子一定吓坏了不少人。

出人意料，平时排着长龙的售票窗口前，那天人却很少，只有寥寥几个男人凑在那里。在一股蛮劲儿的作用下，姚睫像喝醉了酒的人一样挤进了他们中间。加塞就加塞吧，都要离开北京了，还不能在这里撒点儿野吗？这个念头让她变成了一个混不讲理的人，一个男人操着河南口音呵斥她："你干啥你干啥？"

她对他吼回去："买票！你管得着吗？"

但是她刚掏出钱包，拿出钱来递过去，周围的气场突然就变了。余光能扫到的几张蜡黄的脸变了表情，四处八方都是皮鞋踩踏地面的声音。姚睫身边的几个男人朝各个方向四散而逃，远处传来哨声、喊声："别跑！别跑！"

姚睫也回过头去，和大厅里的其他人一起伸着脖子看：警察不知从什么角落冲了出来，玻璃门外还停着一辆红蓝灯交替闪烁的警车……再后来，她听到砰的一声，身体突然就轻了，两脚离地飘浮了起来。灯光、人脸、电子屏幕在头顶呼啸着旋转，这让她感到自己是一个体操运动员，耳边响起了宋世雄老师的声音："……接一个团身后空翻转体180度……"

最后，她眼前一黑，什么也不知道了。

姚睫是被车站派出所里浓重的烟味儿熏醒的。她睁开眼，看到一只嗡嗡作响的白炽灯，侧面是一堵黄不拉叽的墙，斑驳得好像方圆十里的狗都冲着它撒过尿；墙上挂着一张拙劣的宣传画，一个大头娃娃般的民警甩着副手铐，告诉人民群众"有事儿您说话"。如果不是摸到了身下那张钢丝行军床，她还以为自己被人扔到男厕所里了呢：七八个男人排成一字长蛇阵，在她对面的墙下蹲着，人人都提着裤子。当然，他们也不是在排泄，只是被没收了裤腰带。烟味儿突然浓重了好几倍，呛得姚睫直咳嗽，一张黑眼圈重得像熊猫、歪扣着顶大檐帽的脸凑上来观察她。他几乎把烟碰到了她脸上。

"醒了醒了，没大碍。"那老警察沉稳地说，"我说没事儿吧。"

"我这是怎么了？"姚睫颤着嗓子问。

"自个儿都不知道啊？"老警察笑道，"你这小姑娘真够愣的。这帮人凑在售票口，你还敢往里扎，还加他们的塞儿，你不怕他们拿刀片给你破了相呀？"

姚睫头重脚轻地坐起来，发了几秒钟呆："我被撞倒了？"

老警察对那群男人厉喝一声："抬起脑袋！"他们立刻乖乖地仰起脸来，曲项向天歌。

"看看是谁把你撞了。"老警察说。

她低下头去："不知道。我也没看清楚，稀里糊涂就倒了……算了算了，让他们走吧。"

老警察笑了："你傻呀？光撞个人我们犯得着这么兴师动众么？这几个是票贩子。"他又问她，"你要去哪儿？"

"四川，先到成都倒车。"

"快看看票还在么？"

姚睫摸了摸兜，心里一惊："钱包都没了。"

"那麻烦啦，麻烦啦。"老警察很担心地说，"肯定被谁给捡走了。你是回家么？有急事儿么？"

姚睫还没说话，一个蹲在墙角的男人忽然积极地喊起来："大哥，我手头儿还有成都的票，还是软卧，要上铺有上铺、要下铺有下铺，要不您把我放了我给她票？"

"你是不是欠抽啊？"老警察斜眼瞪他，却又转回来问她，"这个方案可行么？"

姚睫心里突然想笑：要是春运的时候碰上这事儿，那可是意外之喜。还没有说话，那男人已经一手拎着裤子、一手举着票，半蹲着小腿快捣，来到警察面前："我戴罪立功。"

"功不抵过，不过今儿晚上你可以不睡在尿桶旁边儿了。"老警察让那男人滚蛋，又对其他人说，"人家钱也没啦，你们看着办。"

票贩子们只好纷纷掏兜，凑了起来。老警察把那堆票子收拢在一块儿，递给姚睫："差不多吧？"

"多了。"她看着那十来张百元大钞说。

"多了就算赔偿你的精神损失费。"老警察笑嘻嘻地说，"他们今天还没出货，这些不算赃款，你放心花。"

在确保姚睫"已经没问题了"之后，老警察才把她送出门。姚睫对他说："谢谢您。"

老警察有点儿不好意思地说："真别谢我，本来应该给你叫救护车的。但是你知道，抓捕行动中误伤群众，那得算事故……咱们互相体谅吧。"

揣着意外收获的车票和钱，姚睫便懵懵懂懂地回到售票大厅。这里依然杂乱、喧哗，丝毫看不出刚刚发生了一场意外。她又走向刚才那个窗口，那里已经换了一个售票员。她问姚睫："去哪儿？"

"哪儿也不去。"姚睫说，"我退票。"

那天晚上她变了卦，离开火车站，坐上一辆夜里的区间车，一路向东驶去。她刻意没有选择经过天安门的路线，仿佛是在躲着什么。

"此后的日子说起来挺惨，但是过的时候也没觉得有什么。"姚睫告诉我。

过去她也问过我："你也没俩钱，怎么过起日子来那么大手大脚？"我告诉她说："男的就这样，岁数越大越顾影自怜，哪怕家徒四壁也吃不得一点儿苦。"而按照我的说法，年轻人的一大优势就是禁得起虐待，"头天挨十个大嘴巴第二天一早保证消肿"。

"这话算是我听过的最生动的一堂励志课了。"姚睫又告诉我。

留在北京以后，虽然兜儿里还有一小叠钱，但她也没舍得花。当天晚上找了家80块钱的旅馆，又跟人家讲价砍到60才住下。第二天早上，宜家商场打电话问她还去不去上班，她说不去了。出门路过一家报亭，她犹豫了几分钟，最后还是买了一个新的电话卡装到手机上。然后，姚睫找了家黑网吧，在一群小伙子骂骂咧咧的枪战声中浏览招聘网站，找工作。她在本科时念的专业叫"城市环境"，现在才知道这个专管"设计城市"的学科有多么扯淡——尤其是在北京。北京是谁设计的？忽必烈、明成祖、康熙、乾隆等各朝皇上。

姚睫这时候就开始后悔当初没考公务员了，据说有几个进了规划局的同学都开始受贿了。她随后又想：设计城市没资格，设计点儿别的总可以吧。除了选修过大堆的人文社科课程，她还上过一年的美术设计课——现在看来，当初真是爱错了人呀。如果暗恋的不是董东风，而是一个实用学科的老师，那情况可就不一样喽。虽然知道自己那两下子"底儿潮",但她还是硬着头皮给一些广告公司、杂志社投了应聘函;几天之后,她开始了走马灯一样的面试。

毫无疑问,求职的过程可谓惨烈。当姚睫迈进人家的办公室时,被问的第一个问题永远是:"你穿成这样就来了?"

她低头看看自己皱巴巴的牛仔裤、即将"开口笑"的球鞋,实话实说:"不好意思,我没钱买衣服了。"

第一印象已经让人不满意了,后面的事情就更别提了。也真不怪那些招聘的公司,人家要的是"有丰富经验的专业设计人员"。可她呢,连几个常用的电脑软件都不会使,看见苹果机的时候还问人家:"这鼠标怎么就一个钮儿呀?"被人家拒之门外,连她自己都觉得是天经地义的。而此时姚睫唯一的优势,大概只剩下"禁得起虐待"这一条了吧——一大学生连售货员都干过了,还有什么跌不起的"份儿"呐?因为学艺不精,她这时能干的工作只有在办公室里打杂。"那孩子,看看传真机响了没有。""那孩子,这儿有份文件你打一下。""那孩子,给楼底下饭馆打电话定个餐吧。"那家名叫《祝你好孕》的杂志的编辑们总是这样吆喝她,而她就要跑跑颠颠地给她们干这干那。

当初姚睫决定在这家杂志当勤杂而没去《男人装(B版)》,唯一的原因是这边地处偏僻,都快到通州了。一套两居室住八个人的那种群租房,每个床位一个月只要交300块钱。1000来块钱的工资,不仅够活命了,还够洗澡和买卫生巾呢。可以干干净净地来月经,这是一个体面妇女的起码要求——她靠勤劳的双手达到了。

这家杂志虽然叫《祝你好孕》，编辑和美工也基本上都是女的，但很少有人当过妈的。原因自然是忙。一群肚皮扁扁的女人一天到晚面对"羊水""宫缩"之类的话题，其精神折磨可想而知。压力一大，有一些人会暴跳如雷，有一些人则会唠唠叨叨。有一次，一个暴跳如雷的跟一个唠唠叨叨的吵了起来，其中一个说："你信不信我给你丫侧切了——侧切你那张嘴。"不过除了喜怒无常，人基本上还是好人。因为家里没孩子，她们晚上下了班也常常懒得回家，除了吵架、拌嘴、传小道消息之外，也热心地教给姚睫一些工作上用得着的东西。那几本工艺美院出的教材，姚睫就是在一个40多岁的老处女的讲解下读完的。后来，她们发现姚睫的英语还过得去，便把一些翻译的活儿交给了她。有了翻译费，日子就宽松多了。

这么晃悠了一年多，她又换了三个上班的地方，其中包括：在《笑话荟萃》杂志当外文校对，在"路子野"广告公司当业务员，在"中华珍稀虫类保护基金会"当秘书。换工作的原因也没什么奇特的，不是工资太低，就是领导太操蛋。

虫类基金会的那个活儿本来挺不错的。地方在西五环外的农林科学院，院儿里的绿化别提多好了，还提供一个15平米的单间小宿舍；夜里听着法国梧桐沙沙作响，感觉惬意极了。但是干了一个月之后，她的后脖颈子开始发硬、抽筋。

抽筋的原因并不是伏案过久。姚睫的工作非常轻松，仅仅是把一些国内摄影师拍摄的虫类照片（蝴蝶产卵、母螳螂吃公螳螂之类的）制作成招贴画，配以英文说明，发到外国野保组织的信箱里。但是坐在电脑前干这些活儿的时候，她总感到脖子一阵一阵地发麻。怎么会麻呢？姚睫猛然回头，看见坐在她身后的基金会副主任匆忙低下头去。因为动作过急，他的秃顶发型乱了，几缕硬粘在中央地带的长发耷拉下来，让他的脑袋看起来像一只水母。难道这人在朝她的后脖子吹气吗？这么大个人还玩儿这么无聊的游戏，真是少见。第二天，她特意买了一面小镜子，放在电脑显示屏的旁边，想看看他到底在干嘛。这一看，真是让姚睫不寒而栗：她们的副主任正欠起身子，以一种极其专注、极其深情，甚而带了一点幽怨的眼神，盯着她的后脖颈子看。

也许这位大叔落下这个毛病是基于一段美好的回忆，比如说上学时暗恋过坐在他前面的女生之类的。但是从女孩儿的角度来理解，这可实在不容易让人接受。难怪他明明有自己的办公室却不去坐，非要在女秘书的后面安置一张桌子。何况他这一往情深的"看"，来得还那么频繁、那么长久。每每伏案写写画画不到十分钟，他那张像秃顶一样光洁锃亮的脸就仰起来了，盯着姚睫，只是看。有的时候能看上半个钟头，眼都不带眨的。自从发现这个秘密之后，姚睫的脖子——被"看"的地方——就更加不自在了。在阳光明媚的上午，她刚刚坐到桌前，那里便隐隐发麻了起来。为了抵御副主任的目光，她曾经试过穿着厚厚的立领外套上班，可是无济于事。身后那两道目光犹如 X 射线一样无坚不摧：穿越衣物，直抵皮肤。

"妈的，我总不能背着一块 20 公斤重的铅板上班吧？那不成王八了么？"

脖子的危机让姚睫不堪其苦。发展到后来，脖子不仅会发麻、发硬，干脆疼了起来。有一天下班，她坐车到城里，找了一家盲人按摩，让一个戴着墨镜的酷师傅揉脖子。师傅搓了搓说："都打结了。"说得她的经络好像一团烂绳子，被无可救药地捆在了一起。师傅一边耐心地给姚睫揉，一边还讲了很多关于脖子的知识。

他说："你知道什么人的脖子压力最大吗？"

姚睫说："是打字员吗？"

"不不不。"师傅说，"赛车手的脖子最辛苦。"

姚睫问："为什么？"

"他们加速、减速、转弯都太急了，全是脖子在受力。我给一个赛车手按过脖子，硬得像铁一样。"

而按照这个师傅的说法，姚睫的脖子难受，就是因为一天到晚都在"使劲儿"。师傅又问她："难道你也飙车吗？小姑娘家家的，玩儿这个很有性格呀。"

姚睫心里叫苦：要是飙车就好了，什么时候"砰"地一撞，脖子"咔嚓"一声折了，倒也一了百了。哪儿似现在这样，钝刀子割头不觉死。她既没法把脖子练得像赛车手一样粗壮，也没法劝副主任像盲人师傅一样戴着墨镜上班。她只能逃之夭夭啦。辞掉这个工作，说起来还真是舍不得。在姚睫呆过的所有单位里，也只有这边不用加班，而且按规定提供"三险一金"；福利也不错，妇女节还发电影票，让姑娘们去看《虫虫特工队》呢。但是没办法，她已经开始自己吓自己了：谁知道那家伙什么时候看腻歪了，或者看兴奋了，就会做出什么呢？在很多美国犯罪片里，喜好肢解被害人的凶手都是这种貌不惊人、性格给人以黏稠感的中年居家男人。

下定决心后，姚睫立刻到商店去买了一只大号的双肩包。现在，她的"家当"比从四合院逃走的时候多了一些，但是这么一个包儿也足够了。她背着它回到宿舍，将乱七八糟的东西塞了进去，然后又去办公室取水杯、U盘和几本书。

为了不惊动农科院的保安，她没有开灯，凭着手机的光亮在办公桌上摸索。但就在拉好背包拉链的时候，灯突然亮了。姚睫屏住气回头，看见副主任的脑门亮闪闪的反射着橘黄色的光，站在门口。她想：他是跟踪我来的吗？还是仅仅回来拿什么东西？或者他有晚上在办公室消磨时间的习惯？这时她又想起了变态杀人狂的事儿，弄得大气儿都不敢出了，只能直愣愣地看着副主任。

副主任倒像没事人一样跟她打招呼："背这么大个包儿干嘛呀？"他的声音如此和蔼，真是吓死人了。

姚睫说："我……要走了。"

"走？也没请假呀。家里有什么事吗？"

姚睫咬了咬牙，扯谎道："我不在这儿工作了，有个外企要我了。"

副主任吁了一口气，说："那边工资高吧？"

她点点头。

然后副主任就做了个"请便"的手势。对于基金会来说，像姚睫这样的外聘人员毫无重要价值，换个新人接班也就是两三天的事儿，因此可以来去自由。她像得了大赦一样背起包，溜着墙根要走出去。

"对了……"副主任突然在背后叫她。姚睫只好"咚"的一声站住，后脖颈子又开始作痛了。

"你是不是对我有什么意见呀？"

姚睫没想到他会这么说，赶紧回答："哪儿有，哪儿有。"

为了缓解脖子的压力，她转过身去对着他。没想到看见的却是一张悲怆的、如同受了多大迫害似的脸。那一瞬间，姚睫觉得他的鼻涕都快流下来了。

"其实我……我们这代人，真是不容易呀……"副主任说。

听到这话，姚睫就不害怕了，转而想笑。这明明就是电视剧的路子嘛——一革命队伍里的中年男人深情地对女学生、女文工团员、女打字员说："其实，处长也是个不容易的男人……"之后的台词大概就是："我们这代人都是包办婚姻……根本不懂爱情！"到底是电视剧写得太真了，还是眼前这老男人被电视剧熏陶得太"假"了呢？总之，面对眼前这情境，姚睫能做的只是咬紧牙关，把嘴唇抿得紧紧的，以免一个"喷口儿"笑到他脸上。按照电视剧的路子，再往下也许还要写这个煽情男人和原配的关系、和子女的关系，以及第三者和原配的关系、和原配子女的关系……但是她可没义务陪着一个老男人意淫了。她得走了。

"……我们以前都是知青，你懂什么叫知青吗？"看到姚睫不说话，副主任倒越来越入戏了。

姚睫赶紧对他说："您省省吧。"

"你说什么？"副主任像挨了一棒子似地说。

"谁他妈容易呀？可不是谁都像您这么爱抒情——都近乎邀宠卖俏了，您不觉得么？"

说完，姚睫紧了紧背包带，埋头跑了。出门时，背包几乎把那男人撞了个跟头。走出农科院的大门，她才稍微有点后悔：也许秃顶副主任并没什么坏心眼儿。他在生活里能琢磨的东西是如此贫乏：上班琢磨琢磨领导和同事，琢磨琢磨女下级；下班琢磨琢磨电视剧，琢磨琢磨房子、车、家用电器——老婆是没什么琢磨的必要了。一个脑子里只有这么点儿东西的人能坏到哪儿去呢？被戗戗一句，也许够他沮丧好几天的呢。

但姚睫并不为刚才的粗鲁而后悔，她有权力对那些让她别扭的人或事情说"不"。要是放弃了这个权力，生活里就不剩下什么了。可没多久，夜奔的兴奋感便丧失殆尽了。看着幽暗的路灯，她叹了一口气：又得找工作了，今天睡觉的地方还没着落呢。

而姚睫说，她找到后来这份工作也纯属运气。当时她到望京去面试一家影视公司，被两个鞋跟三尺高的大妞儿淘汰之后，有气无力地在街上溜达。在北四环辅路的一侧，她忽然看见了"宜家"的招牌。这商场搬家了吗？因为一直在城市的边边角角游荡，姚睫都没听说过这个消息。原来在马甸的时候，大家都抱怨那儿太堵，一天到晚有顾客为了争抢车位打架。现在看起来是好多了，新商场宽敞、高大，就算大减价，也不会造成区域性交通堵塞了。

这可是她"生活战斗过"的地方呀，姚睫心里涌起一阵凄凉的温暖：战斗了这么长时间，日子还是过成这副狗屁样子。原来在这儿卖东西的时候，她就总想：有了稳定的工作，第一件事就是买套家具布置房间。现在连这个小理想也没实现。进去歇个脚也好。她回忆着瑞典大肉丸的味道，满嘴生津地进了商场，转到三楼的"样板间"，找了个沙发舒舒服服地靠上去。因为不是节假日，商场里非常空旷。新招来的售货员也像她们当初一样，或者三三两两地小声聊天，或者捧着本杂志在角落里看；只要你不是脱了衣服睡觉，就不会有人来管你。

对我讲到这里的时候，姚睫的语速忽然慢了下来。她说自己当时望着曾经讲解过1000多遍的"克拉拉"台灯，两眼无神地发了会子呆，然后就睡着了。"在梦里，我看见了一年多以前的那个春天，一个满脸颓丧的男人靠在宜家商场里同样的沙发上，打瞌睡。他看起来百无聊赖又满腹牢骚，对整个儿世界都是爱答不理的。那天，我找到你的时候，你这家伙居然在人来人往的大厅里睡着了。即使睡觉的时候，你也嘟嘟囔囔的，仿佛在嘲笑着什么人。"

我明知故问："你说的那男人……是我么？"

"还能有谁呢？"姚睫突然往前凑了凑，盯着我，像说一个秘密似的问，"那时你在'老宜家商场'睡觉的时候，做梦了么？"

我有点不知所措："做了……"

"梦见谁了？茉莉还是……别人？"

"……都梦见了。"

"我也做梦了，巧吧？"姚睫像说绕口令一样道，"我在'新宜家商场'梦见了你在'老宜家商场'梦到我时的景象。"

"你这话说得很像卞之琳的那句诗呀……"我看着姚睫炯炯的眼睛，慌乱了起来，"我们的梦重合了，多巧……"

"对，多巧。"姚睫以"着重强调"的口气重复了一遍，然后继续讲起了她的事情。我暗中舒了口气。

当时，她就这么浑浑噩噩地在"宜家"打着盹儿。不知过了多久，忽然有个声音在头顶上响了起来："嗨，嗨。"

姚睫却几乎不敢睁开眼——因为刚才那个梦。她害怕见到谁呢？

"嗨，嗨。"梦外面的人却又小心翼翼地捅捅她，用英语说，"你怎么在这儿睡觉呀？"

姚睫疑惑地睁开眼，随即哈哈笑了。在台灯一侧，李宝塔那张撒克逊人特有的、红光满面的胖脸正对她和善地笑着。李宝塔这人，姚睫对他的评价是"比较厚道"，就像大部分欧洲农民一样厚道。这厮的本名叫托尔·李，以前来中国做橱窗设计师的时候，姚睫曾经作为宜家商场销售部门的翻译陪同过他。后来，他还给她介绍了两家设计公司去实习。可惜后来糊口要紧，姚睫想当一个设计师的念头就被搁下了，他也没打招呼就回英国了。

而这家伙之所以有了那样一个古怪的中文名字，还是姚睫的功劳呢："你的名字和 tower 谐音，就叫李宝塔好啦。"

她还告诉他，中国有位托塔李天王，可见这个名字很威猛。但是后来，他又听说给小孩儿打蛔虫的药叫"塔糖"，就很沮丧了："我这个样子怎么可能让人想起李天王呢？塔糖还差不多。"

李宝塔胖胖的，长了两个笑眯眯的酒窝，一激动就容易流鼻血——这是在他的老家挨了足球流氓一记痛击的后果。这么一副憨态可掬的样子，再配上这么一个傻乎乎的名字，很难让人相信他是一个橱窗设计师。的确如此，他当初从苏格兰乡下跑到伦敦呆了好几年，根本接不着什么活儿；所以当有个公司告诉他中国这边缺人的时候，他就屁颠儿屁颠儿地奔过来了。

"你怎么又来啦？"在宜家商场，姚睫问李宝塔。

李宝塔实事求是地说："你们这边人傻，干我们这行的，钱好挣。"

姚睫替中国人辩护："那是因为我们看外国人都是一个样，

分不清谁长得老土、谁长得时髦——看你和看范思哲基本是一样的。"

李宝塔美滋滋地说："所以我才这么爱中国。"

姚睫回敬道："我们也把国内不少没人要的眯缝眼儿女性出口给你们了。都是变废为宝。"

随后，李宝塔又问姚睫干什么呢。姚睫坦率地说："失业呢。"

李宝塔听了却大喜："要不跟我一块儿干吧。"

原来这个英国土鳖真的相信中国人比他还土鳖，这次回来居然开了一个设计工作室。只不过他能支付的工资太低了，根本找不到像样的人，到现在公司里只有他一个"首席设计师"——基本处于赋闲状态。

姚睫立刻回答他说："只要你允许我住办公室就行。"

"你可真是太惨了。"

"彼此彼此。你要阔了也不至于到这儿买家具。"

就这样，姚睫作为"中英艺术合作社"的助理开始了设计生涯。刚开始的时候，她真的在位于机场辅路一侧的工作室里住了一段时间。随着"798"的兴旺繁荣，全国各地的伪艺术贩子都往那边扎堆儿；朝阳区的农民也顺应时势，腾出了一间又一间的红砖大瓦房，租给他们这些人。李宝塔的"工作室"也就七八十平米大，堆满了三合板和玻璃胶，乍一看去，分明是个野鸡装修队的库房；人在里面待长了，会被油漆味儿熏得眼泪汪汪。而西方国家再穷困潦倒的家伙对生活的要求也都很高，"很懂得把自个儿当人对待"。李宝塔自己住在酒仙桥附近的一间涉外公寓里面，交完房租，连在报纸网站打广告的钱都不剩了。为了给公司拉活儿，姚睫还得站在尾气冲天的京顺路上，往那些烦躁的司机手里塞小广告。和她一起干这事儿的，还有一些东北口音的小伙子、小姑娘。他们熟练地在车流里穿来穿去，喊着："大哥，六环路旁边的好房子，到国贸20分钟车程……"

有的司机骂道："放屁，20分钟，我连这个灯儿都过不去。"

而更多的人则知道骂也没用。只要你摇下窗户抽颗烟，那些花花绿绿的"楼书"就会像蝴蝶一样飞进来，号召你去五环路、六环路、秦皇岛甚至海南岛置业。如果你足够有钱，全国各地都会有你的家和丈母娘；但眼下的你却只能疯狂地转动着方向盘左扭右扭，期望从两三辆横冲直撞的大公共车轮之间穿过去，快速赶往下一个堵塞的路口。

在马路上站得久了，姚睫也摸索出一个小窍门，那就是跟着那些卖房子的人行动。当他们热情洋溢地敲开车窗，司机还没来得及破口大骂的时候，她也把自己手里"知名工作室，英国设计师"的宣传单塞了进去。而在她后面，还会有"男人要补肾，补肾找阳根"、"德国神油日耳曼"之类的小广告、小报纸。大家合作得倒也愉快，一个东北大哥笑嘻嘻说："这就叫产业配套。"

在街上待久了，难免会有意外。有一天，大家刚刚"出工"，忽然听到四下一阵哨子响，许多身穿制服的胖男人从路口的四面八方包抄过来。不用问，当然是战无不胜的城管队喽。他们一来，姚睫等人自然大乱，就在堵得满满当当的汽车之间四散逃起命来。原本水泄不通的路口，此刻更是寸步难行；所有的汽车都在按喇叭，好像在为跑来跑去的人们助威。一个卖房子的人跑得兴发，突然一扬手，把手里的传单洒向了天空。仿佛受了他的激励，所有的人都做了同样的动作——传单被撒向树梢、撒向车顶，漫天飞扬的色彩，落英缤纷般随风盘旋，那景象真是漂亮极了。这是激光排版、彩色印刷的花雨，财富的花雨，北京街头的花雨。接着，为了防止车窗被遮挡，所有的汽车又都开动起雨刷器，还有人按错了键，把玻璃水也喷了出来。这样一来，居然连彩虹都有了。

姚睫愣在两辆汽车之间，呆呆地看了两秒钟，突然反应过来：他们哪儿是在天女散花呀，他们是在销毁证据。只要传单不在手里，谁又能说那些"城市的牛皮癣"是你播散出去的？这么一想，她也赶紧把手里的传单撒了出去。但是眼看着几个身手矫健的小伙子翻过栅栏，跳到车行道的另一边去，而动作缓慢的人则逐渐被城管队员包围，一阵"不可思议"之感忽然涌上了她的脑袋：我这是在干嘛呀？我怎么会处在这样的环境里？当时她想：这里不是北京吗？不是每一个足够聪明、足够吃苦的人都能梦想成真的地方吗？那么她为什么会这样呢？像老鼠一样被人追、被人打、被人笑话。她不够聪明吗？不够聪明又是怎么考进大学的呢？她不够吃苦吗？比起同龄的女孩儿来说，她吃的苦已经足够多了呀。她还想：当初，何必赖在这儿呢？

这么一想，一股冷冰冰的东西就在姚睫的腹腔里面泼洒开来，似乎浇灭了一团微亮着的火。她手脚发凉，全身疲乏无比，再也不想跑了，甚至不想抬眼去看眼前的一切。她随便找了一台车，坐在它的机器盖子上，双手掩住脸。那辆"沃尔沃"的司机是个年纪不小的女人，她下车来，紧张地对姚睫说："你要干什么？别人都看到了，我的车可没碰着你。"

"我又没说你碰到我啦。"姚睫蛮不讲理地对那女人喊,拖着哭腔,"反正你也走不动,我在你的车上坐一坐怎么啦?坐坏了吗?"

那女人还想说什么,忽然叹了口气道:"那你休息一会儿吧。"她还从车里拿出一盒餐巾纸来,让姚睫擦眼睛、擤鼻涕。

姚睫说:"谢谢你。"

她说:"不客气。"

等姚睫擦完脸,就干干净净地被城管带走了。

假如说上一回进火车站派出所,姚睫是受害方;那这一次进城管队办公室,她就是肇事者了。不过这也没什么,反正人要是倒霉到一定的份儿上,就不会在乎自己是什么身份了。

说来也搞笑,当天晚上姚睫从城管大队被接走的时候,身份还是与众不同的。接她的人当然是李宝塔了。一个50多岁的老城管队长按照姚睫的"供述",打了"工作室"的电话,鸡同鸭讲地吼了十分钟,然后茫然地对她说:"妈的,这孙子真是一个外国人呀。"只好由姚睫来向李宝塔介绍情况。说清楚之后,城管队长惊喜地说:"这小姑娘真有本事,英语说得比上次抓到的那个卖抛饼的印度人还好。"

过了一会儿,李宝塔这个英国土鳖就坐着一辆黑出租,哆哆嗦嗦地来接人了。跟黑车司机讲价钱的工作,自然又落到了姚睫的头上。讲完这边的,她又掉过头来,帮助李宝塔和城管谈判。

城管队长挖着鼻孔说:"她这个情况,得罚2000。"

李宝塔问:"2000英磅吗?"

"不不，"城管队长说，"没那么多。而且你给英镑我们也没地儿报账去，2000人民币。"

李宝塔厚颜无耻地一摊手："那也没有。公司还没有接到一单生意呢。"

城管队员们嘻嘻哈哈地笑起来。妈的，还有他这样的外资企业总裁，还有姚睫这样的外企雇员。这年头什么都在贬值，连"汉奸买办"都贬值了。最后，还是老城管队长网开一面："我们国家的政策，过去是优待俘虏，现在是鼓励外资——都没法儿难为你们，走吧走吧。"然后又说好，让姚睫和李宝塔给他儿子补习英语，"争取考上对外经贸大学。"

从城管队出来，走在"大山子"那一片璀璨的街灯之下，姚睫的心情自然还是沮丧的，她低着头不停地踢一只空可乐瓶。李宝塔眨着一双无辜的蓝眼睛，跟着她。一扭脸，她突然看见他的嘴边有一抹浓重的黄色，大概是咖喱。他常在来广营的一家印度小餐馆吃晚饭，被叫过来的时候恐怕连嘴都没来得及擦呢。

"姚睫……"李宝塔吞吞吐吐地说。看得出来，姚睫为了给他干活儿而被抓进了城管队，这家伙很过意不去。许多人都说外国人没心肝儿，对人都是一副"事不关己，高高挂起"的态度，那其实不公平。外国穷人还是挺厚道的，各国劳动人民都是差不多的。姚睫突然哈哈大笑起来，指着他的嘴。

"怎么啦？"李宝塔莫名其妙地问。

"李宝塔啊李宝塔，你怎么好像刚刚吃过屎一样？"

这个蠢乎乎的洋胖子抹抹嘴，看看手背，也笑了起来。笑过之后，他继续安慰姚睫说："你的工作很有成效嘛。"

"有屁成效，"姚睫说，"成效就是让人关了半天。幸亏我有暂住证，否则你就得到昌平的收容所接我去啦……"

"不不不。"李宝塔认真地说，"你发了几天传单，真的有客户给我们打电话啦。"

姚睫意外地说："不会吧？"

"怎么不会？"李宝塔说，"要是没有用，怎么会有人天天这么干呢？"

"有活儿好，有活儿你就得给我涨工资了。"姚睫眉开眼笑地说。

没想到，李宝塔又皱起眉毛来："可是我不想接……"

"为什么？"姚睫更加意外了。

"你发的传单都是跟在一些房产广告的后面，所以找上门来的人，还以为我们是干家装设计的呢。我们是做商业设计的嘛，橱窗、展台、专卖店……我的理想是给香奈尔设计产品发布会；他们却让我和家装公司一起工作，这和我的理想不一样……"

面对这种典型的外国人的幼稚，姚睫的鼻子都快气歪了。这种时候，必须得由她来教训教训这个一根筋的蠢货了。她飞起一脚，踹到李宝塔的胖屁股上，踹得他原地跳起了两尺高。

"不要使用暴力嘛……"

"放屁！"姚睫对他尖厉地喊叫，"你真觉得自己是一个了不起的设计师吗？你觉得跟装修队一块儿干活儿很丢人吗？我告诉你，被城管在众目睽睽之下抓走才丢人呢！你嫌丢人，我丢的那些人怎么说？"

"可是我从来没研究过家装啊，在英国那边的学校也没学过。"

"你的脑子是不是被足球流氓打傻了？没学过可以现学啊，

324

学不会还可以蒙啊，慕名来找你这种洋垃圾的中国人最好骗了。而且你不是给'宜家'设计过样板间吗？那还不是一回事？"姚睫吼叫道，"我告诉你李宝塔，你要是再不开张，我只能走人了，你也只能回英国领救济金去啦。"

李宝塔悲壮地坚持："可是我的理想明明是……"

"我现在的理想就是吃饱喝足，有地儿睡觉。"姚睫拍拍他的胖脸，"等实现了这个理想之后，你再琢磨别的理想吧。"

在姚睫的威逼利诱之下，李宝塔放弃了搞橱窗设计的理想，转型成为一个"国际知名的家装设计师"。而在后来连蒙带骗的工作过程中，不得不承认他的转型还是挺成功的。尽管他把人家的客厅弄成展台的色调，把卧室设计成服装店"打折专柜"的布局，还总会浪费十平米以上的空余面积，但是很多客户对他都挺满意。因为姚睫强硬地告诉对方："这是伦敦最流行的家居理念了，如果您不懂得欣赏，我们爱莫能助。"

在"人傻钱多"的市场大环境下，他们的公司居然运营了起来，而且迅速就把地址搬到了东三环的繁华地带。刚开始总是给单个儿的住家画设计图，后来有些名气挺大的装修公司也来找他们合作了。毫无疑问，那些人看中的无非是李宝塔那张英国农民的洋脸蛋儿，而姚睫也毫不留情地把价钱要得高高的。在此期间，她也给相关培训部门上够了"贡"，零零碎碎地考下了几个证，成了一名真正意义上的设计师。为了和公司的"国际品位"相称，她也起了一个艺名叫"凯丽"。

而这时候，就千万不能认为过过苦日子的英国土鳖都是厚道人了，他们一有机会就会变成面目可憎的资本家：尽管姚睫也算公司的"元老"了，但她独立完成的每一个项目，都要由李宝塔审定、冠名，他也会毫不犹豫地抽走大部分报酬。好在随着公司的规模越来越大，她当初入伙时和李宝塔说好的那百分之十的股份也越来越值钱。再后来就只剩下好运气了：等到李宝塔这个欧洲土鳖彻底实现了中国梦，被《时尚》杂志涂脂抹粉、登在封面上重磅推出的时候，姚睫果断地以高价卖掉了自己那部分股权，在望京开设了自己的独立工作室。她18岁来北京上大学，至此正好在这个城市待了8年。

"就是这样喽。"姚睫摊摊手，结束了她那段"忆往昔峥嵘岁月稠"。那种轻松的语调已经很像一个天生认为自己能"成事儿"的杰出人士了。

"哦……一个挺经典的励志故事，买卖再做大点儿都能上中央电视台农业频道的《致富经》节目了……"我嘴上这么说着，眼睛却不由自主地垂了下去，有点不好意思看她似的。姚睫变成今天这副光彩照人的模样，固然有运气的成分，但苦也没少吃——我的家乡终于给了一个异乡姑娘以应有的回报。而在她像无数颗铜豌豆一样在北京蹦蹦跳跳的时候，我正在干嘛呢？对……我开了一个咖啡馆，几乎还是被前老婆逼的，并且这么做的唯一收获就是迅速证明自己不适合干这一行。因此当买卖开始走下坡路的时候，我几乎没怎么挣巴就把店给卖了，关张大吉的时候甚至带着一种如愿以偿的心态……我适合干哪一行呢？竖着早已残疾的中指拉琴卖艺吗？

"我就知道你会讽刺我。"姚睫并未露出愠色，相反，她眼睛亮晶晶地看着我，"不过我早就说过，咱们的心态不一样。你在北京长大，所以一肚子不合时宜；而我到这儿来就是为了干点儿什么的，哪怕是一俗事儿……否则我来干嘛呀？"

"我没讽刺你——我是嫉妒你。"我说。但这却并没让我体会到"说了实话"的释然，反而被更深的疑惑感笼罩。能够时隔几年之后坐在一起回顾往事，我和姚睫说来还真是有缘分呀……但那仅仅是缘分吗？

"嫉妒什么呀，好好儿生活，干份儿自己喜欢的事儿，这不是你对我说过的么……现在咱们又见面了，多巧……"姚睫嗓音清脆地说，腔调倒是越来越软绵绵的了。

我却打断她，一句话脱口而出："真是巧吗？"

"是巧呀。"

"你赚了钱之后买了我的咖啡馆——有那么巧吗？"

姚睫的眼睛闪了一下："看你怎么理解了……其实……"

"你就直说吧，到底是巧还是——刻意的？"我的声调突然高起来，自己都没意识到。姚睫被我吓得一愣。

"你是不高兴我租了你的店么？"

"那肯定没有——我无能嘛、不挣钱嘛，当然得倒闭了。既然倒闭了，谁租不是租呀？我只是想弄清一件事，我的店怎么就被你租了？有那么巧么？"

姚睫盯了我一眼，垂下头："是，我承认没那么巧。我……一直暗中观察你来着……"

"什么时候开始的？"我像狼狗一样竖着耳朵说。

"刚开始碰见你的时候确实是巧合。"姚睫叹了口气，坦然道，"本来我一直都在忙，忙工作、忙开公司……那段时间脑子也没劲儿想别的。后来事情都上了正轨，我也有了时间在北京乱转，像你当年一样，这吃吃那儿吃吃……结果那天下午，就转到了这家茉莉咖啡馆门口。看见店名，我就预感到老板是你。后来果然看见你从店里走出来，跑到旁边拆迁的街上去看热闹……"

"然后呢？"

"然后你就掉沟里了。"

果然是这样。这么说我那天看见的"姚睫"是真的。我又问："再然后呢？"

"然后我就开始跟踪你了……我跟着你到了医院，知道你转到了疗养院。那期间我曾经去看过你几次，有时见你坐在轮椅上发呆，有时见你跟护士要贫嘴。"

"我怎么没看见过你……医生也没告诉过我。"

"我都躲在暗处。你知道，我以前也到那儿看过董太太，对那家医院的格局很熟悉。"她说，"而且后来，你的性格就越来越孤僻了，不太留意外界。有那么两次，我就隔着一片树荫看着你，你也没抬头。再往后，你就搬回家去了，窝在家里不出来，更不可能发现我在窗户外面看你……"

姚睫说得没错。我叹了口气，问："然后你知道我的买卖出了问题，就出钱让欧阳艳过来接手？"

她点点头。

我继续问："那么再往后，董东风过来劝我拉琴，也是你请他帮的忙？他以前可不知道我会这一手，甚至连我们家住哪儿都不知道。还有就是给我找活儿干的事儿了，请我去拉琴的两家饭

店也是你帮忙联系的？"

问这些话的时候，我能听出自己的声音在渐渐发颤，有什么按捺不住的东西正在迸裂出来。姚睫仿佛预感到了什么似的再次点点头，面无表情："那两家饭店，我给他们做过布展。"

我突然歪了下脑袋，斜眼瞥着她，一字一顿、几乎称得上是咬牙切齿地对她说："你管得也太宽了。"

姚睫没说话。

我又重复了一遍，但不如刚才那么有力了："你管得也太宽了。"

她小声说："我是为你好……"

"那你干嘛不直接把我养起来？"我终于吼叫了出来。叫声过后，我看看周围，发现咖啡馆里只剩下我们两个人了。不知什么时候，欧阳艳已经识趣地走了出去。这让我既感到有恃无恐，又感到破罐子可以破摔了——我的脑袋里晕乎乎地充满了莫名而来的委屈、愤懑和不甘，仿佛这些年过得不顺全是姚睫的责任似的。

我的嘴也停不住，已经藏匿了很长时间的尖酸刻薄的嘴脸终于毕现了出来："我真不知道你是什么心态……暗地里偷窥我，我有那么姿色诱人么？你大可直接提出要求，只要价码合适，我连脱衣舞都能给你表演——就像那什么电影来着？哦，《光猪六壮士》。不过我真觉得你性格有问题，以前我怎么就没发现呢？你自己混好了，我承认你有能耐、有本事，可你没必要再从我身上找乐趣吧？看到我这个操蛋样子，你觉得特别爽是么？要是这样我恭喜你，你已经从里到外变成一个中国式的成功人士了。你们这种人最大的快乐就是目睹别人的不快乐，要是没有我们这种人衬托，没准你们都会空虚得自杀去。你是不是觉得施舍给我俩钱儿、一个卖艺的机会，自己就特别高尚呀？那我可真得好好歌颂歌颂你，真他妈的高尚……"

面对我一连串语无伦次的叫喊，姚睫刚开始明显憋着，但最后也忍不住了。她像受了委屈的小姑娘一样，脸鼓了一圈儿，眉头紧紧皱着："你干嘛这么说我？我明明是想帮你的，真是……"

"狗咬吕洞宾对吧？"我说，"我就是那狗，可我就是爱咬人，毕生也不打算学习摇尾巴。"

她打断我胡搅蛮缠似的诘难，声调同样高了起来："我是有原因的——没在你面前露面是有原因的！我觉得你的性格才有毛病呢！"

我反倒冷静下来："我有什么毛病，愿闻其详——其实都不用您说了，我知道我脑袋里有屎，医生都说过。"

"还不止那个……"姚睫气狠狠地咬了下牙，眼睛里闪出了报复性的光，这种表情就和她的桃儿脸很不相称了，"我一直就在琢磨，你到底是一种什么样的性格呢？你好像很善于自嘲，其实那不是真的自嘲，你只是不给别人剖析你的机会而已。还有你说过的那些，什么幼稚的个人英雄主义呀、不愿流俗追求常人追求的东西呀……那也只是你自己给自己找的借口。要我说，你这人最大的特点就是自卑、没自信。你在干什么事儿之前都觉得自己干不成，然后就在心里给自己编好一个体面的甚至是光彩夺目的借口。久而久之，你反而习惯了一种矛盾的心理定势，就是用失败来证明自己的不俗；甚乎于，你还会提前把自个儿给毁了……因为你害怕自己努力了之后还会失败，所以你刚一开始就选择失败。你拉小提琴的事儿就是这样……"

那一瞬间，我觉得自己像一只气球似的被戳爆了。姚睫是怎么知道这事儿的？我的左手中指又像阴天一样隐隐作痛起来。关于这只手的事儿，她又是怎么知道的呢？我从未对任何亲昵的人提起过啊，包括我父母和b哥。

"你窥探隐私的手段可真多呀……"我虚弱地回嘴说，同时希望她不要再说下去了。

但是就像我刚才一样，姚睫也已经刹不住了。她的语调反而慢下来，以极其认真的态度对我说："那不是我打听到的，而是你亲口告诉我的。也许你自己都没意识到，但是你说了。记得么？在那时我住的'前八家'的出租屋里，你以为我睡着了，就嘀嘀咕咕地对着我说了好多话，其中就包括你左手是怎么被废掉的事儿……"

我恍然大悟：没错儿，我就是那时候告诉的她。往事历历在目，我以为已经逃开了，但现在却再次狭路相逢。左手被废掉，还是我上高中时的事儿了。当时我刚参加完一个全国性的小提琴比赛，获得了青年组金奖。但那奖并没有让我高兴，反而把我架到了一个尴尬的位置上。所有教过我的老师都开始不再用国内孩子的标准来要求我，他们劝我不要自满，进而向更高的水平攀登。为了让我"确立新的目标"，我母亲走了个后门，把我塞进中央音乐学院的夏令营；我和那些演奏系的大学生一起去了大连，与来访的茱莉亚音乐学院的外国琴手交流。就是那次经历把我给毁了。刚开始我还是信心满满的，因为我的技巧并不比那些20多岁的年轻人差。在很多场合里，我还年少轻狂地主动向他们"炫技"，比如用一半的时间演奏完一首难度极高的练习曲，而音准却不出任何差错。但让我失落的是，那些外国人并没有由衷地为我这个"神童"叫好；相反，他们看我的眼神就像是看一只会抽烟的猴子。最让我受不了的是，一个老教授专门把我叫到排练厅，让我观摩一个俄国年轻人的试奏："你仔细听听，他的每一个音都和你不一样。"

记得那个俄国人曾经获得过柴可夫斯基音乐比赛的银奖（我曾经以为自己参加那个规格的比赛也是迟早的事，而且就是奔着金奖去的），而他当天拉的是一首非常简单的曲子《如歌的行板》。就是那次我知道了，音乐这玩艺儿并不是一项熟能生巧的技术活儿。以前我也听过海费兹、帕尔曼等大师无穷多个版本的演奏，但却只注意过技术方面的事情。这很正常，我还是个十几岁的孩子嘛，老师们也一直是侧重那方面教的。而那一次，我的的确确听出了"每一个音符里的不同"。俄国青年在很多细微处的处理，都是我以前未曾想到的。他的手法不同于任何大师而又是那么……恰当。我承认我被惊呆了。

看到我的反应，"中央院"的那位老先生还认为我孺子可教呢。但事实上，我在震惊之后体会到的就是绝望。我在想：自己有可能达到这样的水平吗？答案是：不可能。就是那次可悲的"开窍"，让我沮丧到了极点。我真羡慕那些这辈子也解决不好技术问题的平庸之辈，因为他们不可能为了无法拉出玄妙的音符而自卑。在此之后，我重新听了那些已然烂熟于胸的国外演奏家的CD，越来越觉得自己手上流淌出来的声音毫无生命力。客观地说，"以艺术的标准衡量"，我一直都在得意扬扬地制造狗屎。人家才是真正的天才，而我注定只是一个匠人。这就是我当时的想法。我甚而看到了自己作为琴手的悲观前途：空有一身技巧也只能混在二流乐团的合奏声部里滥竽充数，就像我母亲一样。而我又是多么热爱小提琴啊。如果不热爱，我怎么可能忍受十几年严酷、枯燥的琴童生涯呢？恰恰因为热爱，我开始恐惧自己在这件事情上的平庸。

这种恐惧让我神不守舍。而后来的事情就是我和姚睫都知道的了：那是一个阳光明媚的上午，高中生们被轰到操场上做操……第八套广播体操，再加几组身体素质训练……下面，我们来做一下俯卧撑好了，男生20个、女生10个，这对你们的胸部发育很有好处……操场上响起一连串的鬼哭狼嚎，哈哈，那就是我。我用左手的中指支撑着身体，压了下去……就连我自己也不知道当时是怎么下的决心。我只是在想：就这样算啦，一劳永逸，废掉了也好，我可以不必为了那个高不可攀的境界而自寻烦恼了……

事情的经过就是这样：我因为害怕自己在小提琴上成为一个平庸之辈，干脆毁掉了自己成为一个琴手的可能。长期以来，个中缘由只有我自己知道。而所有的老师、我母亲乃至我的前老婆茉莉，都认为那是一次倒霉透顶的意外事故。

而现在，我面对这世界上唯一与我分享过这个秘密的人，心里却满是怨恨。这股怨恨又是从哪儿来的呢？要知道，仅仅在几个小时以前，我潜意识里还渴望见到她。现在我的心情就像是一个被扔在家里的孩子在怨恨繁忙的母亲。

"我真后悔那时候鬼迷心窍对你说了这些……"我的鼻子几乎在发酸，克制着不让自己拖出哭腔来，"咱们本来就是两路人，就不该熟起来……"

我说完这句话，颓丧地靠到椅背上。姚睫像被电了一下，头发呼啦一颤；接着，两滴眼泪从她的眼角冒出来，顺着她的脸颊缓缓地往下滑。几年没见了，她的容貌也变了不少：那种孩子气的稚嫩消失殆尽，取而代之的是一个小女人的光彩，眼睛里闪着近乎坚定的光。可是在我眼里，她却还是那么像一枚桃儿。

　　"你算是说对了，咱们根本就不是一路人。"姚睫抹着眼睛说，"你这人，说到底就是一个自卑的人。因为自卑，你会主动选择失败，最后把自个儿给毁了……不光在开店上、拉琴上是这样，就连感情上……"

　　我心里深处蓦地一颤，另一个意识却指使我继续与她互相中伤——为了阻止她说下去。很遗憾，我的嘴服从了后者，说出了那句话："甭跟我聊感情，这方面你还是小儿科。我劝你别跟我这儿搞什么心理分析了，现在大可抓紧时间去找董东风嘛，反正他现在已经是孤家寡人了。得知董太太的死讯以后，你是不是有一种如愿以偿的感觉？就像上中学那会儿读到《简·爱》的结尾时一样……"

　　随后，我的眼前一片模糊。姚睫把她面前的那杯茶泼到了我的脸上。我愣了好一会儿，疲倦地抹抹脸；再睁开眼时，她已经不见了。

我的国道

　　我以为，自己再也不会见到姚睫的那张桃儿脸了。

　　那天是怎么离开的"茉莉咖啡馆"，我也给忘了。往外走的时候，欧阳艳好像迎上来对我说了些什么，我埋着脸躲开她。她骂了句"傻逼"的时候，我已经站到街上了。

　　在此之后，我再次过起了那种闭门不出的生活，既颓丧又执拗，像个立志戒毒的瘾君子。为了维持生存，我到超市买了整整一手推车罐头食品。结账的时候，旁边的老太太鬼鬼祟祟地问我："你有什么消息吗——是不是要地震了？"

　　拉琴卖艺的活儿固然是不再干了，好不容易培养出来的出门见人的勇气也消失殆尽。我把自己关在斗室之中，有的时候连白天黑夜也分不出来：醒了就发呆，饿了就吃，困了就睡。到后来，计算时间的标识只剩下了食物的数量。当一手推车罐头吃完以后，我就再出去买一车，顺便把罐头盒送给收废品的人。后来有一些午餐肉罐头还没有吃就腐烂了，搞得满屋子臭气熏天，我才被迫打开窗户透气。我一边把流着汤儿的瓶瓶罐罐扔出去，一边想：我这个人也正在腐烂。

非常惭愧。我虽然打定主意什么也不再干了，但作为一个人形动物，却仍然需要一些解闷的事情。电视早就没了，杂志和书也都看过了，此刻我是多么需要一把小提琴啊。可这时候才想起来，它被我落在姚睫的公司里了。我心里知道，姚睫是不会再躲在窗外看我了，更不可能偷偷将琴送回来放在我的门外。这个念头让我特别伤心，像孩子一样咧嘴想哭，却发现自己的面部肌肉早已僵了，连鬼脸都做不动了。

那天晚上，我躺在床上，自从重新躲进家里以来第一次失了眠。我望着黑漆漆的天花板，恍惚间觉得满眼都是那张桃儿一般的脸。过了这么久，我才开始认真地回想那天和姚睫在茉莉咖啡馆谈话的情景。这么多年来，姚睫几乎是唯一一个与我有"交心"的感觉的人。如果说"人与人隔着一堵墙"是句真理的话，那么她和我从一见面开始就打破了那堵墙。她是多么神奇啊。但是在阔别重逢之后，我们为什么突然就吵起来了呢？我为什么那么迫不及待地攻击她、中伤她呢？我们本来就像没有血缘关系的亲人，怎么相见就成了仇人？

是因为她"干涉了我的隐私"吗？不不不，这种中国伪精英从外国人那儿学来的矫情之辞，我从来就没认同过。再说，即使是干涉也因人而异，我并不为姚睫暗中观察我而气恼。那么我是在嫉妒她么——嫉妒她有成就，过得比我强，反过来又帮助我，所以刺伤了我"作为一个男人的自尊心"？好像有点儿对了，但我的自我感觉却并没那么狭隘。自从当初和茉莉结婚之后，我对这种事情就看得很开了。软饭咱们也不是没吃过，而且吃得得意扬扬的，长期自诩为"中国第一个真正的女权主义者"。

那么究竟是为什么呢？我想，恰恰是因为我曾真诚地关心过姚睫，盼着她过得好吧。我希望她抱有她那个年纪应有的乐观与务实，希望她完全成为我的反面；我不愿看到自己经历过的那些迷惘和颓丧重新占据她的头脑。但当姚睫真的做到了，成为了与我截然相反的人时，我却不由得对她生出了敌意——这是一个"我"对另一个"我"的敌意，应该是这么一回事吧。说到底，我是一个如此卑小、懦弱、性格矛盾的人。甚至就连当初我对姚睫的那些"鼓励"，如今都显得那么自私：我想让她替我去过光明的日子，却又害怕她的光明反衬出我的落寞。姚睫说得真没错，我就是一个自卑而又主动用失败来掩饰自卑的可怜虫。

我非常想向姚睫道一声歉，但想想她与自己终于变得那么遥远，远得如隔云端，便作罢了。直到后来在路上出了事儿。

那天，我的房门被人气势汹汹地连砸带踹。我还以为是收水电费的终于急了，准备找法院"强制执行"了我呢；但小心翼翼地拉开门缝，却看见b哥一身恶臭地站在门外，几只苍蝇在他的肩膀上飞来飞去。这厮漫游了半个中国之后，终于回到了北京。

"快开门，爷要净身。"他喜气洋洋地进屋，看见我却一愣，"你怎么变成现在这个操蛋样子了？"

"你也一样……"

我们顿时都有了"山中一日，世间十年"之感。他固然是在路上磨砺成了一副流浪汉的模样，我看看玻璃里自己的影子，却也几乎不敢认了：羸弱、驼背、头发长得披在肩膀上、胡子粘黏了一下巴。妈的，生活啊。

"你在家里闷了多久？"b哥问我。

"你得先告诉我今天是几号……"

"今天是几号？"b哥回头问跟着他进门的小妹子。

小妹子和b哥一样，头顶上也盘旋着几只可爱的苍蝇。但她的神志明显要清楚一些，从兜里掏出手机看了看，说了个日子。我们分别掐指一算。天呐，我这一次闭门不出，居然在屋里闷了三个多月，再次打破了很多"宅男"的记录。

b哥则更加夸张，他和小妹子已经在祖国大地上流浪了两年之久。而这次回来也是因为在从福建一直向北、赶往东北松花江的路上突然想起了我，要"看看这傻逼是不是还活着。"

"还活着呢，放心吧。"我对b哥说。

"活得不怎么样啊。"他趾高气昂地拍拍我的肩膀，差点儿把我按到沙发里去。

"是啊。"我坦然地承认，"你他妈的倒壮实多了。"

"睡眠好了嘛。"

接着，这两个激情洋溢的盲流轮流钻进卫生间里洗澡，把脸上的脏泥冲掉，露出一边一块"高原红"。小妹子丁丁当当地用大盆接水冲洗自己的时候，b哥四仰八叉地摊在沙发上问我："有没有什么想法？"

"什么想法？"

"跟我们一起出去转转？"他仿佛无所用心地说。

我则认真地考虑了一下他的建议，随后答应了。

那真是一段充满刺激性的旅行。我们从北京出发，经锦州进入辽宁、吉林，一路向北前进。因为东北平原多、路况好，仅仅几天之后，我们就到达了漠河人烟稀少的边境地带。远远地，可以看见俄罗斯的边防兵正在懒洋洋地抽烟、走动。但"中国最北端"这个概念并没让我们太激动，我和 b 哥只是靠着车门抽了颗烟，而小妹子则跑到车的另一端撒了泡尿。

仅仅溜达了几分钟，b 哥就问："走不走？"

我说："走吧走吧。"

我们便顺着夕阳的光，沿着国境线向东前进，恍惚间觉得整条大路都是红的，路面上仿佛种满了花。跟着 b 哥出门，你就必须要适应他这种癫狂的状态：纯粹是为了赶路而赶路——只知路在脚下，不问路在何方。他宁愿在荒无人烟的小汽修厂被人敲诈2000 块钱换一次机油，也坚决不去城里的酒店花 500 块钱舒舒服服地过夜。刚开始，我还以为他这么做纯粹是为了逃避噩梦呢，但后来也从中体会到了荒诞的快乐。仿佛有几个 60 年代的美国流氓在 b 哥身上借尸还魂了，能跟他一起奔波在路上，我想我应该感到荣幸。

b 哥和那个小妹子的关系也让我惊叹。他们既骂骂咧咧，又亲密无间，而且还保持着令人费解的纯洁状态。在那些荒村野店投宿的时候，他都和我窝在一间房里，小妹子睡在隔壁。我问他："你现在还痿着吗？"

b 哥说："晨勃渐渐回来了。"

我说："那你为什么……"

他认真地反问我："我知道你想说什么——难道男的和女的

之间的关系，只能用性交来加深吗？"

这个问题很好。我说："我承认我庸俗。"

而 b 哥说："你只是缺乏想象力。"

真让我嫉妒。b 哥不仅发过财，狂野地奔走在路上，还成功地实现了一种男女之间亲密无间的无性共存。而我却彻彻底底地把自己和姚睫的关系搞砸了。在这个世界上，有些人天生就比一般人超脱、强悍、充满创造力，而另一些人则只能成为各方面的失败者。我们这对难兄难弟，在本质上又是多么不同啊。

就这样，b 哥带着一个傻妹子和一个废物，以不同的路线再次纵横中国。我们从东北进入内蒙，顺着空旷得可怕的通省公路西进，然后南下陕西。短期内的计划是从陕南山区进入四川，找个小镇子休整一阵，再从川藏公路前往拉萨。在川陕交界处盘旋、狭窄的山路上行驶的时候，我还在担心自己的体力不佳，到了高原地带恐怕会缺氧。但这个担忧并没有实现，因为没过多久，我差点儿连命都送了。

当天，假如我们在汉中市辖区内的那个镇上过夜的话，就不会出现后来的事情了。当时已经是晚上了，我们吃了几碗油汪汪的"龙抄手"，被辣得满头大汗。我建议就近找个小旅馆睡觉，但老板遗憾地告诉我们：只有一个房间了。因为开出了不少矿，川陕公路日益繁忙起来，每个能落脚的便宜地方都挤满了南腔北调的大货车司机。

如果是平常，这也不算什么。我们完全可以把仅有的房间让给小妹子，两个男人在捷豹车里窝一夜。但是这两天不巧，b 哥因为长期疲劳驾驶，脖子严重劳损，成天歪着脑袋叫苦不迭。我们对着地图商量了一下：不如开夜车沿省道再走 100 多公里，到一个名叫"勉县"的地方去投宿。那里是个县城，应该有大一点的旅馆。

这样商量好之后，我们就开着划痕斑斑、脏得往上吐一口痰都看不出来的捷豹车上了路。我开车，b 哥坐在副驾驶上歪着脖子抽烟，小妹子则摊在宽大的后座上，已经打起呼噜来了。因为知道夜里山路凶险，我刻意开得很谨慎，并不时打开远光灯示意对面来的车。这样一来，速度也就很慢，加上同样距离的山路比平路远得多，直到夜里十点，我们还没有走完一半。山风很凉，吹得 b 哥手里的香烟火星乱溅。路上时常可见从山上滚落下来的巨石，在黑夜里看起来形同怪物，触目惊心。

"早知道就不走这条路了，一看就是山体滑坡多发地带。"我一边小心翼翼地打着方向盘，一边说。

"部队跟上。"b 哥则面露癫狂，把手伸到车窗外面像巴顿将军一样挥来挥去，"让那些法西斯去吃狗屎吧。"

这副样子让我忍不住咧嘴笑了。自从上路，我的心情也开朗了一些：每当开车无聊的时候，都会和 b 哥你一嘴我一嘴地穷逗。我扭过头去，从他手里接过香烟，一边抽，一边用电影里的口气胡编乱造："将军，上次您搞的那个巴黎娘们儿，好像是德国人派过来的双面间谍……"

但就在这时，我忽然看见 b 哥满脸的笑容凝固了，瞳孔转瞬之间变得很大。那一刹那，我分明从他眼睛里看见车灯的光柱正在抖动、翻转，像孩子手里乱挥乱舞的手电棒。随后，我感到天旋地转，失重的感觉一阵强似一阵地从身体各个部位传来，让我尿急——甚至当时已经尿了。车窗外的景物已经不是茫茫夜色，而是飞速变化着的、说不清是什么形象的东西。惨烈的巨响在捷豹车的外壳上此起彼伏，让人觉得身处一艘在深海中触礁的潜艇。最终一声巨响，世界以近乎90度角倾斜着定格。我面前竟然没有了挡风玻璃，而是横亘着一棵树木粗壮的枝杈。斜上方还有隆隆的声音在沉闷地滚动，如同雷鸣。

很明显，我再次"掉沟里了"。而且这次严重得多：我们遭遇了一次山体滑坡，路面崩塌了；捷豹车失去了控制，坠入十几米深的山谷里。这种情况一般发生在雨季，但近年来，因为地壳运动活跃，山脉之下像藏了一窝不安分的耗子，小灾小难不断。从陕西前去四川的路上，我们曾经不止一次地遭遇由于路面毁坏而造成的大堵车。也有很多司机劝告我们，如果找不到别的车辆结队，千万不要走夜路，"下面不牢靠"。

只不过这次实在太巧了，路面似乎是在我们经过的那一刻出现了坍塌。但是想想也万幸，因为山上并没有滚下岩石来，否则此刻的我已经变成了铁饼里的肉馅儿。我努力喘了两口气，随即感到右肩膀上一阵剧痛——那地方被压在变了形的座椅上，也许已经骨折了；而下半身则动弹不得，插进车里来的那棵树把我卡住了。我挣巴了几下，在确定自己完全无法脱身之后放弃了努力。捷豹车的驾驶舱严重扭曲变形，再加上树枝和谷底一块岩石的作用，已经把我巧妙地镶嵌在了里面。也幸亏车体足够大，足够结实，四面布满了沉重的钢结构，否则我此刻早已没命了。我想骂两句，却发不出声音来。b哥则完全被那棵树挡住了，因为扭不过身体，我看不见他，更无法确定他是否活着。

过了很久，我才听到树干和树叶的另一端，一个微弱的声音在叹息："操蛋……"

我费力地从怀里拿出打火机照了照亮，看见自己脚下，b哥的一条腿正在抽搐。接着，这家伙就开始嗷嗷乱叫："你他妈的死了没有？"

"你这个王八蛋还活着呀？"我忍不住笑了两声，"真遗憾。"

b哥又在感叹刚才的事情："遭雷劈了，遭雷劈了。"

"你没事儿吧？"

"事儿大了……我湿了……"

"你又不是淫妇，不要动不动就说湿了湿了的。"

"的确湿了……"b哥哀叹道，"肚子上都是血，但是我不知道伤口在哪儿。"

我怀疑一块前挡风玻璃划破了他的某根主要血管，而他在极其惊恐的状态下却感觉不到疼。这么说来，他正面临着失血过多而死的风险。

我踹了踹他的脚："你自摸一下，仔细地摸，手法要柔和……"

树干一侧，传来细碎的声音。几分钟之后，b哥幸灾乐祸地说："好像不是我，是你的汁液流到我脸上啦……"

我这才感到自己的右肩热乎乎的，大股液体正不紧不慢地流淌出体外。好在被划破的并不是脖子上的大动脉。

我感到滑稽，又笑了两声："原来是我流汤儿了……"

我们沉默了一会儿，又分别回头叫："妹子，妹子。"

身后一片死寂。我心里寒了一下：后座的空间相对大，捷豹车翻滚的时候，很容易磕到她的脑袋，甚至折断她的脖子。

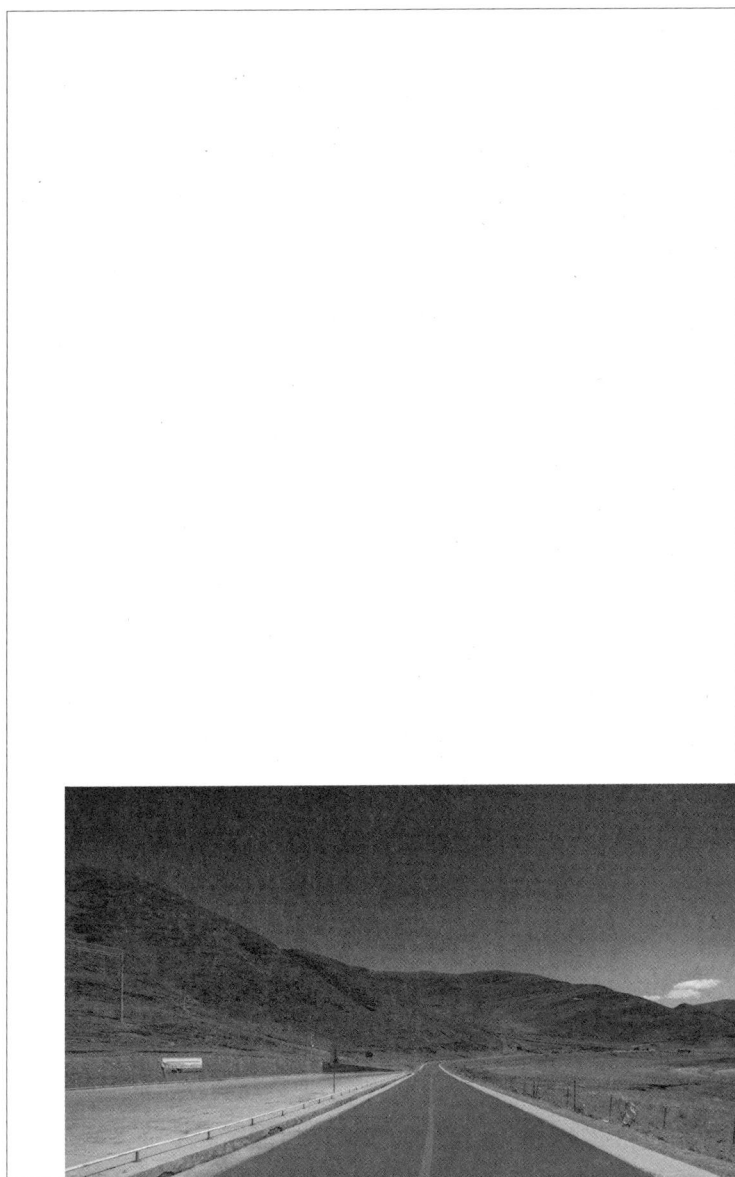

我安慰 b 哥说："也许昏过去了。"

b 哥说："对。"

而后我们便商量着脱身之法。b 哥比我还挤得死，从车里出去也不可能。我又望了望斜上方黝黑一片的山坡，却根本分辨不清哪里是山，哪里是天。这是一个没有月亮的黑夜。过去了很久，十几米上方的路上也没有汽车大灯的光亮。没有人会像我们一样疯狂，在夜里走这种路。

此时此刻，能借助的只有电话了。b 哥的手机被放在大背包里，搁在后座，根本无法够着。但幸亏我上路的时间不长，还保留着把手机放在兜里的习惯；更幸运的是，我一直关着机，此刻电量大概还是充足的。因为右手不能动弹，我用左手够了几下才把电话掏出来。其间，右肩的疼痛让我大叫了几声。

b 哥又在打趣："怎么好像分娩一样……生出来没有？"

"快了快了，让我再使把劲儿……"

当液晶屏的亮光充斥驾驶室的时候，我们一起欢呼了一声。随即，我紧张地看着手机搜索网络信号的标识……一秒、两秒……天无绝人之路，显示出来的字样并不是"不在服务区"。此地不在"999"急救中心的服务范围，我直接拨了 110。一个女警察操着四川话，让我详细说明事故发生的地点："我们这里条件差，不能根据你们的信号定位。"

但来的时候已经是晚上，我根本没看清路标牌上的地名。而且在这种偏僻之地，路标也常常是过期的。我只能把路名说了，然后又大致描述了出事前附近的环境。

"那条省道去年就弃用了，因为新修的高速近得多。"女警察公事公办地说。

我对她吼叫起来："我怎么没看见禁止通行的牌子？"

"也许被人偷走了……"

"我快死了。"

"哦……"

她这才表示，会尽快联系路政局的人，沿着道路搜索。不过我知道，这种承诺是很不靠谱的：且不说当地各个部门的工作效率，假如路上还有其他滑坡的地方，那么他们的车子也就根本进不来了。

我只好挂了电话，对 b 哥说："听天由命吧。"

b 哥也说："听天由命。"

我们再次"嘿嘿"笑了起来。多少年以来，我们一直都是两个厚颜无耻的难兄难弟。上学的时候，挨处分、挂科就在一块儿；毕业以后，即使他发了，也还保留着和我一起鬼混的好传统——直到他决心上路，才和我短暂地分开。而现在，我们到头来又要在一起等死，真他妈的是缘分。

我歪着脑袋，终于从上衣口袋里掏出了一盒香烟；给自己点上一支，对 b 哥说："递不过去了，你闻闻味儿好了。"

b 哥骂骂咧咧地嘟囔了两句，忽然又说："哎呀，我得告诉你一件事。"

我说："你不会现在突然要出柜吧？我不从。"

"你这个态度，"他"嘿嘿"了两声，"我就不觉得对不起你了。你还记得上本科的时候，我的第一个女朋友是哲学系的吗？"

"就是那个江苏人，长得特像鸭梨的那个？"

"对对。"

"你把人家睡了吧？"

"那固然。"他又嘿嘿了两声，"不过你不知道……其实她最先喜欢的是你。那时候她不好意思跟你说，又看见咱们俩老在一块儿，就在走廊里截住我，托我给你带话儿……"

"然后呢，你这个王八蛋就决定把她给截留了？"

"对啦。我一看她挺漂亮，就说：'赵小提有女朋友啦，高中就谈上了，俩人因为早恋还闹过自杀呢。你死了这条心吧。'然后她很失落，我就开始安慰她，安慰了两下就安慰到床上去了……"

"你妈了个巴子的……"我笑得泪花都溅出来了，"跟你当哥们儿有什么好，女人你抢我的，还他妈的带着我到这种狗屎地方来送死……"

b哥撃嘴道："你后来不就和茉莉好上了嘛，我是成全了你们。再说你又不是不知道，小鸭梨是个特别庸俗的人，没过俩月就把我踹啦……"

"那是因为你骗人家，说你爸是地委书记，后来暴露了……"

我们又在一起大笑，笑得咳嗽纷纷，我肩膀上的血都流得更快了。也就是从这个时候起，我的头脑开始恍惚，居然幻想起了这样一个问题：如果那个时候，b哥没有把小鸭梨截留，她如愿以偿地认识了我，我们会怎么样呢？倒不是说我对那个江苏女孩念念不忘——时至今日，我连她的脸都忘了，只记得她喜欢端着一只不锈钢饭盆去食堂打"煮干丝"——而是我突然想到了另一种东西，也就是生活中的"机缘"。

我会喜欢上她吗？也许吧。而如果是那样，我后来也就不会再去接近茉莉了。茉莉仍然记得我，因为我上中学的时候在天安门抢过她的熊猫；如果看到我和小鸭梨在一起，她会不会有那么一丝怅然呢？但我知道，就算心里有我，茉莉也不会再对我说什么的；她就是那个性格——不会在感情上强求别人，只会在学业和工作上强求自己……

假如我和小鸭梨在一块儿的话，我们后来会结婚吗？会离婚吗？可以想见，我仍会把一切都搞砸，因为我就是那么个性格……姚睫说得没错，我看似狂妄，却对世界缺乏起码的自信，左手那根指头就是证明……那么，假如生活按照另一个轨迹发展的话，我还会遇到姚睫吗？我还会和她在圆明园、在后海"刷夜"吗？我们还会在北京的夜里互相依傍，在北京的白天互相伤害吗？我们还会在那个城市的某个角落里会心一笑，感到无与伦比的理解与自由吗？这就是奇妙的机缘。但我又浪费了多少机缘啊。

我的眼眶忽然湿润了，咽了口口水，问 b 哥："要打个电话吗？"

"给谁打？不是给警察打过了么？"

"我是说……万一咱们就这么挂了呢……"

"对什么人说点儿一直没说的话吗？你这人真矫情，还要履行这种仪式……"

"你到底打不打？不打我自己打了。"

"那就打，那就打……"

因为无法把手机送到他手上，所以我只好打开扩音器。他说了一个号码，我替他拨，然后再替他传话。那是个河南区号的座机号码，接电话的是个老太太。

"谁？"

"干啥？"

"找啥人？"

老太太问了好几声，b哥也没告诉我应该说什么。隔了好一会儿，他像被人踹了一脚的狗一样哀鸣了两声："挂了吧。"

"这就完了？"我问b哥。

"听听声就够了。"b哥说，"反正我娘聋了，说什么她也听不到……妈的，我还在老家的屋后头藏了两块金砖呢，也没法告诉他们了。"

接下来就是我了。我该打给谁呢？打给在海南的父母吗——告诉他们我有可能快死了，再向他们道歉，说自己一直以来都是一个混蛋？还是算了。那么应该打给茉莉么？我的手机确实是有长途漫游功能的。但我能和她说什么呢？说自己当初应该把丈夫这个角色扮演得好一点？这时候说这个有什么用。

我想了想，拨通了北京胡同里"茉莉咖啡馆"的电话。软绵绵的爵士乐声从听筒里传出来，还有男人女人说笑的声音……那里真是歌舞升平。

"哪位？"那个叫欧阳艳的女孩问。

"我找姚睫。"我说。我知道她会待在那个咖啡馆里的——既然我不在了。

果然，电话里沉默了一会儿，姚睫的声音响了起来："我是……"

我的心加快跳动了几下，随后却奇迹般地平静下来。不光如此，就连耳朵里也是一片清明，脑海中充满了前所未有的安详的感觉。

"是我。"我说。

"是你，"姚睫说，"有事儿么？"

她仿佛也不吃惊。我喘了口气，说："也没什么事儿，就是跟你说句话。"

"说吧。"

"对不起。"我说得尽量淡然。

接着，姚睫就抽泣了起来。我仿佛看见她的桃儿脸上挂着泪花。我又让她难过了吗？我是多么罪大恶极啊。

我接着说下去："那天真不该跟你发脾气。你知道，我就是这么个性格。你说得都对，我既自卑又不愿意承认……"

"别说了。"姚睫打断我，"我也跟你说个事儿吧。"

"什么事儿……"

她仿佛挪动了几步，把电话拿到了通往后厨的拐角，乱糟糟的声音消失了。

"你知道我当初为什么一直在暗中看你，没在你面前出现吗？"

"为什么？"

姚睫顿了一下，而后一字一句、清清楚楚地说："因为我不知道自己是不是喜欢你。我老想着你，但又害怕这不是因为爱上你了，而是因为在跟你、跟我自己较劲——就像当初对董东风一样……当初要不是你，我还以为自己是真爱上董东风了呢；后来才知道，那只是一时发了懵，'不知道北在哪里'了……"

我忍不住笑了，随后悲伤地问："那我呢？"

"你说呢？"

"还是你说吧……我自卑。"

"自从那天在'前八家'的出租房里，你对我说了把自己毁了拉不了琴的事儿之后，我就喜欢上你了。"

"让我情何以堪……你的口味真奇怪。"

"就这么奇怪。你知道么？'喜欢上你'这件事儿，我第一个告诉的就是董东风。那天我们一起送他和董太太去新疆，我就对他说了，从喜欢他到喜欢你——全'说开了'。"

"他说什么呢？"

"他让我想明白什么是喜欢，什么是爱，然后再看着办。"

"这话也挺睿智的。俩老男人轮流给你当人生导师，您这点儿福分还小……"我说着笑了起来，丝毫不顾肩膀上牵筋拽骨的疼，"那你现在明白了么？"

"略有心得吧也就是。"姚睫的声音忽然明亮起来，像背诵某条"名词解释"一样说道："喜欢，就是在一块儿的时候高兴；爱呢，就是不在一块儿的时候会难受——准确么？"

"能成一家之言吧……"我尽量缓慢地喘了两口气，想说点儿什么，却又被姚睫打断了。

她说："以前我总觉得是自己把事情办砸了……我以为离你越来越近，可又总是弄得要和你分开；但后来才知道分开也好——不分开，就不知道不和你在一块儿有那么难受。"

她孤注一掷一般说完，吸了吸鼻子。我不知道她是不是又要哭了。此时的我只觉得惭愧——长这么大，我曾经无数次地感觉到惭愧，但姚睫带给我的惭愧却是那么与众不同。这感觉既温暖，又让人欣慰，仿佛灵魂出了窍，被泡在一汪类似于羊水的液体里。她算是说出"那个字"了吗？我很想问一句，但因为惭愧，话到嘴边却又变了——即使明知道这次错过了，这辈子可能也没机会问清楚了。

我说："我那把琴还在你那儿吧？我得谢谢你又让我开始拉琴了。"

　　"我等你来拿。"

　　姚睫说完，舒了一口气，仿佛在等我说话。我却再也发不出声音了。我清晰地听着她在电话里问我"在哪儿"、"信号好吗"、"是不是出了什么事儿"，但嘴却只能静静地一开一合，如同被扔在岸上的鱼一样眼睁睁地看着时光如流水般从眼前掠过。

　　因为过量失血，我终于昏了过去。

尾声

北京的黄昏，好像是谁泼了一滩金子在宽敞、笔直的道路之上。夕阳挂在巨大建筑的顶端，将每个路人的脸都照得分辨率极高，但同时又面目模糊。我坐在广场旁边的台阶上，看着远处穿梭来往的车辆——眯着眼睛，脸上暖洋洋的。

这是冬日里难得的好天气，许多人合家老小出来游玩。一些姑娘穿着新近流行起来的厚呢子裙，在相机前摆着姿势。有人操着外地口音问我"要不要导游"，我对他们摆摆手，继续往马路对面望去。

这已经是我回来的第二个礼拜了。在此之前，我有两个月都躺在成都的医院里。对于那天晚上的事儿，我后来已经全无印象，只记得自己还活着而已。而据 b 哥说，我们可以算是遇到了一次奇迹：救援的人根本就没找到出事地点，而把我们救出去的竟然是那个小妹子。当我昏过去之后，小妹子忽然就醒了过来。原来她真像我说得那样，只是昏了过去——而且万幸的是，捷豹车的后门没有被卡住，她是能够钻出去的。小妹子踹了两脚 b 哥，傻乎乎地问："咋啦？"那一刻，b 哥简直觉得仙女显灵了。他激动得号啕大哭，让小妹子顺着山坡爬上去，沿着公路往回走了几里路，找到了最近的一个村子。当那些村民用拖拉机和牛一起把捷豹车掀起来，将我从座位上拖出来的时候，我的嘴唇都已经发白了。

从急救室转到普通病房之后，我所做的第一件事就是给姚睫打电话。

"我以为你再也不会给我打电话了。"她说。

"我本来也是这么以为的。"我说。

而现在，我正在北京的街上等着她呢，就像一个普通至极的男人在等一个普通至极的女人。在这么大的城市里，有多少人正在互相等待啊。

远处，火车站的钟声响了起来。一声、两声、三声……平庸的一天即将过去，但却如同新年、新的十年、新的世纪到来一样有着巨大的仪式感。这就是北京。

就在这时，一个年轻的、窈窕的身影出现在我的前方。夕阳的光线仍然很强，我没法看清她的脸，但她却显得那么鲜活，并随着越来越近而真实无比。她的手上，拎着一只长长的琴匣。

我站起来，看着她，也看着她身后巨大的北京。啊，因为有了她，就连北京都变了样子。北京，你不再繁华得六亲不认，不再古老得千秋万岁，你有了生命。你是我沧桑的不老的情人。

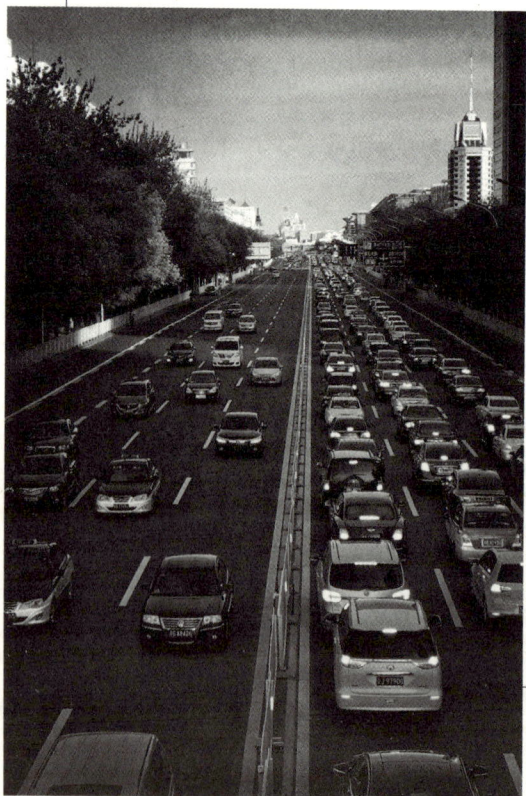

再版后记

　　现在看来，小说里面所讲的几乎是上一个时代的事情了。造成这种感受的原因，从外部说，当然是生活的变化太快，比如书中男女主人公互诉衷肠、打情骂俏，每每通过打电话和发短信，而这两种通讯方式如今在熟人间已经不常用了，几乎全被推销员和诈骗犯占领；再比如那时的中关村以北还有大片破败的城中村，以供打工者、考研的学生和或真或假的艺术家栖居，现在则拆迁基本完成，版图大致确定，上述人群不得不往更远、更偏僻的地方迁徙。当然，比之于那些描述"文革"乃至民国时期北京生活的作品，这部小说的人物情感又可以算得上是当下的、正在发生的，它讲述的是在"民俗的北京""政治的北京"之外的那个"经济的北京"给人们带来的新希望与旧感伤。类似的故事也许今天还在发生，而且比之于上海、深圳那样的城市，它也许更有可能发生在北京。

　　另外的意义，就是反观写作层面的变化。从这部小说开始，我在相当一段时间里习惯于某种讲故事的腔调，也即通过一类文化混混儿来观察他人、评判生活。这种视角上的偏好给我带来了不少便利，比如可以更加自然地运用口语，以及令看起来不那么可信的人物显得真切一些，但也造成了很多局限，其中最大的问题，就是常会把本来想写的人物变成了讲述者的伴舞演员，一不留神就陷入了肤浅而自鸣得意的喋喋不休。应该说，我这人在写作上还算有点儿自知之明，自从能够熟练操持这种写作套路之后，就在考虑如何摆脱它，并为之做了一定程度的尝试——至于成功与否却不好说。而今天再看《恋恋北京》这部小说，可以让我大致梳理一下方法论层面上的得失，也有利于进一步的自我检讨和洗心革面。

最后，感谢读者乐于翻开这部小说。尽管它有着这样那样的缺陷，但我仍然希望它能给人带来不经意间的乐趣和思索。不用太多，些许足矣，而这也正是我写作这部小说的初衷。

石一枫

2018 年 12 月 12 日

（京）新登字083号

图书在版编目（CIP）数据

恋恋北京 / 石一枫著. — 北京：中国青年出版社，2018.10
ISBN 978-7-5153-5389-0

Ⅰ.①恋… Ⅱ.①石… Ⅲ.①长篇小说—中国—当代 Ⅳ.①I247.5

中国版本图书馆CIP数据核字（2018）第247573号

责任编辑：曾玉立
书籍设计：瞿中华

出版发行：中国青年出版社
社址：北京东四12条21号
邮政编码：100708
网址：www.cyp.com.cn
营销中心：010-57350370
编辑电话：010-57350402
印刷：北京科信印刷有限公司
经销：新华书店
开本：889×1194 1/32
印张：11.5
字数：200千字
版次：2019年1月北京第1版
印次：2019年1月北京第1次印刷
印数：1—6000册
定价：38.00元

本图书如有印装质量问题，请凭购书发票与质检部联系调换
联系电话：（010）57350337